奥斯卡
经典文库

[016]

Frankenstein
弗兰肯斯坦

(英)玛丽 · 雪莱●著　　陈小波●译　　何亮●丛书主编

首都师范大学出版社
CAPITAL NORMAL UNIVERSITY PRESS

图书在版编目(CIP)数据

弗兰肯斯坦/(英)玛丽·雪莱著；陈小波译．—北京：首都师范大学出版社，2014.11(2019.7重印)
(奥斯卡经典文库)
ISBN 978-7-5656-2195-6

Ⅰ.①弗… Ⅱ.①玛… ②陈… Ⅲ.①科学幻想小说—英国—近代 Ⅳ.①I561.44

中国版本图书馆CIP数据核字(2014)第278850号

FULANKENSITAN

弗兰肯斯坦

(英)玛丽·雪莱著 陈小波译

责任编辑 刘志勇
首都师范大学出版社出版发行
地 址 北京西三环北路105号
邮 编 100048
电 话 68418523(总编室) 68982468(发行部)
网 址 www.cnupn.com.cn
印 刷 龙口市新华林文化发展有限公司
经 销 全国新华书店发行
版 次 2015年3月第1版
印 次 2019年7月第2次印刷
开 本 880mm×1230mm 1/32
印 张 7.75
字 数 171千
定 价 27.00元

总序：电影的文学性决定其艺术性

不是每个人都拥有将文字转换成影像的能力，曾有人将剧作者分成两类：一种是“通过他的文字，读剧本的人看到戏在演。”还有一种是“自己写时头脑里不演，别人读时也看不到戏——那样的剧本实是字冢。”为什么会这样，有一类人在忙于经营文字的表面，而另一类人深谙禅宗里的一句偈“指月亮的手不是月亮”。他们尽量在通过文字（指月亮的手），让你看到戏（月亮）。

小说对文字的经营，更多的是让你在阅读时，内视里不断地上演着你想象中的那故事的场景和人物，并不断地唤起你对故事情节进程的判断，这种想象着的判断被印证或被否定是小说吸引你的一个重要原因，也是作者能够邀你进入到他的文字中与你博弈的门径。当读者的判断踩空了时，他会期待着你有什么高明的华彩乐段来说服他，打动他，让他兴奋，赞美。现实主义的小说是这样，先锋的小说也是这样，准确的新鲜感，什么时候都是迷人的。

有一种说法是天下的故事已经讲完了，现代人要做的是改变讲故事的方式，而方式是常换常新的。我曾经在北欧的某个剧场看过一版把国家变成公司，穿着现代西服演的《哈姆莱特》，也看过骑摩托车版的电影《罗密欧与朱丽叶》，当然还有变成《狮子王》的动画片。总之，除了不断地改变方式外，文学经典的另一个特征，是它像一个肥沃的营养基地一样，永远在滋养着戏剧，影视，舞蹈，甚至是音乐。

我没有做过统计，是不是20世纪以传世的文学作品改编成电影的比例比当下要多，如果这样的比较不好得出有意义的结论的话，我想换一种说法——是不是更具文学性的影片会穿越时间，走得更远，占领的时间更长。你可能会反问，真是电影的文学性决定了它的经典性吗？我认为是这样。当商业片越来越与这个炫彩的时代相契合时，“剧场效果”这个词对电影来说，变得至关重要。曾有一段时期认为所谓的剧场效果就是“声光电”的科技组合，其实你看看更多的卖座影片，就会发现没那么简单。我们发现了如果两百个人在剧场同时大笑时，也是剧场效果（他一个人在家看时可能不会那么被感染）：精彩的表演和台词也是剧场效果；最终“剧场效果”一定会归到“文学性”上来，因为最终你会发现最大的剧场效果是人心，是那种心心相印，然而这却是那些失去“文学性”的电影无法达到的境界。

《奥斯卡经典文库》将改编成电影的原著，如此大量地集中展示给读者，同时请一些业内人士做有效的解读，这不仅是一个大工程，也是一件有意义的事。从文字到影像；从借助个人想象的阅读，到具体化的明确的立体呈现；从繁复的枝蔓的叙说，到“滴水映太阳”的以小见大；各种各样的改编方式，在进行一些细致的分析后，不仅会得到改编写作的收益，对剧本原创也是极有帮助的，是件好事。

——资深编剧　邹静之

主编的话：跟随文学人物走进各种各样的命运险境

能参与《奥斯卡经典文库》丛书的编辑工作，我感到特别的荣幸和高兴。说实话，这套丛书的编辑过程不仅给我，也给我们整个编辑团队带来了莫大的兴奋感。

兴奋之一：这是国内首次以大型丛书的形式出版经典电影的文学原著，这无疑是奉献给广大读者的一场阅读盛宴，我们相信无论何种口味的读者，都会从这套丛书里找到自己的最爱，甚至找到陪伴自己一生的精神伴侣。

兴奋之二：我们选择的书目全部是奥斯卡奖得奖或者提名的电影原著。奥斯卡本身就是全球最值得大众信赖的品牌之一，在奥斯卡异常严格的选拔标准下，这一批电影原著小说的艺术质量，还有部分原著是第一次出中文版本，我们之前也并未读过，但读过之后，深为震撼——世界一流的小说确实能带给人直击心灵而又妙不可言的独特感受。

兴奋之三：这套丛书让我们重新认识了文学原著和电影作品之间的互动关系。有的作品我们只看过小说，没有看过电影；而有的作品我们只看过电影，没有看过小说（后一种情况更多一些）。于是在编辑的过程中，我们重新补课，将同一故事的两种艺术形式尽量都补看完整。补完课才发现，文学与电影之间的关系真是太有趣了——电影或者因为时长所限、或者因为视听特性的发扬、或者因为求新求变，通常都要对原来的文学作品做出取舍和改动，电影编剧和导演如何取舍如何改动，背后其实都隐藏着电影创作者的深入思考。而很多文学名著又被不同的电影创作者多次改编，这些不同的电影版本所体现出来的电影创作者的不同趣味、不同表达以及独特个性，每每让我们生发出一种“又发现了一片新大陆”的感觉。我们作为读者和观众，往往会为哪一个电影版本改得更好而争论得面红耳赤——而对于那些两种艺术形式都没看过的朋友来说，我个人的建议，最好先读小说，充分展开自己的想象世界之后，再去看电影，收获绝对不一样。

兴奋之四：比起编剧和导演对文学作品的改编，演员、明星们对文学人物的演绎无疑更能引起大家的好奇和关注，在看完小说之后，带着悠闲而挑剔的眼光，再去评论、比较电影里的明星的表现，甚至去评论、比较不同版本的明星的表现，这给我们带来了数不清的快乐时光。

因为部分原著小说和电影也是我们第一次接触，以上所呈现的，都是我们在编辑过程中非常真实的感受。我们也非常期望我们的工作能带给广大读者同样的兴奋和快乐。《奥斯卡经典文库》为您精心挑选的这些非常优秀的原著小说，完全值得您腾出一点业余时间，全身心投入其中，跟随着那些精彩的文学人物走进各种各样的命运险境，去迎接那些意想不到的感动和震撼。

——北影老师　何亮

导读：潘多拉魔盒的永恒魅力

其实当我接到《弗兰肯斯坦》这本书的翻译任务时，我并不知道玛丽·雪莱的身份。后来一查才知道，她是英国著名浪漫主义诗人雪莱的继室。玛丽·雪莱是英国著名小说家，而令其名声大噪的正是这部创作于1818年的小说《弗兰肯斯坦》(或译《科学怪人》)，这部小说被称为文学史上第一部科幻小说，因此玛丽·雪莱也被誉为科幻小说之母。

而关于玛丽写这部小说的初衷，也是一件非常有趣的事情。那是玛丽十九岁的时候，拜伦与她的丈夫雪莱在日内瓦夜谈兴起，于是拜伦提议，大家何不各写一篇神怪小说？四个人都动了笔，包括两位诗人，玛丽和拜伦的医生巴利·多里。结果三位男士都无法终篇，而玛丽却越写越认真，竟然完成了一篇杰作，并且在伦敦引起轰动，这也就是后来的传世名著《弗兰肯斯坦》。

1818年，她的第一部也是最重要的一部作品《弗兰肯斯坦》出版了。引起当时社会广泛舆论，特别是科学界的激烈争论。这部小说后来经过多次改编，以多种艺术形式表现，并被搬上银幕，成为科幻题材电影最早的蓝本之一。除科幻色彩外，这部作品中既有浪漫气氛，又有深切的人文关怀，更有令人毛骨悚然的恐怖因子，故此也被人誉为“有史以来最伟大的恐怖作品之一”。对于一个20岁的作者来说，这是一番非凡的成就。这部作品取得的关键且广泛的成功，为玛丽赢得了极大的声誉。

关于翻译《弗兰肯斯坦》这个任务，是在我进入设计院后的第一年接到的。十分庆幸自己在依旧坚持文字梦想的当下接到了这份邀请。在享受和学习翻译的过程中，有一点，我自始至终都不是很理解，为什么弗兰肯斯坦不愿意帮这个怪人再制作一个伴侣，在一边翻译的同时，我一边为情节中的人物揪心。我个人还是十分愿意相信那个怪物，毕竟他原本是善良的。人之初，性本善，这种古语果然在哪里都适用。我愿意相信怪人在得到自己的幸福之后，会如同他发誓的那样，归隐山林，过着与世隔绝的生活。

很多人都觉得自己缺少一个机会，我觉得这次，玛丽夫人，确实是少给了怪物一个获得幸福的机会。当然，又或许，这就是玛丽夫人的初衷，毕竟这本小说的初衷就是哥特式的恐怖，虽然写到最后的时候，我觉得人性已经远远盖住了原本应该包裹在外面的恐怖皮囊。

本书揭示了作者的哲学观点。她认为人具有双重性格——善与恶。长期受人嫌恶、岐视和迫害会使人变得邪恶而干出种种坏事，甚至发展到不可收拾的地步。它还为英语添加了一个新的单词 Frankerstein，一个最终毁了它的创造者的东西。

根据《弗兰肯斯坦》改编的电影很多，而我最喜欢的是1994 年肯尼思·布拉纳导演的这一版，因为这版是最终于原著的，电影采用了相同的叙事结构，即由主人公维克托的回忆展现整个故事。当然，其他版本的电影也都非常精彩，毕竟这部小说是如此的精彩。

人类在生存斗争中发展了理性和自我意识。但随着文明发展起来的，是愈演愈烈的不平等，是机器不断地取代人的作用，侵蚀我们的文化和心灵家园。玛丽·雪莱写作小说时正值工业革命的高峰期。在那之前，人类历史上从未有一个时期发展如此迅速，生活方式发生如此巨大的改变。机器大规模地取代劳动力大军。人变成机器的奴隶，成了社会这部大机器上的一颗螺丝钉。个性、能动性和创造性都遭到前所未有的扼杀。机器的统治还造成了社会分工和向城市的大规模流动。破坏了原先稳固的农村社区，取而代之的是在城市中相互陌生的原子式的个人。在这个过程中，社会生产力滚雪球般地提高，知识像核爆裂般增加。但人原先赖以生存的情感纽带也遭到前所未有的破坏。我们这个时代疯狂地崇拜财富和个人成就，物质财富的积累史无前例。但这一切回报我们的却是人与人之间越来越深的隔阂，愈加势力的价值观，以及几何级数级般增长的酗酒、抑郁、吸毒、自杀。这似乎是对理性和物质财富的价值无情的嘲讽。

不得不说，这部包含着科技哲学，心理学和认识论的小说，确实是一部伟大的作品。它理应在世界文学宝库中占有重要的位置。我们今天面对它的拷问，只会比它问世的两百年前更加无情，将来只会更甚。因为近两百年的人类历史，某种程度是我们不断制造怪物，把自己逼到墙角的历史。

第一封信

亲爱的姐姐：

你好！今天，我刚踏上圣彼得堡的土地，就马上给你写信报平安了。看到这封信的时候，你的心情应该会跟我一样激动吧，因为之前你并不看好我的这个探险计划，但现在，我已经迈出了整个旅程的第一步，希望你能跟我一样，对这个探险计划充满信心。

我现在身处距离伦敦遥远的北方，感觉很好，我很喜欢这种站在圣彼得堡的街头享受迎面吹来北风。你能体会我这种感觉吗？凛冽的北风就从那个我即将远征的地方吹来，让我提前感受到了来自遥远北方的寒意。同时，善解人意的北风也将横在我眼前的艰难险阻一一吹散。在别人眼里，北极只是一片凄凉的冰雪荒漠，不过，它在我眼里却是世界上最美、最值得向往的地方。那是一个太阳永远高挂在天空的地方，那是一个永远散发着迷人光芒的地方。从航海前辈们的经验中得出，那里的冰雪已经融化，我很有可能在平静的海平面上航行时发现一块新大陆，就跟哥伦布一样，甚至有可能，我发现的那块奇幻之地将比地球上的任何一处地方都要美丽。新大陆上的物种与景色肯定也是前所未有的美轮美奂，毕竟世界上最不可思议的东西肯定存在于无穷无尽的未知之中。在那里，我可能会发现磁场的原理，也可能会观察出一些关于星象的秘密，这一切都有可能，毕竟太阳永远不会落山这件事就出现在那个地方。这一切看起来是如此地诱人，以至于我都忘记了一切关于危险与死亡的恐惧，我现在非常激动，就像小时候跟同伴们一起到乡下的溪流中探险一样激动。当然，只要我完成这次探险，哪怕最终什么都没有发现，只要我能在北极附近找到一条更加便捷的新航道，那对于全人类来说也是一份永远无法抹去的贡献了。

其实原本我对于自己的这次探险还是有些焦虑的，不过现在跟你说了这么多之后，我反而找到了一个能让自己的灵魂专注起来的目标，这使我现在的内心变得异常平静。你应该还记得，我小的时候不爱上学，却很爱看书，特别是托马斯叔叔家里那些以探险为目的的航海日记。我记得，当时我没日没夜地阅读那些各种各样从北极海穿越到北大西洋的航海日记，为的是完成我从小就深藏在内心的梦想。只是，我越着迷于那些书籍，我就越不能理解父亲为什么要阻止叔叔同意我以后从事航海事业。

后来，当我无意中拿起一本令我如痴如醉的诗集时，儿时航海的梦想开始渐渐被我埋藏到了心底。我开始写诗，在我沉迷于诗词创作的那一年里，我每天都幻想着自己可以成为像荷马或者莎士比亚那样的大作家。可惜，我的第二个梦想也再次落空了，这无疑给了我当头一棒。你应该清楚那些日子里，我终日沉浸于失望与挫败之中。然而老天有眼，竟然在这个时候让我得到了堂哥的一笔遗产，这无疑是雪中送炭，让我重新对埋藏在心底的那个梦想燃烧起了渴望。

从我下定决心要开始这次探险至今，已经过去六年了。直到此刻，我依旧清晰地记得，自己为了开始这次探险活动而做的每一个准备工作。我先是锻炼自己的身体素质，到北海参加了好几次捕鲸行动。每一次捕鲸行动，我都比一般的水手更加勤奋。白天，我心甘情愿地接受酷寒、饥渴、缺乏睡眠的折磨，从而提升自己的身体素质；到了晚上，我还会研究数学、医学，以及对于一个航海探险者来说非常具有实践价值的物理学中的一门分支学科。我有两次在绿岛的捕鲸船上还当上了二副的职位，而且获得了船上所有人的敬佩。我不得不跟你说一下，当船长授予我如此高的荣誉，并且因为我在船上的良好表现而邀请我继续留在船上工作的时候，我还是感到非常自豪的。

好了，姐姐，说到这里，你是否也觉得我应该马上去完成这项伟大的旅途呢？其实我现在的生活过得非常舒适，甚至可以用奢华来形容。不过古代皇帝都是爱江山不爱美人的，跟现在的奢华生活相比，我更希望自己得到荣誉。对，这就是我内心深处一直在鼓励我勇敢向前的声音。虽然我的梦想一再落空，心情也常常沮丧。不过，我对这次漫长而又艰险的旅途充满斗志，而且我也知道，我不仅要自己充满斗志，还要在别人意志消沉的时候，用我的正能量去感染他们。

现在是前往俄罗斯旅行的最好时节，我觉得驾驶着雪橇在冰雪上畅行，比在英格兰坐马车要舒服、畅快多了。这里的天气也没有冷到严酷的地步，只要像我一样在身上穿一件皮裘，并保持不间断地在甲板上走动，应该就能成功地阻止血液在经脉里冻结，从而顺利地通过圣彼得堡与白海之间的那条通道了。

我打算两到三周之内出发去白海的大天使湾，等到了那里，我会先去雇一艘船，这件事情应该不难，只要给那些船主一些钱当押金就行了。之后，我再从那些经常出海捕鲸的水手中找个我需要的人手。我不想延迟到六月才出海，至于我什么时候回来，这个就不能确定了。如果我成功了，那我在几个月或者几年之后就会回来；如果我不幸失败了，那就只有两个结果了，一个是你马上就能见到我，至于另一个，那就是你再也见不到我了。

信就先写到这里吧，姐姐，祝你生活愉快，也祝我这次的探险能够马上成功。

你的弟弟，R. 沃尔顿

17××年 12 月 11 日

落笔于圣彼得堡

第二封信

亲爱的姐姐：

你好！我感觉自己现在就已经身处于一个充满奇幻色彩的冰雪王国之中。我找好了船，并雇用了一些绝对值得我信赖的水上好手。在这里，有种度日如年的感觉，不过好在我又向自己的终极目标迈出了一大步。

这几天，我总感觉自己的心里空落落的，姐姐，你应该能了解我此刻这么难过的原因。对，就是因为我的身边没有一个可以与我有福同享、有难同当的朋友。或许，我可以每天把自己那些乱七八糟的思绪都统统记录下来，这确实是一种情感的交流方式，一种极度可悲的交流方式。姐姐，你不要觉得我是在多愁善感，我真的需要这么一个交心的朋友。我相信，只要有这么一个跟我志同道合的朋友，在我以后的旅途中，一定能少走一些弯路。你也知道，你弟弟一直是一个很爱冲动的人。小的时候，我就不爱上学，一天到晚缩在托马斯叔叔那里看航海的书籍，虽然后来我也看过几本诗人的作品，不过这根本没有多大的帮助，现在已经二十八岁的我，在某些知识方面，甚至连一个初中生都比不上。现在我也知道该学习了，就像我前段日子还想学一些外语，可到了我这个年纪，根本就学不进东西了。没错，跟那些早已丢失了梦想的人相比，我算是比较幸运的。也正因如此，我才会更加需要这么一个能理解我梦想的朋友，他不会嘲笑我的梦想，相反的，他还会帮助我，在我朝梦想之地飞翔的时候，他会在我的身后为我展开一对坚实的翅膀。有没有觉得我现在都是在说废话，好像还真是，如果我在大天使湾都找不到合适的朋友的话，那等我进入了广阔无垠的大海就更不可能找到了。不过，话说回来，在我雇用的那些水手当中，还是有几个值得我深交的。比如说我的船长，他就是一个非常具有胆识与谋略的人，更重要的一点是，他跟我一样，希望通过这次探险让自己功成名就。姐姐，从小到大你跟妈妈都很疼爱我，在你们的教育和呵护下，我成为一个骨子里温文尔雅的人，这让我很难去理解那些水手们低俗、粗鲁的行为。当然，不可否认，那些水手们除了拥有人类与生俱来的劣根之外，在他们粗犷的言行中，还是会偶尔透露出一些美好的。不过，我的船长却跟那些普通的水手不一样，他跟我一样温文尔雅、正直英勇，在待人方面更是充满了仁慈之心。在我听说有这么一位心地善良还深受船员爱戴的船长存在之后，便下定决心要让他加入我的团队。后来我还真的在一艘捕鲸船的甲板上遇到了他，而且巧合的是，接下来他刚好处于空闲状态，这让我轻而易举地就说服他加入了我的团队。我还从一位女士的口中听到了一个关于他的浪漫故事，接下来我就简单地说一下吧，我相信姐姐一定会喜欢听的。

故事发生在很多年前，那时我的船长爱上了一位家境并不富裕的俄罗斯姑娘，于是他通过自己的努力赚到了一大笔钱，那个姑娘的父亲立刻就答应了他们的婚事。不过，在结婚的前一天，那个俄罗斯姑娘却哭着跪倒在他的面前，希望得到他的原谅。原来那个俄罗斯姑娘爱上了另外一个人，不过由于那个人家境贫穷，所以俄罗斯姑娘的父亲无论如何都不肯答应这门婚事。得知了这位俄罗斯姑娘的苦衷之后，我的这位善良的船长立刻放弃了这门原本属于自己的婚事，而把他那座原本想用来安度晚年的农场以及他辛辛苦苦赚来的一大笔钱，当然，还有他深爱着的那位俄罗斯姑娘，都拱手让给了他的情敌。后来，那位俄罗斯姑娘的父亲得知了整件事情的经过之后，觉得那是在羞辱自己的尊严，依然不肯同意自己的女儿与另外一个人的婚事。我的这位船长见那位父亲如此的顽固，只能暂时离开了大天使湾，直到后来他得知那位俄罗斯姑娘终于如愿以偿地与自己的爱人结婚后，这位船长才重新回到了这里。“这个世界上怎么可能会有这么完美的男人!”姐姐，你一定会这么说吧。不过我的船长就是这么一个男人，而且，听说他也没有受过正规的教育，所以他平时比较沉默，做事从来不按常理出牌。当然，这或多或少也会让有些人对他的印象打了折扣。

对了，姐姐，你可不要因为我现在说一些丧气话就觉得我打算放弃这次探险。这是不可能的，我觉得我存在于这个世界上的原因之一，就是这次旅途。至于我这些天依旧待在大天使湾，只是因为这几天天气不好，一旦天气好转，我马上就会出发。你也知道，这里非常冷，特别是冬天，一切事物的表面都被一层厚厚的冰包裹着，一切都预示着这个季节并不适合出海。不过一到春天，这里的一切都会好起来的，顺便说一下，这里的春天来得非常早，很有可能再过几天我们就能扬帆出海了。虽然我有些时候很冲动，不过却并不鲁莽，特别是我接下来的行动肩负着一船人的人身安全时，我更加会小心行事的。

我无法用任何语言来形容我即将出海的激动心情，这就像是一个人准备去参加一次重要的约会，或者进行一场自己盼望已久的旅行。那种肾上腺素狂飙，让我全身甚至忍不住轻微抖动的忐忑之情真是太美妙了。我马上就要开始我的奇幻之旅，前往那个“被神秘笼罩下的冰雪王国”。姐姐不用太担心我的安危，因为我不会杀死信天翁的，不过你倒是可以遐想以后我会像“老水手”① 一样拖着疲惫而又令人可怜的身躯回到你的身边。哈哈，你一定会为我到了现在这样的关头还能这么幽默而感到开心吧。其实，正是那些年我看的

---

① 指柯勒律治的著名《老水手之歌》中的水手，这位古代水手讲述了他在一次航海中故意杀死一只信天翁（水手们认为它是象征好运的鸟）的故事。这个水手经历了无数肉体还有精神上的折磨之后，才慢慢明白“人、鸟和兽类”作为上帝的创造物存在着超自然的联系。——译者注

那些诗人们天马行空的诗篇，才让我对浩瀚无垠且充满了神秘感的大海产生了无限的向往，我甚至连自己都感觉不到，这种对于大海的向往出自我灵魂深处的哪个地方。平日里，我是一个勤奋上进、踏实生活的人。但是，我身体内还存在另外一个我，那个我对那些虚无缥缈的幻境迷恋到无法自拔的地步。这种迷恋整日整夜地伴随着我，让我根本无法像普通人那样过循规蹈矩的生活；也正是因为那另外一个我，我才会踏上了这次充满未知数的探险之路。好了，最后说一下姐姐最关心的事情吧：穿越了整个广阔无垠的大海之后，我想我应该会从非洲或者美洲最靠南的海角回到姐姐身边。当然，是否能成功地穿过波涛汹涌的大海，我也没有十足的把握。希望我们能珍惜每一次通信的机会，我相信，在我最困难的时候，姐姐的书信是我最大的精神支持。我爱你，姐姐，如果哪天我突然音信全无了，请记住，你弟弟永远在你身边。

爱你的弟弟，罗伯特·沃尔顿

17××年 3 月 28 日

写于大天使湾

第三封信

亲爱的姐姐：

你好，我急促地写下这封信，主要就是想跟你报个平安，我这边一切都进行得很顺利。一个好心的商人会带着这封信返回英格兰，然后寄给你。想着那个商人乘坐的船只即将返航，我真不知道自己何时能够回乡。不过现在，我们一整艘船上的人心态都很好，即使常常看到一些巨大的浮冰从我们的周围飘过，我们也不害怕。盛夏已经到来，虽然我们的船只已经进入了高纬度地区，不过，一阵阵从英格兰吹过来的南风，还是让我感到一种前所未有的温暖。温暖的南风，吹动着船帆使我们急速向前，我渴望着能够早点到达我梦想的彼岸。

我们的旅程到现在为止还算一帆风顺，时不时遇到的一两阵强风，或者船身出现个小裂缝，这对于我们来说只是家常便饭、小菜一碟的事情，根本不值得跟姐姐倾诉。我现在只能每天向上帝祈祷，让他保佑我后面的旅程继续平平安安。

好了，姐姐，就写到这里吧。你尽管放心，我会克制住自己那颗容易冲动的心，时刻保持冷静、清醒的头脑，为了你，也为了我自己。

我的船已经航行了这么远，我一定会征服这人类难以驾驭的大自然，在这浩瀚无垠的大海之中开辟出一条安全的航行路线，我相信自己的努力到最后肯定能换来成功，就让夜空中那些闪亮的繁星来见证我成功的那一伟大的历史时刻吧。

再见了，姐姐，虽然我现在内心非常的激动，感觉自己还有一肚子的话要对姐姐说，不过确实已经没时间了，愿上帝保佑我的姐姐每天开心。

你的 R. W. [①]

17××年 7 月 7 日

① 罗伯特·沃尔顿（Robert Walton）的首字母缩写。——译者注

第四封信

亲爱的姐姐：

你好！最近我的身边发生了一些非常奇怪的事情，请容许我用写日记的方式将它们记录下来。当然，很有可能在你看到这封信的时候，我已经返航回到了你的身边。

17××年 8 月 5 日

五天之前，也就是 7 月 31 日，浓浓的大雾笼罩了整个世界，更让我们感到不安的是，我们的船被浮冰严严实实地包围住了，海面上没有给我们的船只留下任何移动的空间。因此，我们只好在原地抛锚，等待天气能够有所好转。

下午两点的时候，笼罩在海平面上的浓雾开始渐渐稀释，我们的视线范围得到了扩展，不过令我们感到沮丧的是，船只周围的海平面上依旧布满着各种奇形怪状的硕大浮冰。这令站在甲板上眺望的水手们开始不住地叹气，我的内心也感到了隐隐的不安。就在这时，突然，一个奇异的画面进入了我们的视野，我看到在离我们半英里的地方，一个看上去有点像人，不过身躯却远比常人要高大的家伙，正驾驶着一架由几只狗拉着的雪橇，快速地往北边行动，在那个雪橇的后面还固定了一个小型的车厢。好奇心驱使着我一直用望远镜盯着那个急驰而去的怪人，直到最后，他那高大的身躯被冰山遮住，消失在我们的视线当中。我一直以为我们的船只已经航行出了很远的距离，至少已经远离我们原来的大陆。不过，这个怪人的出现，却告诉我，其实我的船并没有航行出我想象中的那么远，因为在这个地方，还有人类的存在。又过了两个小时，天色开始慢慢地暗淡下来，我在甲板上听到海面上传来了一些清脆的响声，入夜前，冰封着我们的船只的那些浮冰终于开始融化了，我们得到了解放！不过，出于安全的考虑，我们不打算连夜行船，因为晚上船只很有可能会撞到一些我们肉眼难以发现的大块浮冰。我们一致决定继续在此停泊到明天天明，大家也刚好可以借助这一晚的时间来好好调整自己的状态。

第二天早上，海平面上刚刚露出鱼肚白，甲板上传来了一些喧哗声。我看到所有的水手们正聚在船头处议论着什么，原来紧挨着我们船只的一块大浮冰上，有一个人正坐在一个雪橇上，那个雪橇跟我们昨天看到的那个向北飞驰的雪橇很像。不过雪橇上的人却跟昨天那个怪人一点儿都不一样，昨天我们看到的那个怪人更像是一个传说中的野人，不过这个人明显是文明世界里的人，他的穿着看上去有点像欧洲那边的人。我猜这个人所在的浮冰是昨天晚上漂到我们船只附近的，因为除了一只雪橇犬之外，其他的狗都被冻死了。看到我走了过来，我的船长对那个人说道："他就是我们团队的队长，他是不会让你孤零零一个人在海上自生自灭的。"众水手们也劝那个人快点上船。

那个人看到我之后，用一种口音特别怪异的英语对我说道："你能不能在我上船之前好心地告诉我，这艘船要驶向什么地方?"

当那个陌生人问出这样的问题时，我确实感到有点不可思议，我觉得对于他现在的处境来说，上我这艘船是他唯一的出路，难道如果我这艘船去的地方不能使他满意，他还不想上船吗?虽然他的问题有点不可理喻，不过我还是老实地告诉他，我们正在进行前往北极的探险之旅。

听了我的答案后，那个人似乎非常满意，马上就开心地同意上船了。姐姐，我敢发誓，你肯定没在现实生活中看到过身体这么虚弱的人。他的四肢已经被冻得完全没有知觉了，他的身体也因为长期的疲惫与痛苦而被折磨得虚弱不堪。我们原本想将他抬到温暖的船舱之中，不过，可能是船舱里有点闷的关系，他一进入船舱就晕了过去。无奈之下，我们只能将他重新抬回了甲板上，我拿了一瓶白兰地，灌了他几口，然后一边用酒擦拭他的身体，一边活动他的四肢。等他苏醒过来之后，我马上让人拿了条毯子将他裹好，然后把他安顿到了厨房温暖的火炉旁。在火炉的烘烤下，他喝了点热汤，终十整个人慢慢地缓了过来。

过了两天之后，那个人终于可以说话自如了。期间，因为我怕他悲惨的遭遇会让他做出非理性的事情，所以他的身体稍微有点好转，我就让他搬到了我的房间里住，这样一来，我既可以防止他做傻事，也能更好地照顾他。我从来没有见过这么有趣且怪异的人，他非常安静，不过我可以从他的眼神中看出，在他平静的外表下潜藏着一颗非常狂野的心。平日里，他喜欢独处，表情悲伤得似乎整个世界都亏欠了他什么。不过，只要一有人对他示好，即使只是帮他做了一件根本不值一提的事情，他也会马上变得神采飞扬起来。

随着我的这位陌生人身体慢慢恢复，船上的其他水手们终于忍不住开始想向他问一些问题。不过，对于水手们的这些鲁莽行为，我是绝对禁止的，我知道那些乱七八糟的问题只会让他再次陷入痛苦之中。后来，一个水手趁我不注意，问他为什么要大老远地坐着雪橇来到这里。一听到这个问题，这个陌生人的脸色一下子变了，不过他还是回答道："我是为了抓到一个从我手中逃走的家伙。"

"那个人也坐着跟你一样的怪雪橇吧？"

"对对！"

"在救你上船的前一天，我们都看到过那个人，他就坐在一个跟你一样的雪橇上。"

这位水手的回答马上引起了那个陌生人的关注，接下来，他连续问了好多关于大家看到的那个高大的怪人的事情。他越听越兴奋，到最后，甚至想马上到甲板上眺望那个雪橇的踪迹，但我还是说服他继续留在船舱之内，毕竟他现在身体还很虚弱，根本没有能力去抵御外面的寒冷天气。为了让他安心，我特意保证会安排一个人在甲板上替他观察，只要发现有什么风吹草动，就马上通知他。

后来，当我跟这个陌生人独处的时候，他对我说道：“你为什么不像其他人一样问我各种各样的问题，我猜你的心里对于我的事情应该也很好奇吧？”

“的确很好奇，只是我觉得，你的身体刚好就问你各种问题，有点不礼貌，而且，那样也会显得我非常没有人情味。”

“可以说我这条命都是你救的，所以，你对我做什么都不为过的。”

接下来，他又问我，如果冰山都开始融化的话，那雪橇是否就不能在上面行驶了，那个怪人是否就只能待在原地不动了。我的回答是不能确定，因为没有人知道在冰山融化之前，那个人的雪橇行驶到哪里了，很可能那个人早在午夜冰山融化之前，就到了某块陆地上。

以上，就是我日记里关于这件怪事的全部内容了。现在这个陌生人整日待在我的房间里，一句话也不说，他甚至很害怕见到除了我之外的其他人。不过他越不想见人，我的那些水手们对他的好奇心就越重。我则像对待自己的兄弟一样照顾他，觉得他身上表现出来的悲伤之情非常值得我们去同情他、怜悯他。而且，在如此的悲伤之下，他依旧在举手投足间透露出温文尔雅，这让我认定他在平日里绝对是一个绅士。姐姐，在之前的一封信里我不是说过，我很需要一个能跟我有福同享、有难同当的朋友，我感觉现在找到了，只要这个人愿意从悲伤之中走出来，那我就愿意付出自己的真心跟他成为知己。

只要有时间，我就会将我跟这个人的点点滴滴都记录下来。

17××年8月13日

每一天，我跟这位客人的关系都会有所进展。我以前只是觉得需要同情他、怜悯他，不过在不断地交往之中，我被他身上的温文尔雅和聪明睿智深深折服了。我现在非常崇拜他，虽然他有些时候爱钻牛角尖，不过，他所说的话总是能一针见血，非常令我信服。因为他现在的身体状况已经好了很多，所以他常常站在甲板上眺望，似乎想找到那架雪橇的踪迹。他现在依旧闷闷不乐，但可以看出，他正慢慢走出那个巨大的悲伤漩涡，甚至开始慢慢地关心起周围的人来。最近我们俩常常聊天，他对我说的每句话都能让我全身血液沸腾，对未来充满希望。我跟他说了我的梦想，说了我的这次探险计划。我表示，只要能够继续这次探险，我可以放弃一切，包括我的财富、我的生命。因为跟我所追寻的知识相比，跟我开辟出一条新航道相比，付出个人的财富和生命都是不值一提的。听我说到这里，我发现这位聆听者的脸色开始渐渐暗淡下来，他用双手捂住眼睛，似乎克制住内心的情感，不过泪水却从他的手指缝里流了出来，我不敢继续说下去了。我的这位朋友却突然发出了一声长叹，他哽咽地对我说道："为什么，为什么你跟我一样为了追求某种东西，如此的如痴如醉，难道我们都喝了迷魂汤才会如此的鬼迷心窍吗？听一下我的故事吧，我保证你听完之后就不会再有那些疯狂的想法了。"

听到朋友那样偏激的话之后，我一下子对他口中的那个故事产生了非常强烈的好奇心。不过，由于刚刚那位朋友太过于激动，导致他原本就没有完全康复的身体一下子接受不了了。我让他先好好休息，并转移话题，跟他聊了一些轻松的事情。重新恢复平静之后，他的表情有点尴尬，似乎也意识到自己刚刚失态了。他问了我一些以前的事情，我轻描淡写地将自己以前的经历都说了一遍，然而，在说到关于知己的时候，我一下子激动了起来。我表示，我非常渴望拥有一个能理解并支持我的朋友，我觉得，一个人如果一生中没能够遇到这样的知己，那他的一生都是失败的，不管他曾经有过多么辉煌的成功。

"你说得对。"那个人赞同我的观点，"我觉得世界上没有一个人是完美的，大家都是上帝手中的半成品，只有当他遇到一个充满智慧又懂他的知己时，在这位知己的帮助之下改掉人类固有的软弱与谬误之后，才能真正成为一个完整的人。我曾经就拥有过这么一位良师益友，我可以毫不夸张地赞美他那至高无上的品德，只可惜，现在我已经失去一切了，再也不可能开始新的生活。不过你的前途一片光明，希望你不要给自己任何绝望的理由，因为你的世界里充满了阳光。”

我可以清晰地看到，他在说这些话的时候，从内心深处散发出来的浓浓的悲伤之情，我的心为这股悲伤而颤抖。他不再说话，沉默着回到船舱内休息。

虽然他的情绪一直处于低落状态，不过却能比一般人更深切地感受到大自然的美丽。夜空中闪烁的繁星、一望无际的大海，以及在这片辽阔的海域上比比皆是的奇异景观，这一切都能令他的内心激动澎湃。我觉得这个人肯定是拥有双重人格的：一个他是承受着巨大的悲痛，对这个世界失去了信心；另一个则是没有任何绝望，乐观得像一个头顶光环的天使。

姐姐，你会不会笑话我，怎么会对这么一个走投无路的流亡者产生了这么大的兴趣？不过我相信，如果你亲眼看到他的话，一定也会跟我一样的。我知道你一直以来都很爱看书，因此也养成了清高孤傲的性格，不过，正因为如此，你可能会更加欣赏那个人身上的特别之处呢。这几天我故意特别地关注他，终于在他的身上找出了有别于其他人的特殊之处。他拥有非常敏锐的洞察力和准确无误的判断力，还能一眼就清晰无误地观察出某件事情的本质，当然，他的说话之道也是非常有学问，再加上他那副能够摄人心魄的迷人嗓音，好吧，这一切的一切都让他在众人中显得如此的卓尔不群。

17××年8月19日

一天之前，那个陌生人对我说："沃尔顿队长，我猜以你的智慧，应该早就看出我曾经遭受过极大的不幸了吧？我曾经发过誓，永远不会让别人知道我那些惨痛的回忆，不过现在你的出现，却让我改变了想法。我很信任你，因为现在的你就跟曾经的我一样，义无反顾地追求着自己心目中的梦想，同时也让自己陷入了跟我一样的危险境地。在这里，我真心地祝愿你在实现了自己的理想之后，不会像我一样被自己好不容易得到的成功反咬一口，落得我现在这样的悲惨境地。我认为你应该能从我的故事当中得到一些启发，吸取我当时的经验和教训，它们能够帮助你在未来获得成功，即使是失败了，也能让你得到安慰，从失败的阴影中走出来。好了，你现在竖起耳朵，准备倾听我那绝对能令你目瞪口呆的离奇经历吧。如果我们现在在正常的人类社会，你肯定不会相信我嘴里说的事情，甚至会觉得我是一个疯子。但我们现在身处这个到处充满了未知、充满了不可思议的神秘地方，我所讲的这个故事就稍微能令人信服一点儿了，不过不管你信不信，接下来我说的每一个字每一句话，都是有证据可查的。"

姐姐，你应该能想象得出，我在听到他的这番话后充满了惊喜的表情，他竟然主动要将他的故事讲给我听。虽然我有点担心，他重新开始回忆那些往事会不会让他再次陷入往日的悲痛之中，不过我又有些迫不及待地想听到这个故事，一方面当然是出于好奇，另一方面，我是想通过了解整件事情的来龙去脉之后，帮助我的这位朋友走出无尽的悲伤。

“真的很谢谢你。”他在得知了我的想法之后，对我说道，“谢谢你对我的好意，不过现在一切都已经来不及了，我觉得，只要再完成最后一件事情，我就已经功德圆满，可以永远安息了。我知道你想说什么，”他看到我想插嘴，马上急着先说道，“不过真的已经不可能了，我很开心，在这最后时刻能交到你这个朋友。这一切都是命中注定吧，听完我的故事之后，你就会相信，确实每个人都有属于他自己的宿命，那是永远无法改变的。”

之后，他答应我会在明天空闲的时候开始跟我讲述他的故事，我相信他一定会说到做到。所以我也给自己定下了一个任务，只要每天忙完了所有的事情之后，就抽出一点儿时间将他白天跟我说的点点滴滴都记录下来，即使哪天实在是太忙，也要将大概的内容做成笔记。姐姐，我的这份笔记一定会带给你很大的乐趣，而对于我这个亲眼见过他，亲耳听着他将这些故事一一讲述出来的人，在重新阅读这份手稿的时候，脑中一定能勾勒出好多的画面。其实现在，在跟你说起这些的时候，我似乎又听到了他给我讲故事时那迷人的嗓音，似乎又看到了他在讲故事时那一刻不停地注视着我的温柔而又忧伤的目光。我甚至看到了他整个人，在灵魂之光的指引下，扬着手神采奕奕地望着远方。

相信我，他的故事离奇而沉重，就像龙卷风一样可怕，可以瞬间将一艘大船摧毁于无形之中。

第一章

我出生在日内瓦的一个名门望族里，我们家历代祖先都在国家的政治机构担任着重要的职位，到了我父亲这一辈，他还是能身兼数个政治和社会上的重要职位。我的父亲为人正直，而且非常热衷于他的工作，这让他成功地赢得了人们的爱戴。年轻的时候，因为我的父亲要处理国家的各种事务，所以东奔西走的他无法定下心来结婚，直到他的而立之年都过了，他才结婚并生下了我。

我父亲的优良品性在他结婚之后得到了淋漓尽致的表现，所以我要先讲一个关于我父亲的小故事。我的父亲有一个非常要好的朋友，叫波弗，他曾经是一个如日中天的商人，拥有非常显赫的地位。只可惜后来波弗因为性格上的骄傲固执彻底破产了，他变卖家产，体面地还清了所有的债务之后，就带着唯一的女儿到了瑞士的卢塞恩过着一贫如洗的隐居生活，从此无人问津。不过，我的父亲却一直牵挂着自己的这位朋友，他四处打听，试图找到这个朋友，然后用自己在社会上的名声跟资金来资助他，让他东山再起。只是波弗一心要切断跟以前的所有联系，所以我父亲花了九牛二虎之力，用了十个月的时间才打听到了他的住所。然而，就当我父亲喜悦万分地赶到波弗的所在地——罗伊斯河附近一条不起眼的小街上，打开波弗家的大门时，进入他视线的是一幅令人惨不忍睹的画面。原来波弗在还清了所有的债务后就只剩一点点钱了，这点钱最多让他维持几个月的生活。他曾经尝试着在这几个月之内找到一份体面的工作，可惜事与愿违一直没有找到，他无所事事，每天悔恨和悲伤都折磨着他的身心。三个月后，在自责与懊悔的侵蚀下，他终于病倒了。

这段时间，多亏了他女儿卡罗琳·波弗无微不至地照顾，但她也很快意识到，他们那份原本就少得可怜的家产正在急剧减少，更可怕的是他们没有任何收入来源。幸好卡罗琳从小心灵手巧，于是她就开始做一些例如像编织稻草这样的简单工作来博得一些收入，只是这些收入是如此的微薄，以至于他们家依旧处于入不敷出的状态。

波弗父女俩就这么艰难地又撑过了几个月，卡罗琳的父亲身体越来越差，这让她不得不抽出更多的时间去照顾她的父亲，从而导致每天工作的收入更加微薄了。到第十个月的时候，波弗终于再也撑不下去了，他死在了自己女儿的怀中。卡罗琳被她父亲的死彻底压垮了，现在她已经一无所有，只能绝望地跪倒在自己父亲的灵柩旁哭泣。而我的父亲，就是在这个时候打开了波弗家的房门，他就跟一个来自天界的使者一样，找到了可怜的卡罗琳，帮助她安葬好了她的父亲之后，就将她带回了日内瓦，把她安置在了自己的一位亲属的家中。两年之后，卡罗琳就成了我父亲的妻子。

我父亲的年龄比我母亲大很多，不过却令他们更加的珍惜对方。我的父亲为人正直，品格优良，决定爱一个人的时候会爱得非常坚定。其实在父亲年轻的时候，他曾深爱过一个女人，只可惜很久之后他才发现那个女人根本不值得他如此深爱，这让他感到钻心的疼痛。当然，也正是因为这件事情，他才会倍加珍惜眼前这个值得他去爱的人。我父亲在对我母亲付出的爱里面总是夹杂着一些感恩与崇拜之情，他对我的母亲百依百顺，就像勤劳的园丁们照料那些奇珍异草一样无微不至，竭尽所能地不让她受到一丝一毫的伤害。这绝对不是那种老夫对少妻的盲目宠爱，这是我父亲对我母亲精神与品格上的尊重，当然，他也是希望自己的爱能够治愈她早年遭遇的创伤。但是，即使我的父亲让我的母亲每天都保持身心愉悦，她依旧没有彻底从那些不幸之中走出来。婚后的两年，我父亲就把自己所有的职位都辞去了，他们去了气候宜人的意大利，试图用旅行带来的激情与快乐让我母亲忘却以前的悲惨遭遇。

后来他们又离开意大利，去了德国、法国。我就是他们在游历法国的时候出生的，我出生在法国的那不勒斯，可以说，我还是一个婴儿的时候，就已经开始和他们一起遨游世界了。在很多年的光阴里，我都是他们的独生子，他们将蕴含在体内的无穷无尽的关爱都毫不保留地全部倾注到了我的身上。所以在我最初的印象中，母亲是温柔呵护的代名词，至于父亲，他的脸上总是要挂着一副慈祥和蔼的笑容。我的父母深刻地意识到，我不仅是他们刚出生的小宝宝，同时也是上帝赐给他们的单纯无助的小生命，他们要对我的未来负责，因为我的未来是幸福还是苦难都取决于他们。由于我的父母本来就天性善良，我从小接受的训练就跟娱乐活动一样轻松，不过，我觉得我依旧受到了最正确的引导，特别是我待在他们身边的时候能耳濡目染学到他们身上的耐心、仁慈和自我控制的美德。我的母亲一直想给我生个妹妹，只是一直没有如愿，所以在很长的时间里，我依旧是他们唯一的关爱。

我五岁的时候，我们全家去意大利的科莫湖畔做了一次短途旅行，并在那里度过了一个星期。由于我父母心地善良，他们经常去帮助一些穷人，特别是我的母亲，因为她亲身经历过那种如同灾难般的生活，所以她并不觉得去帮助那些人是一种美德，她觉得那是她的职责，现在是时候让她化身为天界使者，去帮助那些该帮助的人了。有一次散步的时候，我们注意到了一间非常残破的小屋，屋外有一群衣衫褴褛的小孩，整个画面显得更加凄惨。

后来，因为一些急事，我父亲匆匆赶去了米兰，而母亲则带着我去拜访了那间残破的小屋。小屋子里，一个农夫跟他的妻子正在给那些孩子们喂食，孩子们显然是饿坏了，不过他们的食物却少得可怜。在那五个小孩当中，一个与众不同的女孩子引起了我母亲的注意，其他四个孩子都是黑眼珠，一副天生就是小流浪儿的样子，而那个女孩子却显得那么生机勃勃，她皮肤白皙，有着一头金色的长发，长着一对清澈无瑕的蓝色眼睛、气宇轩昂的眉毛，还有那轮廓分明的嘴唇和脸庞，虽然身体单薄，而且还穿着破破烂烂的衣服，不过依旧显得非常高贵，让人不由自主地将她看成是天界下凡的小天使，因为她身上所有的气质与特征都感觉不是人间该有的。

那位农夫显然是注意到了我的母亲看着那个小女孩时的异样目光，于是就热情地介绍起了她的身世。原来这个女孩子并不是农夫的亲生女儿，她出生在米兰的一个贵族家庭里，家里原本非常富裕，她的母亲是德国人，父亲是立志要恢复意大利光辉历史的政治家，他全身心地投入到了祖国的解放事业中。只可惜，她的母亲在生下她不久就去世了，至于她的父亲，则成了软弱祖国的牺牲品，没有人知道他是死了还是被囚禁在奥地利的哪个无人知晓的地牢之中。他们家所有的财产都被查封了，这个孤苦伶仃又身无分文的小女孩就只能由这对好心的夫妇代为抚养。只是，即使跟着这对农夫一起生活，在这陋室之中她依旧出落得楚楚动人，比那些生长在荆棘丛中的玫瑰花还要娇贵。

我父亲忙完了米兰的事回来的时候，他看到我正在大堂里跟一个活力四射的女孩子玩耍。他很快地就得知了关于这个比天使还要美丽的女孩子的一切，在我父亲的怂恿下，我的母亲下定决心去说服那对农夫将这个女孩子的监护权转交给她。很显然那对夫妇也非常喜欢那个女孩子，甚至把她当作是上帝赏赐给他们的礼物。不过，在跟村子里的牧师商议之后，那对农夫还是深明大义地将这个女孩子送到了我家，毕竟与可以生活在我家相比，让这个女孩子继续待在那间农舍里，结果可想而知。于是我们家多了一位成员，伊丽莎白·拉温瑟成了我的妹妹，在以后的日子里，我们几乎每天形影不离，好得如同一个人一般。

在伊丽莎白到我们家的前一晚，我的母亲开玩笑地说道："明天我要送维克多一件礼物。"第二天，伊丽莎白就到了我们家，我当时以一个小孩子天真的处事方式，把母亲的玩笑当成了真话，真的将伊丽莎白当成了需要我去保护以及珍惜的专属于我的东西。所以当大家都情不自禁地表现出对伊丽莎白的喜爱的时候，我并没有不开心，反而因此感到骄傲，因为伊丽莎白是我的，所以，她受到的赞美也是属于我的。平时我们俩以堂兄妹相称，不过我与伊丽莎白的真实关系却不是任何语言能够表达出来的，我绝不仅仅把她当作是我的妹妹来看待，因为自始至终她都是专属于我的东西。

第二章

我跟伊丽莎白的年龄相差不到一岁，由于性格上的差异，从小到大，我们几乎从来没有吵过架。我的性格开朗热情，总是热血沸腾地专注于对知识的渴求。而伊丽莎白的性格平和善良，她喜欢陶醉于诗人们天马行空的诗歌中，或者沉浸在瑞士风景如画的美景之中——四季的变化，以及阿尔卑斯山上，不同季节表现出来的别有趣味的狂暴与安详。她总是不停地感叹这些变化多端的风景，并从这些绮丽的风景中得到无限的乐趣。与此同时，我则沉醉于探索世界的本质当中。我对一切充满了好奇，比如我一直很好奇这个世界是怎么来的，人类是怎么出现的。因此我为了揭开那些包罗万象的自然谜题，坚持不懈地研究探索着。对于当时自己那种接近于疯狂的痴迷状态，直到现在我依旧清晰地记着。

当我的父母生下我的弟弟时，我已经七岁了，我的父母决定放弃这种四处漂泊的生活，我们一家人回到了自己的祖国。我们家在日内瓦有两栋房子，一栋位于市区，另一栋乡野别墅则位于离市区一英里远的日内瓦湖东岸的贝尔日维。我们大部分时间都住在别墅里，我的父母是为了享受那种与世隔绝的生活，而我则是为了故意避开人群，我不喜欢跟同学们交往，不过我却有一位非常要好的朋友。他的名字叫亨利·克莱瓦，是日内瓦里一个商人的孩子。他不仅天资聪慧，想象力丰富，而且他跟我一样热爱探索，身上有一股不怕吃苦的冒险精神，他还看了好多关于骑士的浪漫主义的书籍，并已经开始着手创作关于魔法师与骑士的冒险小说。他很喜欢戏剧表演，常常带着我们参加一些化装舞会。在舞会上，我们基本上都化装成亚瑟王的圆桌骑士①，或者是在龙塞斯瓦列斯战役②中牺牲的英雄，或者是费尽千辛万苦将圣杯从异教徒手中夺回的骑士团，反正，不管什么肯定都跟骑士有关。

我敢发誓，世界上绝对没有任何一个人的童年能比我们家的孩子更加幸福。我的父母把我们当作他们的快乐之源，从小对我们温柔呵护，从来不会违背我们的意愿行事。特别是当我到别人家里去拜访了之后，更是意识到自己是多么幸运的小孩，这让我对父母充满了感激之情，发誓以后一定要对他们极尽孝道。

因为我的性格上存在暴动的因子，所以有时候容易冲动，但是身体里天生的良好品性的驱使，我并没有沦落到去追求低俗的东西，而是将我体内的暴动因子转化成了渴求知识的

---

① 圆桌骑士是中世纪传说中亚瑟王的朝廷中最高等的骑士们，因为他们常常用圆桌聚会而得名。——译者注

② 公元778年，查理曼大帝对抗异教徒战争中发生在龙赛斯瓦列斯山口的战役。——译者注

动力。当然，我并不是什么东西都爱学习的，对于语言文法、商业管理或者国家政治这些东西我就怎么也提不起兴趣，最痴迷的是与宇宙的奥秘有关的知识。我几乎每时每刻都在观察着事物的外部形态，然后去分析潜藏在事物体内的核心精髓，例如人类体内的关于灵魂的神秘知识。我想通过探索这个物质世界，从而去了解潜藏在它背后的宇宙物质存在的奥秘。

与我的研究方向不同，克莱瓦喜欢研究人类在各个年龄阶段，人与人之间的道德联系或是那些英雄们的思想观念与价值观。他的目标是成为一个探险家或者像传说中的游侠那样的人物。当然，不管是我还是克莱瓦，都得到了伊丽莎白极大的帮助。虽然我原本就对任何事物都充满了热情，不过，如果没有伊丽莎白，那我的性格早就在年复一年的学业中变得孤傲，而她很好地化解了我这种不良的趋势，让我变得和她一样高雅大方。至于克莱瓦，或许他原本已经非常高尚，但人无完人，如果不是伊丽莎白向他展示了什么是真正的慷慨大方、体贴入微，让他永远保持着善良、充满着爱心，那他也不可能在热切地追求冒险的同时依旧保持内心温柔，从而成为一个这么完美的人。总之一句话，伊丽莎白那圣洁的灵魂就像是一盏指路明灯一样照耀着大家，她用她那美丽的笑容、甜美的嗓音，以及那天使般的眼神中透露出来的柔和目光，激励我们勇敢而正确地往前走。

毫无疑问，我的童年生活绝对是充满了愉悦的，只可惜好景不长，厄运悄然而至，它让我偏离了原本光明的美好未来，让我成了一个狭隘的喜欢自我封闭的人。而这一切的罪魁祸首就是自然科学，我就像是被宿命牵引般地对这门学科产生了极大的狂热，这股狂热从原本一条山涧小溪骤然变大，成了一条波涛汹涌的大河，将我仅存的一丝希望与欢乐冲刷得一干二净。在这里，我想仔细地描述一下，我是如何会对这门科学如此着迷的。

那是我十三岁的时候，我们全家人一起到一个浴场度假，可惜天公不作美，我们刚到那里，天气就变得很恶劣了，我们只能一整天都待在旅馆里。无聊地在房间里闲逛的时候，我偶然发现了一本科尼利厄斯·阿古利巴①的作品。原本我只是想随意地翻一翻打发时间，可看着看着，我突然感觉自己灵光乍现，瞬间就被书里的内容吸引了并牢牢地迷上了作者所举的那些事例。于是我非常兴奋地拿着那本书给我父亲看，不过他只是随意看了一下，就对我说道："哦，科尼利厄斯·阿古利巴啊，他写的东西全是垃圾，不要看了，那只是浪费你的时间。"

假如我的父亲当时不是那么随意地敷衍我，而是认真地跟我解释，现代人类在科学研究方面已经得到了很大的发展，所有的科学理论都是建立在事实与论证之上，而不是像阿古利巴这种旧理论这样泛泛而谈、空口无凭。如果我的父亲这么对我说，那我肯定会随手将阿古利巴的书扔在一旁，然后重新投入到我之前的学习之中。不过，父亲那种不屑地随意一看，让我觉得他根本就没有真正理解这本书的内容，于是我回到房间，继续沉迷于那本书的神秘世界中去。回到家之后，我想方设法地找全了阿古利巴的所有作品，然后又去找了跟阿古利巴同类型的作家的书，比如帕拉塞尔苏斯②，还

① 科尼利厄斯·阿古利巴（1486－1535），德国超自然学者、占星家、神学家、炼金术士。——译者注

② 原名帕拉塞尔苏斯（1493－1541），文艺复兴时期的医生、植物学家、炼金术士、占星家以及神秘主义者。——译者注

有阿尔伯特·马格努斯[1]。我无比兴奋地阅读并研究着这些作家们充满了奇思妙想的疯狂著作。我把它们当作只有我一个人知道的秘密宝藏，前面也提到了，我一直对整个宇宙的秘密充满了好奇，想方设法地想要去参透它。虽然当代的学者们也一直在为之付出努力，同时也有了一些堪称伟大的发现。不过这些研究成果根本无法让我满足，就像在自然科学领域取得了巨大成就的艾萨克·牛顿爵士依旧表示自己只是一个在一片浩瀚无垠、无人涉足的真理大海的沙滩上捡贝壳的小孩。在自然科学领域贡献如此巨大的伟人都依然如此，就更别提那些对牛顿根本望尘莫及的后继者们了。

我觉得对于大自然生生不息的循环，一个最为博学的学者不会比一个从来没读过书的农民懂得更多。或许学者们可以进行分析、解剖，然后给各种东西命名归类，不过他们也就只能做这些表皮工作而已了，他们都无法找到一些简单现象的源头所在，就更别提那些事物的最终本质是什么了。而我则紧紧盯着这些人类无法完美诠释的神秘现象的本质，烦躁不安地发着这些无知的牢骚。

我对于自己拥有那些著作感到非常幸运，特别是我能洞察并了解那些作者的想法。我觉得那些书里面每句话都是真理，并自然而然地成了那些作者的忠实信徒。其实在18世纪还有像我这样的人，确实是有些令人匪夷所思的。在日内瓦的学校里学习的时候，那些我热爱的学科，我基本上都是自学成才的。我的父亲并不喜欢研究自然科学，所以我只能自

---

① 指大阿尔伯特（1206—1280）。多明我会神父，主教，中世纪欧洲重要的哲学家和神学家，以倡导科学与宗教和平共存著名。——译者注

己一个人盲目地在渴望知识的海洋中跌跌撞撞。后来在一个新导师的带领下，我一心一意地投入到了炼金术和炼制长生不老丹药的研究中。由于我并不缺少金钱，所以，很快，炼制长生不老丹药成了我全部的研究方向。因为一旦我找到了让人类避免生老病死的方法，那可绝对是给全人类做出了巨大的贡献。当然，我并不仅仅局限于要炼制出长生不老丹药，因为我所崇拜的那几个作家们还大胆地宣称他们可以召唤出鬼魂。从此我又多了一个追寻的目标，虽然我用他们的咒语召唤鬼魂的时候没有一次成功，不过我并没有对这些导师们的咒语或者技巧有所怀疑，只是归咎于自己的功力不够，或者所用的方法不对。所以在很长的一段时间之内，我不吃不喝地研究着这些已经被人推翻的理论，然后用我那儿童时代特有的幼稚与天马行空的想象力，将那些乱七八糟又自相矛盾的理论搅和在一起，然后拼凑出一堆莫名其妙的、让自己看了都头大的知识，直到有一天我遇到的一件意外事件又改变了我最初的想法。

那件事情发生在我十五岁，那个时候我们家刚刚搬到贝尔日维那边的房子中。一次偶然的机会，我们目睹了一场大暴雨的降临，闪电交加的大暴雨从朱拉山脉迅猛地朝我们这边席卷而来。当时我们既兴奋又好奇地站在门口观望，突然，我看到在离家里差不多二十码①的地方，一个古老而又美丽的橡树上亮起了一股猛烈的火苗，那股耀眼的火苗转瞬即逝。第二天，当我们去查看那棵被雷电击中的橡树时，我们惊奇地发现它并没有被闪电劈成碎块，而是直接被击成了黑色的粉末，我从来没有见到过被摧毁得如此彻底的东西。

原本，对于最基本的电学常识，我也是略知一二的。不

---

① 约合 18 米，1 码等于 0.9144 米。——译者注

过，巧合的是，当时正好有一位在自然科学领域取得了显著成绩的学者在我们旁边。看到那棵橡树所遭受的灾难之后，他非常兴奋，并向我们阐述了他所建立的一套关于电学与电流的理论，他的这套对我来说完全陌生的理论，直接将我所信仰的科尼利厄斯·阿古利巴、阿尔伯特·马格努斯，还有帕拉塞尔苏斯的那些理论直接推翻了。可能是出于年轻人特有的喜怒无常与容易暴躁，我直接停止了原来的研究，觉得原本我那么看重的东西全都是一些一无是处的废物，我甚至还不屑地认为那些自然科学领域一切的成果都只是表面意义上的科学而已，那些东西永远不可能登上真理的殿堂，人类永远无法参透万物的奥秘。有了这些想法之后，我开始研究数学以及一些拥有着坚实基础的科目，并觉得只有这些东西才值得我认真研究。

人类的一生有时候就是这么的奇妙，一个正确的判断可以让你飞黄腾达，一个错误的决定可以直接将你拉入地狱的深渊，而正确与错误之间往往只有分毫之差。现在回想起来，我当时转变了自己的爱好跟研究方向，应该是我的保护神对我所做出的最直接的保护了，她试图告诉我，从事这些研究就是让自己陷入地狱般痛苦，而放弃这些古老的研究则意味着踏入了幸福的天堂。我的保护神成功了，在那段放弃研究的时间里，我的内心充满了安静与快乐。

只是好景不长，我的保护神所做出的这次最后的努力，效果并没有持续多久。或许注定的命运是无法违抗的吧，连保护神也不能更改这个规律，这也注定了我无法避免在将来遇到比地狱还可怕的灾难。

第三章

因为我一直以来都是在日内瓦上学，我父亲觉得只是在本国接受教育的话，就不能了解其他国家的风土人情，因此，在我十七岁那年，父亲决定让我进入英格尔斯塔德学院深造。然而，就在我动身求学之前，我人生中的第一次灾难悄然而至了，回想起来，这可能就是我悲惨命运的前兆吧。伊丽莎白不知何故突然得了猩红热，而且病情非常严重，随时有生命危险。

由于猩红热是一种传染性的疾病，所以我费了好大的劲儿才勉强说服我母亲不要亲自照顾伊丽莎白。不过当我的母亲得知伊丽莎白已经病入膏肓，甚至有生命危险的时候，她再也不听我的劝阻了。她亲自来到伊丽莎白的床前，每天都无微不至地照顾她。在我母亲良好的照料之下，伊丽莎白的病终于有所好转，只是我母亲这种草率的行为却给自己的身体带来了致命的伤害。没过多久，我母亲就病倒了，而且由于她的年纪过大，再加上体质原本就不好，因此病情直接恶化，为母亲看病的医生也表示已经无力回天。

就在生命的最后关头，这位伟大的女人依旧保持着她与生俱来的坚强跟慈爱。她温柔地将我与伊丽莎白的手牵到一块，对我们说道："孩子们，相信我，只要你们两个人结婚，你们一定可以成为世界上最幸福的人，我想你们的父亲肯定也是这么期望的。伊丽莎白，我的好孩子，以后，我就把我的这个儿子交付给你了。唉，真可惜，我就要离开这个世界了，我的一生都是在幸福与快乐之中度过的，现在离开，真的充满了不舍。不过每个人都得经历这个过程，我会让自己平静地面对死亡的。孩子们，我在天堂等着与你们再度团圆。"

我母亲去世的时候表情非常的安详，我实在是描述不出，当你最亲爱的那个人，突然之间与你阴阳两隔时的那种感受；我也无法去形容，突然失去母亲后心中的那股失落感，以及我眼中的无比绝望的眼神。我们花了很长一段时间，才说服自己去相信这个事实，曾经与我们朝夕相处，甚至是我们生命中非常重要的一部分的那个人，就这么成了过去式。她那双充满了浓浓爱意的眼睛再也不会睁开，她再也不会用那熟悉而又动听的声音跟我们说话。

我实在是不想用过多的词汇去描述这种世界上的每个人都无法逃避的悲伤感觉。因为这种悲伤，正是我们不敢面对才会永远沉浸其中。不过，不管是多么难过的事情，总该随着时间的流逝而慢慢忘却，我们应该重拾微笑，这并不是对死者的不敬，而是对她履行的一种职责。我们未来的路还很长，在这条漫长的道路上还有好多相依相偎的人，我们应该感到庆幸，而不是悲观，因为我们这次逃脱了死神的魔爪。

我到英格尔斯塔德学院读书的事情，因为母亲的逝世耽搁了几天。不过，我的父亲很快又将这件事提到了日程之中。不过，我却不想这么快离开这栋母亲曾经生活过的房子前往遥远而陌生的地方，我觉得这样做是一件大不敬的事情。而且我还不能完全适应这种来势汹汹的悲伤，不想这么快离开这些亲人们，特别是离开伊丽莎白，我希望我的存在能减轻伊丽莎白内心的悲伤。

不过伊丽莎白表现得非常坚强，她自己不但没有被压垮，反而打起精神，无比热忱地照顾着那些被悲伤压垮的叔叔伯伯还有堂兄弟们。她向我们每个人展露她那充满阳光的天使般的笑容，我们一生都难以忘却她那时迷人的笑容。她竭尽所能地想让我们忘记悲痛，这似乎也让她自己稍稍忘却了内心的痛苦。

我临行前的一个晚上，克莱瓦过来跟我们在一起。其实他也非常想跟我一起去外面念书，只是他的父亲是一个思想封闭的商人，他觉得读书只是浪费时间，是一种自甘堕落的表现。对于父亲的这种固执，克莱瓦只是觉得自己的人生有点可悲，不过那晚他并没有向我们抱怨，反倒是比往常都沉默了许多。不过我可以在他那生机勃勃且坚定不移的眼神中看出，他肯定不会就这么迂腐地被商务牢笼枷锁住，他应该有属于自己的羁绊。

那天晚上，大家聊到好晚，还是不想互相道别。直到最后我们都没有道别，只是相互说了声晚安，大家都以为这样就可以掩饰住自己内心的悲伤与不舍之情。第二天早上，当我起来收拾好行李、准备去坐马车的时候，却看到所有的人都已经等候在了马车旁。父亲不停地叮嘱我在外面要注意安全，克莱瓦一直紧握着我的手不放，伊丽莎白则温柔地恳求我一定要给家里写信。

我终于坐上了即将驶往远方的马车，载着满满一车的感伤上路。我对自己完全没有信心，因为从小就是在大家的关怀下长大的，我比较内向，不怎么喜欢跟陌生人交往，而且我从来没有单独离开过这个国家。而现在，我必须独自前往外面这个跟我家决然不同的世界，去面对那些陌生的脸，我不知道自己有没有能力在外面这个复杂的世界里保护好自己。

当然，那些忧虑仅仅出现在我刚刚与家人分离的时候，随着马车开始驶向远方，我内心的世界也渐渐开朗起来。其实我小的时候一直向往外面的世界，觉得年轻人就是要到世界各地去闯闯，这样才能学到更多的东西，这样才能找到自己在这个社会上的定位。

前往英格尔斯塔德的路很漫长，不过，这也给了我充分的时间去思考。直到那些挺拔的白色高塔建筑物进入我的视线的时候，我知道自己的目的地到了。我拖着疲惫的身躯下了马车，内心喜悦地度过了这个夜晚。

第二天一大早，我拿着一份推荐信去学校里报到了。不知道是巧合，还是冥冥中已经注定，我准备前去拜访的众多教授当中，第一个教授竟然就是自然科学方面的教授克兰帕先生。这位先生在生活方面不拘小节，不过他在自然科学的领域有异于常人的成就。我们见了面之后，他先是问我以前有没有接触过自然科学，或者是跟自然科学有关的分支学科。我随便说了几句，便轻描淡写地说出了那些我曾经非常崇拜的炼金术士的名字以及他们的作品。听完我的话后，那个教授目瞪口呆地望着我，说道："真的假的？你以前都把时间花在研究那些东西上面吗?"

我坚定地点了点头，"嗯，全部花在那上面!"克兰帕先生难以置信地说道："我的天哪，世界上竟然还有相信阿尔伯特·马格努斯和帕拉塞尔苏斯的人，你竟然还花时间去研究他们那些早就已经过时的理论，那不是白白浪费青春吗？你是待在什么荒山野岭里吗？难道就没有人告诉你该去学些那些正确的东西？唉，这位同学，你接下来可要加倍努力了，因为所有的知识你都得从头开始学习。"

克兰帕先生一边激动地跟我阐述着他认为正确的道理，一边给我罗列出了好多自然科学的名著，他让我一定要找到那些书籍并好好地阅读一番。同时他还通知我从下星期开始，他会在学校里开设一门关于阐述自然科学的讲堂，另一个叫瓦尔德曼的教授则会开设一门化学课，之后他就让我先回去了。

走在回去的路上，我并没有因为克兰帕否定我之前所做的研究而感到难过，因为之前我自己就已经不相信那些炼金术士说的话了。不过我确实也不想去阅读克兰帕先生给我罗列出来的那些书籍，第一个原因是我实在不想继续去研究跟自然科学有关的学科了，第二个原因则是，那个克兰帕先生长得好丑，个子又不高，而且声音还那么难听，我实在是不想对这位教授所研究的东西产生任何兴趣。

可能是因为我小的时候就不喜欢当代学者对于自然科学的研究，我总觉得他们的研究太过于肤浅，所以我宁愿摒弃当代学者在自然科学领域最新的研究发现，而去追寻那些早就被人们遗忘的炼金术士的梦想。

当然，这也让我在寻求知识的道路上走了很多的弯路。我觉得如果当代的科学家们能够去研究一些更深层次的东西，比如存在于宇宙间的奥秘或者神奇的力量，那样，自然科学领域肯定可以得到极大的提升。不过现在的情况是，克兰帕先生想摧毁我那些辉煌无比的梦想，而做一些非常实际同时又毫无意义的研究，这就另当别论了。

上面只是我最初几天到英格尔斯塔德的感受，当然，我更多的时间是花在熟悉周围的环境以及认识新的朋友上。到了第二个星期，我马上就记起了克兰帕先生提到的他要开一门关于自然科学的讲堂的事情，不过，我并不是非常想去听那个高傲自大的人讲一些他自以为是的科学理论，我反而想去看看那天他提到的另一个名叫瓦尔德曼的教授，因为这几天他一直不在学校里，我一直没有跟这个教授见过面。

一来是想知道那个教授的庐山真面目，二来，反正我闲着也是闲着，于是我走进了瓦尔德曼教授的课堂，不一会儿，他就进来了。瓦尔德曼教授跟克兰帕教授完全不是同一个类型的人，他看上去非常的慈祥，虽然应该有五十多岁了，不过除了鬓角有几根白发之外，其他的头发都还是乌黑的；他的个子也不高，不过至少腰板挺直；更重要的是，他拥有一副非常悦耳的嗓子。走到讲台上，他先简明扼要地给我们介绍了化学的发展史，之后开始介绍一些学者在这个领域所取得的成就，当他说到一些伟大的发现时，整个人都激情澎湃起来。之后，他开始跟我们讲解当代的化学，告诉我们一些最基础的术语，然后又做了一些他早有准备的化学实验，我一辈子都不会忘记，他在那堂课上所讲的一些话。他是这么说的，“以前那些炼金术士们许下了一些根本无法完成的承诺而终身碌碌无为。当代的化学家们，他们从来没有许下任何承诺，因为他们知道金属是无法炼成的，关于长生不老药的事情只是一个虚无缥缈的传说。他们只会默默地用双手在肮脏的化学药品中搅和，目不转睛地盯着显微镜或者坩埚，而正是这些人，他们洞悉了自然的奥秘，揭示了掩藏在自然规律下的秘密。他们知道了星相，了解了血液循环的规律，分析出了空气的成分，甚至掌握了一种新的近乎无限的力量，可以呼风唤雨、毁灭世界，甚至还可以看见躲在阴暗角落里的幽灵。对，他们创造了一个又一个的奇迹。”

这就是当时瓦尔德曼教授的慷慨陈词，也是一个导火索，宣告着我的世界即将毁灭。当瓦尔德曼教授继续在台上侃侃而谈的时候，我的灵魂已经飘到了远方，全身的血液开始沸腾起来，就像一台被弹奏到极致的钢琴，所有的黑白键都被迅速地敲打着。当时我的脑中只有一个念头、一个构思、一个目的。前辈们已经取得了这么多的成绩，但我弗兰肯斯坦将会取得远超前人的成就，这是我心底最深处的呐喊。我将站在巨人的肩膀上，吸收前辈们的力量，去挖掘潜藏在生命最深处的秘密。

那一晚，我的心情久久不能平复，几乎一整晚都辗转难眠。我觉得我已经找到了属于自己的使命，只是现在还不知道该怎么去完成它。后来，在破晓之前，我稍微眯了一会儿。在梦中，我依旧在罗列达成那个使命的方法。我觉得自己该重新开始投入到以前的研究中去，毕竟我以前还是花了一些工夫在这门学科上的，而且，我相信自己在这方面应该有异于常人的天赋。那天，我迫不及待地去拜访了瓦尔德曼教授。如果说他在课堂上的时候，因为上课的需要带着几分严肃的话，那私下里的他，绝对是一个更具个人魅力的和蔼可亲的人。我把之前跟克兰帕教授说过的话，原原本本地重新在他面前复述了一遍。当我提到阿尔伯特·马格努斯、帕拉塞尔苏斯这些人的名字时，他并没有像克兰帕教授那样露出轻蔑的表情，只是笑了笑，并认认真真地听我讲完了所有的故事。听完我的故事后，他总结道："这些天才们只是找错了努力的方向，不过，他们对这门学科所做出的贡献却是永远无法磨灭的。我觉得正是那群人忘我的研究，才减少了当代学者的任务，让我们只需要将一些新的事物进行命名或者归类，让我们轻易地就能在他们的启蒙下，建立属于自己的完整体系。所以那些人即使误入歧途，却也让人类在学术研究上迈出了一大步。"

我认真地聆听着瓦尔德曼教授不带任何偏激与轻蔑的陈述，一下子消除了我对当代科学家们的偏见。我开始以一种学生对导师该有的谦逊与尊敬，向瓦尔德曼教授表达了我内心深处对于从事这项研究如此热忱的原因，并诚心诚意地向他请教我该去阅读哪方面的书。

瓦尔德曼教授回答道："首先，对于能收下你这样的一个学生，我感到非常地开心，我可以在你身上看到很高的天赋，只要你肯付出努力，我相信你肯定能够成功。其次，我要先跟你解释一下，化学作为自然科学里面最大且最有发展空间的一门学科，它并不是孤立的。如果一个人只知道埋头学习化学方面的知识，那他将是一个只知道坐井观天的可悲化学家。如果你想成为一个伟大的科学家，而非做一个一无是处的实验员，那你在学习化学的同时，可千万不要忘了数学以及其他的一些自然科学的分支学科。我除了认真研究化学之外，对于其他的学科也是下了一番苦功的，希望你能明白这个道理。"

说完了这些大道理之后，他就带我进入了他的实验室，并把那些仪器的名字与使用方法都仔细地讲解给我听。他还向我承诺，只要以后我能熟练地使用这些仪器并保证不将它们弄坏的话，他就让我自由地使用这些设备。在我离开之前，瓦尔德曼教授还应我的请求，将一些他觉得对我有益的书籍都给我罗列了出来，

这是值得我铭记于心的一天，因为就是这一天的经历注定了我日后的命运。

第四章

从此以后，我开始把所有的时间都花在研究化学以及其他的一些自然科学分支学科上。我废寝忘食地阅读着当代才华横溢的学者们所写的极具洞察力的作品；积极地参加相关课程的讲堂，并经常与研究各种学科的学者们一起调研讨论。我甚至开始慢慢地不那么讨厌克兰帕教授了，虽然他面目丑陋，行为举止也不是那么讨人喜欢，不过并不能以此就否定他满腹经纶的学问，毕竟他在学术研究方面可是做出了巨大贡献的。

至于我跟瓦尔德曼的关系，用亦师亦友来形容应该是再贴切不过了。他对我很和善，对我提出的各种意见也都非常的中肯，而且他在我们面前从来不独断独行，想尽一切办法将那些复杂的学问简单化，从而让我能轻松地看懂。一开始，我应付起学业上的事情总感到非常的吃力，各学科的成绩也不是很理想，不过在瓦尔德曼的帮助下，我越来越得心应手，而且对化学这门学科的自信与兴趣也是急剧高涨，在实验室里做实验的时候更是达到了废寝忘食的地步。

由于我平日里的勤奋努力，最终我在学业上取得了飞快的进步，不仅同学们对我赞叹不已，就连那些教授们也因为我在专业知识上表现出来的精通熟练而对我刮目相看。克兰帕教授也开始跟我开起了玩笑，科尼利厄斯·阿古利巴现在怎么可以进步得这么快呀；而瓦尔德曼教授对于我的进步则表达了发自内心的欣慰之情。

时光飞逝，在过去的两年时间里，为了让自己有所突破，我一次都没有回过日内瓦，而是一心一意地扑在了学术研究上。科学是一件非常令人着迷的东西，因为在这个领域，你可以不断创获一个又一个的奇迹，只要你肯花时间，即使你没有过人的天赋，也可以在某个领域取得别人从未取得过的成就。而在其他的领域，不管你做得多好，总有比你做得更好的人存在。经过我不懈的努力，两年之后，我已经在化学方面取得了不小的成绩，甚至改良了一些化学仪器的使用方法，这让我在学校得到了大家一致的赞美与好评。

经过了这一系列之后，我开始慢慢意识到，在这所大学已经学不到更多的东西了。因为对于英格尔斯塔德里所有教授的课程我都已了如指掌，对于自然科学理论知识和实践方法我都已经熟记于心。然而就在我学成准备回家的时候，一件令我意想不到的事情突然发生了。

我一直以来就对身体结构非常的感兴趣，广泛来说，我对任何生命体都非常的感兴趣。我常常饶有兴趣地问自己，究竟是什么让生命得以继续。这是所有人眼中的未解之谜，也是一个非常大胆的问题，因为好多想解开这个问题的人都被内心的胆小与恐惧吓退了。

我反反复复地思索着这个问题，突然非常想好好地研究一下这个跟生物学有关的问题。我开始研究死尸，解剖并观察那些尸体的腐烂过程，因为我知道，想要研究生命的起源，必须先了解死亡。在研究的过程中，我早已不堪重负，不过不知为何，一股不可思议的巨大热情在背后一直支撑着我。

因为我要研究死人，所以必须整天都待在墓地或者停尸房里。幸而我的父亲是一个无神论者，所以在他的教育之下，我从小就不相信世界上有鬼神的存在。这给我的研究提供了很大的便利，我不害怕黑暗，也不害怕待在墓地上，因为对于我来说那只是一个埋葬死人的地方。

我敢发誓，我所做的事情，都是在人类的忍耐极限之外的。我要亲眼看着人类原本精密的器官慢慢腐烂，看着曾经充满了力量与美丽的躯体在蛆虫蚕食下被慢慢分解。我开始仔细地思考人类从生到死，然后又从死复生之间究竟有何因果关系。就在我百思不得其解的时候，突然有一天，我的脑中灵光一闪，一个令我感到头晕目眩的念头浮现在了脑海中。我发觉，我即将奇迹般地在这个人才辈出的年代取得一个别人从未取得过的成就。

在经历了这么多个日日夜夜之后，我成功地找到了生命的起源，并且，觉得自己还掌握了如何让死人复生的能力。请相信我，我并不是在痴人说梦，我的那个想法绝对如同天上的太阳一般真实。大家都知道，只有奇迹才能创造出这一切，而我的那个想法，肯定算得上是奇迹中的奇迹了。

一开始，对于自己的这个重大发现，我脑中充满了惊奇，不过很快地，这份惊奇就变成了无限的惊喜。在我付出了如此巨大的努力之后，终于有了回报，而且回报来得这么突然，来得这么猛烈，着实让我有点受宠若惊。我甚至都来不及回想我是如何一步步走到这里的，这个有史以来多少天才们努力研究、探寻的东西，就这样掌握在了我的手中。当然，我也深刻地意识到，这突如其来的一切，并不像魔术师随手变出一样东西那么简单，这是我自己不懈努力的劳动成果。我就像是一个被活埋的阿拉伯人，在通过自己坚持不懈的挣扎之后，终于在狭缝中找到了一条求生之路。

我的朋友，听到这里的时候，我可以看到从你的眼神中透露出来的那一丝惊奇和期盼之情，你肯定非常想知道我的研究成果。但我不能告诉你，因为我不想你跟我一样，踌躇满志、满怀激情地走向无尽的深渊与毁灭之中。相信我，积极进取并不是一件绝对正确的事情，很多时候，那些随遇而安的人比心高气傲的人要幸福几百倍。你可以不相信我所说的劝告，不过只要看看我现在的悲惨结果，就会明白我这么说的苦衷了。好了，继续听我的故事吧。

虽然，我知道自己掌握了这种令人匪夷所思的可以赐予非生物拥有生命的能力，不过在真正运用这种能力之前，我考量了好久，毕竟这件事情并不是跟吃饭一样想吃就吃。在做这件事情之前，我要做好多准备工作，比如我需要一副骨架，还有那些诸如神经纤维、血管、肌肉等等的东西。想要将这些东西都准备齐全，也不是一天两天的事情。

接下来还有一个问题，就是我第一次是造人，还是先随便制造一个结构简单的生物。当然这个问题只在我的脑海中停留了一会儿，我就下定了决心来制造一个功能复杂的跟人类一样的神奇生物，已经被最初的成功冲昏了头脑的我，并不觉得这是一件难以完成的事情。我甚至已经做好了在工作当中遇到各种困难、经历各种失败的种种准备。只要想到，我一旦成功了，就可以给未来的科学研究释放出无限遐想的空间，就能够彻底地改变人类生老病死的命运，我就感到自己全身充满了斗志，这也就是我要制造人类的动力了。

由于人体内的各个组织器官都非常的精密，所以为了不让个体过小的器官影响进度，我直接将制作的目标定位为体型巨大的巨人。他有八英尺高，身体里面的各个器官组织也随着相应的比例增大。当然这些比普通人类大得多的材料，花费了我几个月的时间才完全找齐，从而开始了我的研究。

自从品尝到了成功的喜悦之后，我的内心就像是被一阵龙卷风刮过一般激情澎湃。你们肯定无法理解当时我的那种激动不已的心情。对于当时的我来说，生与死都已经看破，因为我可以制造出一种新的物种，当然，在不久的将来，我还会制造出更多的更加优秀的物种，而我就是他们的上帝，他们将由于我创造出了他们，而对我充满了感恩之心。我甚至开始浮想联翩，我的这种能赋予非生物拥有生命的能力，或许也能令死人也复生（不过我现在知道这是永远不可能的事情）。

这个想法成了我生命中源源不断的动力，我甚至可以不吃不喝、不眠不休地在实验室里工作。由于过度的劳累，我的脸色已经变得越来越难看，身体的各方面机能也因为长时间一动不动而日渐耗损。我常常在即将成功的时候功亏一篑，不过，我却一直自我安慰，只要再坚持一天、再坚持一个小时，甚至只要再重新进行一个小实验，我就能获得最后的成功了。

我孤身一人守护着这个骇人的秘密，感到孤独的时候，只能跟月亮述说。我为了赋予无生命的物体以生命，在阴暗、潮湿的墓穴中寻找着适合的材料，甚至要将活生生的生物折磨死，然后取下它们新鲜的器官。没有人能体会到我在这种不为人知的探索中，经历的各种人类无法承受的巨大恐惧。

我在走廊顶端的一间小房间里进行着我肮脏的造人实验，一条走廊和楼梯成功地将我的这间实验室与别的房间隔开。每天，当我用亵渎神灵的手指在各个停尸房中翻动一具具的尸体，从而找到我需要的材料后，就将那些收集好的骨头与组织带到我的这间小房间里。所以这间小房间也可以成为我的解剖室或者停尸房，我瞪大了眼睛，小心翼翼地将那些骨头、组织拼凑好。虽然人类的天性让我时不时对自己手头上的事情感到恶心，有时我甚至开始四肢发抖、精神恍惚，不过这些都只是一时的混乱，等这种反常的情绪慢慢平复下来之后，我的感觉将变得更加敏锐。一股不可抗拒、令我疯狂的力量在不停地驱使着我继续前进，就这样，我的研究终于达到了尾声。

在我全身心地专注于我的工作时，一年中最美丽的夏天已经不知不觉地过去。我忽略了田野上长得那么茂盛的农作物，忽略了获得前所未有大丰收的葡萄，甚至忽略了远在异乡的家人朋友，我已经好久没有跟他们联系了。我非常清楚我的杳无音信会给他们带来什么，记得父亲曾经跟我说过："我知道你在外面的时候有自己的事要忙，不过时常想我们，并给我们写几封家信，也是你永远无法甩开的义务。"

我知道我的父亲肯定会难过，不过我想将这些感情上的杂念都先抛开，继续全神贯注地将我所有的精力都放在这项令我自己都感到恶心的伟大工程上，它已经完全控制了我的内心和思想，直到我将它圆满完成。

一开始我非常不能理解，由于我在研究中忽视了对家人的关心，父亲就指责我，我觉得那是非常不公平的，因为当时我正在工作当中。不过，渐渐地，我开始接受父亲的指责，我觉得它完全是合情合理的。因为一个完美的人是不应该被一时的激情或者欲望打破内心原本的平静的，纵使这个欲望是为了探索求知，那也是有违原则的。如果你的工作不能让你感受到快乐，甚至可能会让你无法跟你的家人一起共享天伦之乐，那这份工作就是荒谬的，不适合人类从事的。相信我，如果世界上人人都懂得这个道理，这个世界将更加和平、完美，希腊将不会有奴隶制，恺撒①将不会独裁自己的国家，美洲也不可能受到外来的侵犯，墨西哥与秘鲁国将不会灭亡。

噢，对不起，我怎么说着说着就开始说人生大道理了，好了，我继续讲述这个紧张的故事。其实我的父亲并没有在信中责怪我，他只是很好奇我这段时间都在做什么，于是开始频繁地写信问我关于工作上的事情。

冬去春来春又走，一整年的工夫瞬间就在我不知疲倦的工作中度过了。每一天，我的工作都能取得很大的进步，这让我完全迷失在了自己的工作之中。我也会常常感到焦虑，特别是夜晚来临的时候，我的神经一直处于接近崩溃的边缘，有些时候，窗外落下的一片落叶都能使我感到不安。我看上去就像一个受人控制的苦工，每天从事着一些不敢让别人看见又伤害自己身体的劳作，我常常被镜子中面容憔悴的自己吓到。低烧开始每时每刻折磨着我，而身体里也只剩下最后一股意志在支撑着我的生命。幸亏在秋天到来的时候，我的工作终于接近了尾声，我希望早点完成这项工作，然后开始每天锻炼身体放松心情，从而让自己可以恢复到跟以前一样的完美状态。

---

① 盖乌斯·尤利乌斯·恺撒（前 102 年—前 44 年）。罗马共和国末期杰出的军事统帅、政治家。——译者注

第五章

时间是十一月的一个阴云密布的夜晚，凌晨一点，天下雨了，猛烈的雨点狂乱地砸在玻璃门窗上。此时我房间内的蜡烛即将燃烧殆尽，现在，只要将仪器全部放置妥当，然后将生命注入那具毫无生命的躯体之内，我就大功告成了。在昏暗的烛光之下，看着我自己所造的人慢慢地睁开他的双眼，我看到他的全身都在抽搐，他正在艰难地吸取着新鲜的空气。

老天爷，我该怎么去描绘当时眼前的场面，我又该如何去表达看到那个画面时我心如刀割的感受呢，我竟然承受着巨大的痛苦，制造出了一个可怕的怪物！他的四肢看上去非常协调，我尽量帮他找寻了一些漂亮的器官，柔顺的黑色头发，跟珍珠一样洁白的牙齿。这些单独拿出来非常漂亮的器官，拼凑到一张脸上之后，竟然那么的不协调，那么的丑陋可怕。两只浮肿的死鱼眼镶嵌在一张面无血色的脸上，他的皮肤皱得跟一个七八十岁的老人一样，肌肉和血管在那褶皱的皮肤之下一览无余，薄薄的嘴唇也跟来自地狱的使者一样乌青。

在这个世界上，什么东西变得最快，我觉得是人心。记得在我充满了干劲的这两年里，为了让那具毫无生命的躯体拥有生命，我放弃了休息，放弃了健康，不分日夜地进行着努力。而当我热切万分的成功并不是梦中的那个样子时，我的内心充满了恐惧与厌恶。由于我实在是不想再看到那张丑陋的面孔了，我冲出了那间隐蔽的工作室，回到了寝室中。在寝室内不知来回踱步了多少次之后，我的内心终于渐渐平复下来，我没脱衣服就躺到了床上，想好好睡一觉，将这可怕的一切都忘掉。虽然我后来确实睡着了，不过噩梦却一个接一个地折磨着我，先是梦到了美丽的伊丽莎白，梦到她来到了英格尔斯塔德，我惊喜万分地将她紧紧地抱在了怀里，然后就在我准备亲吻她的时候，她的五官开始扭曲，嘴唇变成了跟那个怪物一样的乌青色；之后我又梦到了我那位已经死去的母亲，她在我的梦里依旧是一具死尸，她正被一块裹尸布包裹着躺在我的怀里，我可以清楚地看到那些令人恶心的蛆虫在她已腐烂的肉体上穿梭。

从梦中惊醒的时候，我被吓出了一身冷汗。就在这时，借着从百叶窗上透过的昏暗月光，我看到那个我亲手制造出来的怪物已经掀开了我的蚊帐，用他那双根本说不上是眼睛的眼睛紧紧地盯着我看。看到我醒了，他咧开嘴巴一笑，原本就皱在一起的皮肤更是皱成了一团，接着他张开嘴巴，对我发出了一连串的声音。他应该是想跟我说什么，至于他想表达什么，我根本听不懂。见我听不懂，他直接朝我伸出一只手来，似乎想抓到我，不过被我躲过了，我跑出房间冲下了楼梯。为了不让那个怪物再次找到我，那一整晚，我都躲在院子里的一个比较隐蔽的地方，而且提心吊胆地时刻注意着周围的动静。

我敢发誓，没人能承受住看到那张脸所带来的恐怖，他绝对比那些金字塔里复活的木乃伊还要可怕。我实在是想不明白，其实在未完成之前，我每天都看着那张奇丑的脸呀，为什么在给他注入了生命之后，他就成了一个连但丁[①]都无法用文字描述出来的怪物了！

那个恐怖而又悲惨的夜晚，我就在害怕与失望中艰难地度过了。我的身体已经出现了反常的反应，有时候我能感到自己心跳得非常厉害，全身所有的青筋都暴露了出来；有时我又感到自己身体因为过度疲劳而接近虚脱，一不小心就会瘫软在地上。曾经，完成这项工作是我唯一的支撑与精神食粮，而现在，我的工作成果成为最可怕的噩梦时，这样的现实确实不是人类所能承受的。

在我失眠了整晚之后，潮湿阴冷的黎明迟迟降临。我睁着那双由于没有睡觉而十分酸胀的眼睛，看到英格尔斯塔德白色教堂旁尖塔上的时钟指针已经指向了六点。等守门的老人一打开了院门，我就直接冲了出去，快步地在大街上走着，生怕那个怪物突然从某个街角出现。天空中酝酿了一晚的乌云，终于暴怒地下起了倾盆大雨，我无视打落在身上的雨滴，纵使全身都已湿透，我也不敢回到住处，只能一直往前走，就好像那个怪物正在后面追赶着我一样。

我跌跌撞撞、步履蹒跚地在雨中的街道走着，漫无目的

---

① 但丁·阿利吉耶里（1265－1321），意大利诗人，现代意大利语的奠基者，欧洲文艺复兴时期的开拓人，以长诗《神曲》名垂青史。——译者注

地在一条条的大街中穿梭。我不敢环顾四周，只想通过疲劳来压制心头的恐惧，就像柯勒律治[1]在他的《老水手之歌》中所描写的那样：

在一条僻静的小道上，
一个内心被恐惧占据的人，步履蹒跚。
他左顾右盼之后，继续前进。
不敢往回。
因为他清楚
一个可怕的恶魔
正在身后
紧追不舍。

最后，我走到了一个驿站的门口，这里经常有好多外来的马车停留。不知道是出于什么原因，我就那么傻傻地待在原地站了好几分钟。看到一辆马车从远处缓缓地向我驶来，当它前进到我的面前时，我意外地发现那竟是一辆来自瑞士的马车，然而，当车门打开的时候，更令我感到意外的是我的好朋友亨利·克莱瓦竟然从里面钻了出来。“弗兰肯斯坦！”他高兴地朝我叫道，“这实在是太巧了吧，我竟然一下车就见到了你，这件事实在是太令人高兴了！”

能在这个时候见到克莱瓦，我也非常开心，看到他，我一下子想起了我深爱的父亲、伊丽莎白，还有我故乡的一切。

---

① 塞缪尔·泰勒·柯勒律治（1772－1834），英国诗人和评论家，一生都是在各种疾病与鸦片成瘾的阴影中度过的，诗歌作品比较少。但柯勒律治还是坚持创作，确立其在幻想浪漫诗歌方面的主导浪漫派诗人地位。——译者注

我紧紧地抓着克莱瓦的手，他的出现让我在一瞬间忘记了心中的恐惧与自己所遭遇的不幸。两年来，我第一次感到了发自内心的喜悦之情。热烈地欢迎克莱瓦的到来之后，我就带着他回到了我的学校。

一路上，克莱瓦都在跟我谈论着以前那些朋友的事情，当然还有他这次能够侥幸来到英格尔斯塔德的经过。“你肯定能够想象，”他对我说道，“当我告诉我的父亲，崇高的艺术是不可能在账本中学到时，他脸上那不屑的表情，不管我如何苦苦哀求，他总是无动于衷，并用《维克菲德的牧师》[1]中荷兰校长的那一套来应付我，‘我不懂希腊文，不过我依旧可以年赚一万弗洛林[2]，过得潇洒自如。’幸亏，最终证明他还是爱我的，所以他克制住了内心对艺术的厌恶，终于同意让我前往这片知识的海洋，开始了属于我的特殊旅程。”

“好不容易见到你了，你快跟我说说我家里的事情吧，我的父亲、伊丽莎白，还有我的那些兄弟姐妹们都过得好吗？”

“他们过得都很好，每个人的身体也都很健康，只是因为你很少写信回家，所以他们有些担心。说到这里，弗兰肯斯坦，我不得不替他们说你几句了。”这时，克莱瓦突然不说了，他仔细地打量着我的脸色，改变了语气说道，“你的脸色怎么看上去这么差，一点血色都没有，我之前还没注意到，你是不是好久没有好好睡觉了？”

“嗯，你说对了，因为最近一直在忙工作，所以都没有时间休息，就成了这副样子，不过现在好了，一切都结束了，

---

① 《维克菲德的牧师》是爱尔兰作家奥利弗·高德史密斯发表于1766年的小说，也是他唯一撰写的一部小说。这部小说是维多利亚时期最流行的18世纪小说之一，在多部文学作品中得到提及。——译者注

② 弗洛林，当时荷兰的货币单位。——译者注

只是我真心地希望自己真正地获得了自由身。”

直到现在，一想起昨晚的事情，我依旧会感到心惊肉跳。加快了步伐之后，我们很快就到了我的学校。就在这时，我突然想起，那个怪物很有可能在我离开了之后，一直待在我的房间里。这个想法一下子又将我拉入了地狱的谷底，我实在是不想再见到那个怪物了，不过我更加不想克莱瓦见到那个怪物，所以我让他先在楼梯口等我，自己则快步跑回了我的房门口。我刚准备打开房门，不过手伸到一半却停在了那里，就像是小的时候害怕门后藏着一个魔鬼一样，做足了准备之后，猛地打开了房门，在那一瞬间，我全身的鸡皮疙瘩都泛了起来。然而房间里一个人影都没有，我有点不敢相信，谨慎地朝卧室里走去，确实是空无一人，那个怪物已经不在我的房间里了。虽然依旧感到有点难以置信，不过，这确实是一件值得惊喜的事情，我马上跑到楼下，将克莱瓦迎了上来。

一起走进了我的房间之后，侍者为我们送来了早餐。我根本无法从怪物已经离开的喜悦中抽脱出来，甚至跳到了椅子上拍手狂笑，我感到我的心脏因为激动而剧烈跳动，全身的肌肉都因为过度刺激而传来阵阵刺痛。克莱瓦一开始还以为我是因为他的到来才这么开心，但过了一会儿之后，他意识到了我的反常，因为我的眼中有一种他无法理解的疯狂的喜悦，而且我类似于精神病患者的笑声也让他感到了害怕。

“维克多，你没事吧！”他对我喊道，“出什么事了吗？为什么你这样狂笑，你笑得好可怕，你为什么会变成这样呀？”

“不要问我这些！”我大声地回答道，同时，用双手捂住了眼睛。我已经出现了幻觉，我看到那个可怕的怪物又走进了我的房间，“你问他吧，他会告诉你一切，啊，老天爷，你就饶恕我吧!”我感到有人抓住了我，开始拼命地挣扎，接着就晕了过去。

不得不承认克莱瓦真的很悲剧，跟我相聚原本是一件开开心心的事情，不过遇到我这样的事情，他应该高兴不起来了吧。不过，我并没能看到他为我担惊受怕的样子，因为那个时候我已经昏过去了，而且昏迷得很彻底，直到好长一段时间之后才清醒过来。

之后，我虽然醒了过来，却得了一种神经性的怪病，在后面几个月的时间里都不能出门。幸亏这个时候有克莱瓦体贴周到地照顾着我，后来我才知道，克莱瓦并没有将我生病这件事告诉我的家人，而是尽可能地向他们传达一些好的消息。因为克莱瓦知道如果我的父亲知道我的病情，肯定会不惜一切赶过来的，而我父亲的年纪又已经很大了，实在是不适合远行，而且伊丽莎白如果知道我生了这么重的病，一定也会无比痛苦的。与此同时，克莱瓦无微不至地照顾着我，因为他相信，我的病情肯定会慢慢有所好转。

其实那个时候我的病情已经非常严重了，如果没有克莱瓦一直在身边照顾我，我能否挺过那个难关都是未知数。在我生病期间，我一直发烧说胡话，并提到我制造出来的那个怪物一直在我的面前走来走去。克莱瓦明显被我的话吓到了，一开始他并没有将我的话当真，他觉得那应该是我噩梦里的情景。可是当我一遍遍持续不断地提到那个怪物的时候，克莱瓦终于感到了不对劲，他觉得我可能真的是遇上了什么古怪而又可怕的事情。

我的病情恢复得非常缓慢，而且还时不时出现反复，不过幸运的是，我最终还是逐渐恢复了健康。我清晰地记得从床上爬起来，第一眼看到窗外时的景色：树枝上的枯叶已经不见了，一些充满了生命力的翠绿嫩芽萌发了出来。眼前这幅春意盎然的画面让我内心世界里的阴霾一扫而空，我开始慢慢地找回了以前那个充满了快乐的自己，这让我的病情有了巨大的好转。

“亲爱的克莱瓦。”我充满感激之情地对他说道，“谢谢你这一整个冬天的照顾，因为我的事，你的学业都荒废了，你可是好不容易才能出来学习的，我真不知道该怎么报答你！”

“报答就不用了，我们俩还谁跟谁呢，只要你以后不要再自找麻烦，把自己弄得这么狼狈就好了。好了，既然你的病已经差不多全好了，那我跟你说件事吧。”

一听到克莱瓦要跟我说事情，我脑中第一反应是，难道跟那个怪物有关？“你别乱想！”克莱瓦似乎看穿了我心里的不安，“我不会说那些你不想听的事情的。我只是想告诉你，你应该给你的父亲还有伊丽莎白写封信了，他们到现在还不知道你生病的事情呢，你这么久不写信回家，他们肯定会很担心的。”

“对，你说的是，我是该给他们写信了，而且我也好想好想他们。”

“是吗，如果你真的很想他们的话，那我想你看到这封信应该会很开心，这封信寄过来已经好几天了。我猜应是你的堂妹，伊丽莎白写的。”

第六章

克莱瓦将那封信交到我的手上，我一看到字迹就认出是伊丽莎白写的。

亲爱的堂兄：

你好，你最近是不是病了，而且肯定病得很严重，不然怎么会连拿起笔给我们写封信的力气都没有了。虽然善良的克莱瓦一直写信告诉我们说你没事，不过我跟叔叔依旧整日忐忑不安。每次邮递员来送信的时候，我都以为是你写的，你父亲也一直想亲自过去看看你，不过都被我劝下了，他已经这么大的年纪了，实在是不合适再出远门。而我，又何尝不想亲自过去照顾你呢，你可是我生命中最重要的人，可是，我又怕叔叔没人照顾。幸亏几天前克莱瓦写信说你的病情已经开始慢慢康复了，如果这是真的，希望你能早点给我们写信，证实你真的已经走出了疾病的阴影。

快点回来吧，亲爱的维克多，大家都在期盼着你的回归，而且，我敢发誓，大家依旧跟以前一样地爱你。你的父亲也很想你，如果能看到你回来，他的脸上肯定可以永远挂着笑容的。你的弟弟欧内斯特已经十六岁了，你肯定都认不出他来了。他现在每天盼望着自己快点长大，然后可以到国外去服兵役。不过你父亲似乎并不是很赞同让他到大老远的地方去当兵，因为大家都舍不得他走。只是，我担心一旦我们坚决不让他做自己喜欢的事情，那他就会不思进取，成为一个整日无所事事的人。毕竟你的弟弟不像你一样喜欢读书，他一看到书本就会头疼，只喜欢到户外去爬山、游船。

你走了之后，除了这些小子们每一天都在长大之外，家里的情况并没有什么变化。湖水依旧那么碧蓝，山脉上纯洁的积雪依旧那么美丽。我觉得不出意外的话，我们家这种平静而又美丽的生活会一直这么持续下去。我每天有空就做做家务，既能打发时间，又能自得其乐，我对生活的要求很低，只要大家开心幸福，我就满足了。当然，我们家虽然没发生什么大事，不过，小事情还是有的，接下来我就跟你讲讲贾斯汀·莫里茨的事吧。你应该忘记了这位仆人是怎么到我们家里的吧，所以在讲那件事之前，我先跟你说说贾斯汀的身世。贾斯汀小的时候生活在一个单亲家庭，从小跟着母亲生活。她们家中一共有四个小孩，贾斯汀排行第三。令人诧异的是，贾斯汀的父亲在世时一直最疼爱贾斯汀，不过她的母亲莫里茨却非常讨厌她，对她一点儿都不好。我们的婶婶实在看不下去，无奈之下，她就说服贾斯汀的母亲，将贾斯汀接到了我们的家中。我觉得贾斯汀是幸运的，因为我们日内瓦是一个民主的国家，并不像君主制的国家那么独裁，在这里，我们可以过没有等级制度的淳朴、快乐的生活，即使是那些地位较低的人们，比如穷人或者仆人，也不会被别人瞧不起，只要大家尽到了自己该尽的责任，那他就不会丢失做人的尊严。

我记得你曾经说过，你很喜欢贾斯汀这个仆人，因为在心情不好的时候，只要看到心地善良、快乐开朗的贾斯汀，就能将心中的不悦忘得一干二净。我觉得贾斯汀就像是阿里奥斯托①笔下美丽的安吉丽卡②一样。我们的婶婶也非常喜欢贾斯汀，希望她能有更高的素养。婶婶的苦心没有白费，贾斯汀是一个懂得知恩图报的人，虽然她的话语不多，不过，我可以从她的眼神中看到她对婶婶的敬爱之情。虽然有的时候，她做事大大咧咧，不过，她对婶婶的感情却非常的细腻，将婶婶视为美德的化身，因此，她尽可能地希望自己能做到像婶婶那样待人处事。现在，我还常常能在她的身上看到婶婶的影子。

后来，婶婶去世了，当所有人都沉浸在巨大的悲伤之中时，没有一个人注意到贾斯汀也病得非常严重，因为在婶婶去世之前，就是贾斯汀满怀爱心而又焦虑万分地照顾着婶婶。只是，对于贾斯汀来说，接下去的考验并非疾病这么简单。

---

① 卢多维科·阿里奥斯托（1474－1533）意大利作家，主要闻名于其史诗喜剧诗《奥兰多·富里索》。——译者注

② 《奥兰多·富里索》中的女主人公。——译者注

贾斯汀的兄弟姐妹开始一个个接连死去，现在除了贾斯汀之外，她的母亲已经连一个孩子都没有了。直到此刻，这个女人才开始良心发现，感到了不安，因为她是天主教徒，所以去请教了牧师。牧师告诉她，这是老天爷对她的惩罚，她对此深信不疑。于是，在你前往英格尔斯塔德求学的几个月之后，贾斯汀的母亲就到我们这里将这个她唯一的女儿领回了家。刚刚承受完婶婶去世的极大打击，现在又不得不离开我们家，贾斯汀一边哭一边离开了我们家。那天，我看着都觉得可怜。跟她的亲生母亲住在一起后，贾斯汀并没能变回以前那个活泼开朗的自己。贾斯汀的母亲由于长期的烦躁不安，终于人格分裂了，一个她一直恳求贾斯汀原谅自己以前的野蛮态度，另一个她则恶狠狠地诬陷是贾斯汀害死了其他的孩子。不过，这段对于贾斯汀来说犹如地狱般生活的时间并没有持续很久，在冬天来临之前的第一股寒潮中，她的母亲就永远安息了。她的母亲去世后，贾斯汀又回到了我们家，她依旧是那么彬彬有礼、聪明可人，而且长得越来越好看，这让我非常愿意跟她在一起。当然，就像我刚刚说的，她的各方面都越来越像我们已经过世的婶婶。

说完贾斯汀，再来说说我们的小威廉吧。真该让你早点见到他，因为他现在长得实在是太好看了，他的个头比同龄人要高，蓝色的眼睛，美丽的睫毛，卷卷的头发，特别是只要他笑起来，可爱的脸蛋上就会出现两个漂亮的小酒窝。他现在可是非常受那些小女孩的喜欢哦，有两个女孩子都发誓以后要嫁给他。跟你说个秘密吧，他告诉我，他只喜欢一个五岁的叫路易斯·比隆的小姑娘。

至于我们日内瓦里关于那些名流们的八卦新闻，我也和你说一说吧。来自英国的年轻绅士约翰·墨尔本已经跟曼斯菲尔德小姐订婚，他们宴请了很多人去参加他们的派对；而曼斯菲尔德小姐的妹妹玛侬，虽然长得不好看，不过去年秋天她还是如愿以偿地跟银行家杜维尔拉德先生结婚了；还有你那个很要好的同学路易斯·马诺瓦，他在克莱瓦走后经历了一些不愉快的事情，不过他现在过得非常好，听说马上就要跟一个美丽的法国女人塔弗尔涅尔结婚了，虽然那个女人曾经结过一次婚，而且年纪也比马诺瓦大好多，不过大家依旧非常祝福这对情侣。

维克多，一口气跟你说了这么多，原本我的心情已经变得越来越好，只是现在信马上要写完了，我又开始有点担心了。快点给我回信吧，维克多，如果不能写很多，你给我写几个字就好，甚至就写一个字也行。只要收到你的回信，我们大家都会很开心的。真希望马上就能见到你，我的堂兄，希望你的身体能马上恢复健康，这样就能给我们回信啦！

伊丽莎白·拉温瑟
17××年3月18日
写于日内瓦

我一口气读完了伊丽莎白的来信，看完之后我忍不住忏悔道：“我真是不应该呀，忘记了那么多人都会替我担心。伊丽莎白，我不会让你们等太久的，现在就动笔给你们写信。”虽然此时我的身体并没有痊愈，不过我还是不顾疲劳给伊丽莎白写了回信。两个礼拜之后，我的身体已经基本痊愈，可以到处走走了。

我出门的第一件事，就是带着克莱瓦去拜访我大学里的那些教授们。由于现在只要一提到“自然科学”，或者看到那些化学仪器，我就会想起那个令我恐惧的夜晚。克莱瓦发现了这一点，于是他十分善解人意地将所有的化学仪器全部藏到了一个我看不见的地方，还帮我换了房间，因为他感觉我对走廊尽头的那个房间非常的厌恶。而现在我要带着克莱瓦去拜访那些教授们了，这也就意味着克莱瓦之前的努力全部白费了，因为一见到瓦尔德曼教授，他就开始热情地赞扬我在科学领域取得的惊人成就，瓦尔德曼先生是善意的，不过这对于我来说全是煎熬。瓦尔德曼先生应该是觉得我为人谦虚，不喜欢听到这些褒奖之词，于是他不再夸奖我对自然科学领域做出的贡献，而是直接开始谈论自然科学的本质。我能明显地感觉到，瓦尔德曼先生之所以转移话题，只是想投我所好，让我可以不那么的拘谨。可是他怎会知道，他口中的那些跟科学有关的东西，对我来说，只是一个个折磨我的残忍刑具。我感到坐立不安，浑身难受，可是对于内心的痛苦又不能有所流露。幸好这个时候，心思敏锐的克莱瓦发现了我的不安，他借口自己并不了解科学从而使大家结束了这个话题，开始谈论一下家长里短的东西。我真的是要好好感谢一下我的朋友，他不仅对我温柔体贴，而且明知道我的心里藏了一个大秘密，却从不试图打探。虽然我觉得自己不应该对这么好的一位朋友有所保留，不过又怕一旦将自己内心深处的故事述说一遍，那我将对它终生难以释怀。

比起瓦尔德曼教授亲切委婉的赞美，克兰帕先生那粗鲁的话语以及难听的声音就更加让我煎熬了，我甚至感觉已经到了一触即发的地步。“太不可思议了！”克兰帕先生对克莱瓦说道，“我不跟你说，你肯定想象不到，几年前还视科尼利厄斯·阿古利巴为偶像的毛头小子，现在已然成为我们大学里的领军人物。我们就拭目以待吧，如果不是他这次因病倒下了，那我们这些老脸都不知道该往哪搁了，哈哈。”他看到我一脸的愁容，不以为然，继续说道：“你看，弗兰肯斯坦这个年轻人还是非常谦虚的，克莱瓦，这可是年轻人最优秀的品质了。我年轻的时候，那也是非常谦逊的一个人呀，只是不知道从什么时候开始，这个美德就从我身上消失了。”

接下去，克兰帕先生开始吹嘘自己年轻时候的经历，这个话题虽然讨人厌，不过却刚好缓解了我之前苦不堪言的尴尬。

其实克莱瓦从来就没有关注过跟自然科学有关的东西，他只在意文学领域的东西。而他之所以来到这所大学，为的就是提高自己在东方语言方面的能力，然后成为这方面的大师，开创出属于自己的一片文学天地。他首先将自己的注意力放在学习波斯语、阿拉伯语以及梵文上，并成功地说服我跟他一起学习。当然，我学习这些专业的初衷并不是我有多热爱它们，只是痛恨自己以前的专业，于是为了不让自己整天没事可做，就选择跟克莱瓦一起学习。令我意想不到的是，这些东方学者的作品非常有慰藉心灵的作用，那些忧郁凄美的小说可以抚慰人心，那些欢快坚定的文章又可以鼓舞人心，我第一次在阅读外国小说的过程中得到了这么多的感受。不过，我并没有像克莱瓦那样深入学习，甚至研究那些烦琐的方言，反正我本来就是想着消遣一下而已，所以，对于那些书籍，我觉得能看懂就足够了。阅读这些著作，让我有时觉得自己正身处阳光和煦的玫瑰园之中，有时又像是正在跟一个势均力敌的对手相互僵持着，内心燃烧起熊熊的激情之火。这种感觉，在看气势宏大的古希腊还有罗马史诗的时候是体会不到的。

整个夏季很快就在我们浓郁的学习氛围中度过了，我本来打算在秋天的时候返回日内瓦，不过又不想把克莱瓦独自一个人留在陌生的异国他乡，我想等他对周围的一切都更熟悉一些的时候再动身离开。只是在这个过程中，不知不觉，严酷的冬天不期而至，厚厚的积雪让马车无法行驶，我不得不将自己的归期延迟到了第二年的春天。虽然这个等待的过程让我感到非常的难受，我实在是太想念我的家人，不过，第二年迟迟而来的春天所带来的美景，却让我感到十分的赏心悦目。

第二年的五月，我几乎天天盼望着决定我归期的家信快点寄来，这时，克莱瓦突然提议一起去英格尔斯塔德的郊区走走，就当作是我向这个居住了几年的国家做一个最后的告别。我非常开心地同意了，因为一直以来我就非常喜欢户外活动，记得以前的时候，我就常常跟克莱瓦结伴到郊外畅游。

这次带着告别意义的徒步旅行一直持续了两个星期。户外的新鲜空气，以及沿途的风景让我早已恢复健康的身体变得愈加强壮。以前，一个极度自私的追求禁锢着我的心灵，让我变得心胸狭隘，只知道埋头苦干，完全忽视了与别人的交流，就跟活在只有我一个人的孤独世界里一样。而现在，克莱瓦用他的温柔与善良重新唤起了我对心中美好的追求，他让我重新去欣赏美丽的自然风景，以及小孩子们脸上的美丽笑容，让我重新变成了以前那个爱大家同时也被大家所爱的无忧无虑的幸福人。不得不承认，我一生中有这么一个全心全意爱着我并一直鼓舞我的朋友，绝对是此生无憾了。春天是四季中最有生机的季节，一望无际的蓝天，野花点点开的广阔田野，树篱上的牵牛花，以及那些含苞待放的美丽花儿，这一切的一切都让我感到身心愉悦。在过去一年中，我一直试图摆脱却一直压在我心头的重负，在这些生机勃勃的景色下，瞬间消失得无影无踪。

发现了我内心深处的变化之后，克莱瓦也很为我感到开心。他竭尽全力逗我开心，时不时编造一些类似于波斯或者阿拉伯作家们的奇幻故事给我听。不得不承认，他在语言方面的才华确实是令人惊叹的，因为在这些故事中充满了刺激与激情；有时也会背诵那些我最喜欢的诗歌给我听，当然，他也会胸有成竹地跟我在某件事情上辩论，谈吐中永远保持着丰富的想象力。在那一周的周末我们踏上了返回学校的旅途。一路上，所有的人们，包括那些每天都非常辛苦的农夫脸上也洋溢着幸福的笑容，我的情绪一下子被点燃了，开始相信这个世界的美好，因为这本来就是一个充满了幸福感的世界。

第七章

回到学校的时候，父亲的信已经到了。

亲爱的维克多：

你好，这封确定行程的信，你应该已经等很久了吧。一开始我只想简单地写几句，告诉你在哪一天回来，但我又觉得这样对你来说有点残忍。因为虽然你常年在外，不过对于家人的爱肯定是丝毫不减的，如果我现在假装好心不把真相告诉你，等到你满心欢喜地回到家中时，突然面对这个噩耗，你一定会受不了的。我也不想让你承受这么巨大的悲痛，所以，在回家之前，我决定把这件事告诉你，让你可以对此有所准备。你现在肯定满脑子都充满了担忧与不安，现在家里所有人的眼中也都充满了悲伤和阴郁。

因为你那阳光温顺而又调皮可爱的弟弟被别人谋

杀了！

我也不知道该怎么安慰你，因为我甚至无法安慰我自己，不过我还是想简单地将这件事的经过都一五一十地告诉你。

这件事情发生在上周四，也就是五月七日，那天，我跟伊丽莎白还有你的两个弟弟一起去普兰帕丽斯散步。由于那天傍晚的景色实在是很美，所以流连忘返的我们就走得比平时远了一点儿，等到天色慢慢黯淡下来了，我们才想到要回去。这时，我们发现一直在前面玩耍的威廉与欧内斯特不见了，于是我跟伊丽莎白就在原地等待他们。没过多久欧内斯特就回来了，只是只有他一个人回来，他告诉我们，原本他跟威廉在玩捉迷藏的游戏，不过威廉跑走了之后，他就再也找不到自己的弟弟了，后来他一直在原地等，而威廉却再也没有出现。

一听威廉不见了，大家都很着急，马上开始四处寻找，可是直到天完全黑了，我们也没有找到他的踪影。伊丽莎白自我安慰地觉得他可能已经自己回家了，可惜回到家中之后发现事情并没有这么简单。于是我们发动了家里所有的人，点上火把，返回到普兰帕丽斯找人。只要一想到我那年纪还那么小的孩子，一整个晚上都要在外面风餐露宿，我就感到非常不安和愧疚。一直到第二天凌晨五点，我终于找到了我那可爱的孩子，只是他已经从昨天活蹦乱跳的小男孩变成了今天脸色乌青、一动不动地躺在草地上的一具尸体，我在他的脖子上发现了凶手残忍的手印。

将威廉的遗体抱回家之后，我原本还想对伊丽莎白隐瞒这件事情，可惜我脸上那无法掩盖的悲痛出卖了我。

伊丽莎白非常急切地冲到了摆放着威廉遗体的地方，我怎么拦也拦不住。伊丽莎白仔细地检查了威廉的脖子之后，突然用双手捂着嘴巴开始哀号起来："啊，都是我，都是我害死了威廉！"

之后伊丽莎白直接晕了过去，我们好不容易将她弄醒之后，她开始一边哭泣一边将整个事情的经过告诉了我。原来在前一天晚上，威廉哭着嚷着要那个由她保管的贵重的项链，在那条项链上还镶嵌着你母亲的微型照片。而现在，威廉脖子上的项链已经不见了，很明显，就是因为歹徒觊觎那条项链才造成了这起噩耗。现在人们都在忙着搜查凶手的下落，我却对此毫无兴致，因为不管怎样，我的宝贝威廉永远也回不来了。

所以，你快回来吧，维克多，给我们这一家子悲惨的人们带来一点儿安慰。我相信，你的到来肯定能给伊丽莎白带去些许的安慰，她现在一天到晚以泪洗面，沉浸在对自己的自责之中。其实这根本就不是她的错，她现在的情况让我心中更加的悲痛。唯一值得庆幸的就是你母亲现在已经待在上帝的身旁，如果让她看到自己的小儿子惨遭毒手，她肯定也会悲痛欲绝的。

维克多，希望你不要陷入复仇的阴影之中，我们需要你温柔平静的心灵来治愈我们身上的不幸。我们都在等待着你的回归，等待着你带给我们一丝珍贵的安慰。

悲痛万分不过依旧爱你的父亲

阿方斯·弗兰肯斯坦

17××年5月12日

写于日内瓦

我在读这封信的时候，克莱瓦一直站在我的身旁观察着我。他惊奇地发现，我刚拿到信时脸上那喜悦的表情渐渐被阴影与绝望所代替。我把那封信放在桌上，十分痛苦地捂着脸趴到了桌上。

“怎么啦？又出什么事了？”克莱瓦看到我趴在桌上轻声地哭泣，忍不住问道，“别这样呀，你怎么又陷入了悲伤之中！”

我指了指桌上的那封信，然后站起身，开始痛苦而又无助地在房间里踱步。克莱瓦看完信后，也忍不住流下了悲伤的泪水。

“对不起，这件事我实在是没法安慰你了。”他说道，“因为这件事实在是太过突然而又悲伤了，让人根本无法接受。接下去你准备怎么办？”

“立刻回家，走，你陪我去订马车。”

走在路上，克莱瓦本来想安慰我，不过说着说着却变成了他发自内心的感慨。他说道：“可怜的小威廉，他是那么的聪明可爱，活泼俊俏，只要是见过他的人，没有一个不会因为他的天真而爱上他。可是，他现在却已经跟他的母亲一起在天堂安息了。我实在是想不明白，是心肠多么无情歹毒的人才下得了这样的毒手，活活将他掐死。不过，好歹可怜的小威廉现在已经安息了，再也不会受到人世间的痛苦了，他那稚嫩的身躯将归于尘土，所以我们已经不需要再去怜悯他，而是该将这份关爱之情施加在悲痛欲绝的生者身上。”

马车来了之后，我匆匆跟克莱瓦道了别，就钻进了马车。不过克莱瓦的这番话并没有就此被我忘记，我不仅当时就将它牢记于心，而且在回家的途中，也一直回想这番话的意义。

突如其来的噩耗，注定了我这次回程的旅途中是以悲伤为主旋律的。一开始，我满心想着早点回家，那样就可以早点安慰我那些沉浸在悲伤之中的家人。不过当马车真的离家乡越来越近的时候，我却胆怯了。一路上看着那些我从小就非常熟悉的景色，一时之间，我心头百感交集。我已经离开这里六年了，虽然这里一眼看去大致没有变化，不过点点滴滴的小变化可能在未来的某一时刻形成一场巨大的变故。

恐惧一下子占据了我的心头，我不敢再前进，就仿佛前方充满了妖魔鬼怪一样。于是我在洛桑停留了两天，望着一平如镜的湖水，以及那些白茫茫的雪山，这种万籁俱寂的如同天国般美丽的景色终于让我原本痛苦万分的心情慢慢平复下来。我开始重新踏上返回日内瓦的旅程。

返乡的道路沿湖而上，越靠近我的故乡，道路就越加的狭窄。当家乡朱拉山脉上阴暗的山坡与勃朗山峰上明亮的山顶出现在我面前的时候，我终于忍不住，像一个小孩子一样哭了起来："亲爱的山峰，你是如此的灵秀；美丽的湖水，你是如此的安详；还有那蔚蓝的天空，你们是在欢迎我的回归，还是嘲笑我的不幸呢?"

亲爱的朋友，我经常对一些无关紧要的事情喋喋不休，你们是不是会感到不耐烦呀。这些祖国的大好河山，可是见证了我小时候的那些快乐时光，它们每天陪我一起玩耍、一起嬉笑，我现在想想，依旧会忍不住发自内心的嘴角上扬。

现在离我家已经近在咫尺了，不过我内心深处的恐惧与不安又再次浮现了出来。夜幕降临，黑暗慢慢开始笼罩大地，山峦的轮廓开始变得渐渐模糊，在黑暗的衬托下甚至变得有点狰狞。我的心情越来越低落，预感到自己将是这个世界上最不幸的人，然而我始料未及的是，当预言真的实现的时候，我心中原本给自己设定好的不幸跟现实中的不幸比起来，真是连九牛一毛都算不上了。

当我到达日内瓦近郊的时候，城门已经关闭，因此我只能到半英里外一个叫谢切隆的小村子里暂且度过一晚。

小村庄里的夜晚非常的安静，而我躺在床上却怎么也无法入睡，在辗转反侧了很久之后，我还是决定起床，去威廉被杀的地方看看。由于我不能直接从城中穿过，所以只能划船度过湖泊再去普兰帕丽斯。在这场路途并不算遥远的旅途中，我看到勃朗山峰上的天空中闪电交加，一场暴风雨即将降临。上了岸之后，我马上爬到一座小山坡上，试图好好观赏一下这场暴风雨的来临。它很快就来了，乌云之后，刹那间，硕大的雨滴就击打下来，一开始还稀稀拉拉，很快就密集起来。

随着暴风雨的加剧，原本已经非常漆黑的夜晚变得伸手不见五指，空中不断有巨大的闪电在我头顶炸开，耀眼的闪电让我眼花缭乱，同时也让一旁的湖面波光粼粼。我就这么在风雨中前进着，听着巨大的雷声在萨雷布山、朱拉群山以及萨伏瓦的阿尔卑斯山脉上不断回响。渐渐地，我的眼睛适应了这种时而一片黑暗时而又强光耀眼的节奏。暴风雨在瑞士其实非常常见，而今晚的暴风雨，其中一段时间主要降落在贝尔日维海角与克贝特村落的中部，这阵暴风雨所带来的闪电，照亮了朱拉山脉；至于另外一阵暴风雨的闪电则让湖泊东边的摩尔山脉变得隐约可见。

我一边欣赏着这既壮丽又可怕的暴风雨，一边快步地在路上移动着。眼前壮丽的自然景观让我不禁激情高亢，我紧握拳头，对着天空喊道："威廉，我亲爱的弟弟，你看到了吗？这就是上帝给你举行的葬礼，这巨大的雷声就是对你的挽歌!"就在我高喊的时候，突然一个鬼鬼祟祟的身影从我旁边的树丛中钻了出来，我一下子愣在了那里，眼睛则一动不动地盯着那个黑影看。一道惊雷闪过，借着闪电的亮光，我看清了黑影的样子：巨大的体型，奇丑无比的容貌，毫无疑问，他就是那个被我赋予了生命的肮脏怪物。只是他为什么会出现在这里呢？一瞬间，一个念头在我的脑中浮现，他就是杀害了我弟弟的凶手。产生了这个想法之后，我瞬间就对此深信不疑了。由于恐惧，我整个人都瘫靠在了一棵大树上，牙齿也开始上下打战。而这时，那个高大的黑影却一下子从我的身边闪过，消失在了无尽的黑夜之中。

果然，人类是不可能残忍地杀害我那可爱的弟弟的，这个怪物肯定就是凶手。我本来想去追赶这个杀害我弟弟的凶手，只是很快地我就发现那纯粹是白费工夫，因为借着一道闪电的光亮，我看到那个怪物已经爬上了普兰帕丽斯南边一座叫作萨雷布峰的峭壁之上。而且他很快就爬到了山顶，之后就消失不见了。

我愣在原地，不知何去何从，此时雷声已经停止，不过暴雨还在继续，我的四周是永无尽头的黑暗。那些我一直想忘却却始终不能完全忘却的回忆，开始在我的脑中一一浮现出来：我亲手制造那个怪物的过程，他获得了生命之后出现在我的床边，以及他离去的背景。从他获得生命开始，时间已经过去两年，我不知道这是否是他第一次犯罪，我只知道我亲手将一个残冷凶暴而且专门以屠杀和制造灾难来取乐的怪物释放了出来，而且他还杀害了我的弟弟。

那天晚上，我就那么浑身湿透地在空旷的野外站了一晚上，没有人能知道，那一晚我是在怎样的悲痛与自责中度过的。因为是我亲手制造出了那个怪物，并赋予了他人类的思想以及在人间作恶的力量，我觉得我就是那个恶魔的帮凶，将他的灵魂从墓地中带出，然后让他去伤害那些我至亲至爱的人。

天刚亮，我就拖着沉重的步伐回到了家中。家中的大门已经敞开，我首先来到父亲卧室的门口。我原本的想法是直接冲进父亲的卧房，然后告诉他真凶的情况，让大家一起追捕凶手。但一想到自己需要说明的这些事情，比如是我亲手制造出了那个怪物，而且，昨晚午夜，我还在悬崖峭壁上看到了他的行踪，一想到这些，我就迟疑了。值得一提的是，在我刚刚制造出那个怪物的时候，我还得过一场神经性的热病，这一切都会让这个本来就不可思议的事情变得更像是我生病之后说的胡话。我自己也明白，如果这些话是从别人的口中说出，我一定会觉得那个人是个疯子。而且，即使大家相信这件事情并不是我生病之后的胡言乱语，可是，又有谁能抓到可以轻而易举地在萨雷布山峰上爬行的怪物呢？这一切的一切都让我只能对这件事情保持沉默。

那个时候才刚刚五点，我犹豫了一会儿后还是没有走进父亲的卧室，而是来到了书房等待，并一再嘱咐仆人不要打扰大家休息。

有些时候，我们常常觉得人生就像是一场梦，就像我在外面的这六年时光转瞬即逝，不过，这里却留下了一些真实存在的印记。当年，我准备离家去英格尔斯塔德学习的时候，就是在这个房间里跟父亲拥抱并道的别。我永远不会忘记这个地方，墙壁上是按照父亲的意愿所画的一幅母亲的纪实性肖像，画像中我的母亲正伤心欲绝地跪在他父亲的灵柩前，她穿着朴素的衣服，脸色也是极其苍白，不过画中的母亲却并不令人怜悯，因为外在的一切都阻挡不住她浑身上下散发出高贵的光芒。小威廉的那幅小小的肖像画就挂在母亲的旁边，一看到这幅画，我的泪水再也抑制不住地流了下来。正当我在痛哭流涕的时候，欧内斯特从外面走了进来，他应该是刚刚从仆人那里听说了我已经回来，所以刚起床就马上跑了过来，“欢迎你回来，亲爱的哥哥，”他说道，“只是，你回来的真不是时候，刚回来就要跟我一起承受这份沉重的悲伤，如果你提早三个月回来就好了，那个时候，我们一家人都过得好开心。不过不管怎样，你能回来都是一件大好事，父亲需要你的鼓励才能重新在这场灾难中振作起来，至于一直无端地用自责来折磨自己的伊丽莎白，也需要你的安慰与劝导才能从这次的阴影中走出来。唉，可怜的威廉，我们却再也不能为他做点什么了。”

泪水开始止不住地从我弟弟的眼眶中滑落，看着这个场景，我感到自己的心像是被利刃一刀刀割开一样刺痛。我曾经无数次地幻想过家中悲凉的场景，然而当这一幕活生生地在我面前上演的时候，它比想象中的场面要悲惨无数倍。虽然我自己也非常难过，不过还是开始安慰欧内斯特，让他平静下来，然后先是问了一些关于父亲的事情，接着开始问伊丽莎白的事情。

“她确实是你最应该去安慰的人，这几天，她每天都将弟弟的死归咎在自己的身上，直到我们找到了凶手。”

“什么！你们抓到凶手了？不可能呀，他跑得那么快，而且力量又那么大，在这个世界上根本没有人是他的对手。而且我昨天晚上才刚刚看到过他，你怎么说已经抓到了凶手呢?”

我弟弟茫然地看着我：“你说什么，我听不懂。但是，我们的确是抓到了凶手，只是抓到了她之后，我们反而更加痛苦了，因为谁也不会想到平日里温柔善良而且一直待在我们家的贾斯汀·莫里茨竟然会犯下这么凶残的罪行。直到现在，伊丽莎白依旧觉得她是清白的。”

“贾斯汀·莫里茨，那个可怜的孤儿？她怎么可能是凶手呢？你们一定是搞错了，是吧，欧内斯特？”

“一开始大家确实都不相信，不过，她的一些行为让人值得怀疑，再加上一些证物的证明，她是凶手这件事情基本上已经成立了。今天法庭就会开庭审讯她，你如果不信的话，到时候也可以去旁听一下。”

之后，欧内斯特跟我说了一下这件事的细节。在威廉被害的那天早上，贾斯汀也病倒了，她一直在床上休养了好几天。期间，一个仆人在一次非常偶然翻动她的衣物时，在她衣服的口袋中发现了那条镶嵌着我母亲肖像的项链，当然，这也就是大家一致认为的这件凶杀案的诱因。那个仆人发现了那条项链之后，在没有知会我们家人的情况下，直接去治安部报了警。根据那件证物，以及贾斯汀令人生疑的行为举动，她就直接被捕了。

这件事情听上去确实对贾斯汀非常的不利，不过我却依旧坚持她是清白的，我非常认真地对欧内斯特说道：“你们肯定弄错了，贾斯汀是清白的，因为我知道谁是凶手！”

我的话刚说出口，我的父亲就进来了。我看到，他即使内心悲痛，还是强挤出一丝笑容欢迎我的归来。我们俩相互问候了对方之后，原本想就此将这个沉重的话题转移开，而欧内斯特则非常不解风情地大喊了起来：“爸爸，哥哥说他知道谁是真正的凶手！”

“我也知道谁是凶手。”父亲说道，“只是，我宁愿不知道谁是凶手，因为我实在是不想看到自己以前那么爱护的一个人，竟然做出如此惨无人道、恩将仇报的事情！”

“可是，你错了，父亲，贾斯汀是无辜的。”

“她是不是无辜的，我们说了可不算，这件事让上帝来评判吧，如果她真的是无辜的，那今天出庭审判的时候就不会定她的罪。当然，我打心眼里还是希望她无罪释放的。”

听到父亲这样说，我的心才安定下来。因为我知道不管是贾斯汀，还是世界上的任何一个人，都不是这起谋杀案的凶手，所以我不相信会有证据可以证明这个无辜的姑娘有罪。至于我创造了一个怪物这件事情，也是永远不能让别人知道的，因为即使大家听到了，也只会觉得我是在胡说八道，除非他们能亲眼看到那个怪物的样子。而造成这一切后果的起因，就是因为我的愚昧无知与自以为是。

没过多久，伊丽莎白也进来了。六年的时间，不知不觉已经让她发生了巨大的变化。她从一个娇媚的少女变成了一个贤惠的女人，不过依旧跟以前一样活泼率真，只是在此之上又多了一分沉稳与睿智，她非常深情地对我说道：“亲爱的堂兄，你终于回来了，你的到来让我又重新找到了希望，我相信你一定可以找到证据并证明可怜的贾斯汀是无辜的。我敢以自己的名誉起誓，她一定是无罪的，现在我们已经失去了小威廉，我实在不想再失去这么一个好姐妹。如果她是无罪的，那即使已经失去了小威廉，不过我依旧会让自己重新快乐回来；而如果她真的是有罪的，我实在是不知道在这个世界上还有谁值得信任了，那我将永远也快乐不起来了。”

“相信我，她是无罪的，我的伊丽莎白！”我安慰道，“别再害怕了，重新振作起来吧，因为最终她一定会被无罪释放的。”

“你真是太善良了，维克多，有你真好！现在人人都说她有罪，不管我如何辩解，大家依旧坚持自己的观点，这让我痛苦不堪，甚至到了万念俱灰的地步。”伊丽莎白一边说一边哽咽起来。

“快点擦干眼泪吧，我亲爱的侄女。”我的父亲说道，“希望真的如你相信的那样，她是无罪的，让我们的法律来做最终的判决吧，毕竟所有人都不希望有失公允的冤假错案发生。”

第八章

大家一起在悲伤中度过了几个小时之后，对贾斯汀的审讯十一点准时开庭。我陪伴着父亲，还有那些必须出庭作证的家人们，一起来到了法院。这仿佛就是邪恶对正义的一种活生生的戏弄，我将因为自己的好奇心与无法无天而承受着巨大的煎熬。法庭的判决马上就要宣布，我不知道我的过失是否会造成自己的两个亲人相继死去。一个天真可爱、快乐善良的孩子已经被我害死，而可怜的贾斯汀即将背负原本并不属于她的罪名而生不如死。我无数次地想挺身而出，告诉大家贾斯汀是个好姑娘，她本来该有美好的生活，而我才是那个罪魁祸首，因为是我亲手制造出了那个杀人不眨眼的恶魔。不过我很清楚，我的这种陈述只会被大家当成是疯言疯语，并不能因此洗清贾斯汀的罪名。

贾斯汀面容平静地从里面走了出来，她穿着丧服，在法庭庄严肃穆的衬托之下，原本就美丽动人的样子，反而更显高贵典雅。贾斯汀一出现，就遭到了周围众人的指指点点，不过她泰然自若，因为她清楚自己绝对是清白的。其实以贾斯汀的动人样貌，本来是可以轻松地打动任何人的，只是当大家将那杀人凶手的罪名强加在她的身上之后，所有人瞬间带上了一副有色的眼镜。贾斯汀上庭之后，环顾了一眼四周，她很快就发现了我们，泪光一下子蒙蔽了她的眼睛。这也让我了解到刚刚她只是在强装镇定，毕竟她的一些可疑行径是非常有利的罪证。不过，她很快就使自己再次冷静下来，她眼中那充满了悲伤的光芒让我相信她绝对是清白的。

审讯很快就开始了，法庭陈述了几件让人生疑而又对她十分不利的事情，如果其他人并没有像我一样深知这件事情的真相，确实是很容易被这几件事情而蒙蔽了正义的双眼。第一件事是，案发当晚，贾斯汀一直没在家。第二件事是，第二天凌晨，一个准备去赶市集的妇女在发现尸体不远处的地方看到了贾斯汀。当这位妇女问她站在那里做什么的时候，贾斯汀含含糊糊地什么也回答不上来，而且妇女看到当时贾斯汀的神态非常诡异。之后，早上八点别人问她去哪儿的时候，她马上就表示自己一直在找孩子，并急切地想知道这个孩子的下落。第三件事是，看到威廉的遗体后，贾斯汀一下子歇斯底里了起来，并得了重病卧床不起，同时，仆人就在她的衣服里找到了那条遗失的项链。随后，几个证人被传上法庭作证，当伊丽莎白颤抖地说出，那条项链就是案发之前，自己亲手戴在孩子脖子上的项链时，法庭内瞬间响起了一阵愤怒的喧哗声。

随着审判的进行，贾斯汀脸上流出了各种不同的表情，惊讶、恐惧还有那强烈的痛苦感。不过她依旧强忍着眼泪，打起了精神，因为法庭宣布她为自己辩护的时间到了，贾斯汀用略带颤音不过依旧清晰的声音对大家说话。

她说道："我是清白的，当然，这件事或许只有上帝肯相信我了。我不奢望自己的辩护能为我洗脱罪名，我只是想让大家知道事实的真相。当然，如果你们还是不信，希望你们可以从我平时的所作所为中，为那几件听起来非常可疑的事情做一个合理的解释。"

贾斯汀说案发当天晚上，她是在得到了伊丽莎白的同意之后，才到一英里外的谢尼村探望一位婶婶。九点钟的时候，她碰到了一位正在寻找威廉的仆人，听到威廉失踪后，她非常着急，于是也马上加入了寻找威廉的队伍。只是她找了几个小时后依旧毫无收获，由于当时日内瓦的城门已经关闭，所以她不得不来到一家农舍前，她跟这家农舍的主人很熟，只是深夜不便打扰，她就准备在这个农舍的仓库里随便将就一晚。因为没有找到威廉的缘故，一晚上她都难以入眠，直到凌晨的时候才稍稍睡了一会儿。后来，一阵脚步声将她吵醒，那个时候天刚蒙蒙亮，她索性离开仓库，继续去找威廉。至于她会在离尸体不远的地方碰到那个妇女纯粹是出于偶然，一晚没睡，再加上威廉一直下落不明，在那个妇女询问她时，她当然会一脸的茫然，不知道该说什么。不过，对于自己口袋里的那条项链，贾斯汀却无法给众人一个合理的解释。

"我不知道！"不幸的贾斯汀说道，"虽然这件事情对我非常的不利，甚至可以因此而定我的罪，不过我真的不知道这条项链为什么会出现在我的口袋中。我自认为自己平日里并没有什么冤家对头，所以应该不会有人故意将这条项链放到我的口袋里来栽赃嫁祸于我。而如果是那个凶手将这条项链放在我的口袋里，那就更说不通了，因为他不正是为了这条项链才杀害了可爱的威廉的吗？"

“我知道自己的辩护已经永远不可能证明我的清白了，所以我希望法官能召唤一些知道我平日里品性的人出来，如果连他们的表述也不足以洗清我的罪名，那只能说我跳到黄河也洗不清了。”

几个这几年来跟贾斯汀朝夕相处的证人被传上了法庭，不过由于贾斯汀身上所背负的罪名，他们并没有极力地说贾斯汀的好话，只是非常平淡地敷衍了几句。伊丽莎白终于看不下去了，她实在是不愿看到这个拥有优秀品质的无辜的人被套上不该有的罪名，她不顾大家的阻拦，依然站出来为贾斯汀辩驳。

伊丽莎白说道：“大家好，我就是那个不幸被杀害的孩子的堂姐，当然，我们的关系就如同亲生姐弟一样。我被他的父母抚养并一起生活的时候，他还没有出生。或许，我不应该出现在今天这样的场合，不过眼看着自己的姐妹就要因为她那些朋友的软弱而被戴上一个不该有的罪名，我实在是忍无可忍了。现在，我就在这里述说一下我所知道的贾斯汀。可以说，我跟被告非常的熟悉，因为我们曾经在同一个屋檐下待了两段时间，第一段时间持续了五年，第二段时间持续了两年。在这些时间里，她一直给我留下了温柔善良的良好印象。如果你们不信，我可以举出一两个例子。在我的婶婶过世之前，正是她在病榻前无微不至、全心全意地照顾着我的婶婶，后来，在她的亲生母亲病重的时候，她又用同样的方式照顾着她的母亲。这种崇高的孝心，难道还不能感动在场的所有人吗？后来她一直跟我们生活在一起，我们全家人都因为她的优秀品质而非常喜欢她。她也非常爱护那个现在已经被杀害了的孩子，甚至把他当作自己的亲生孩子一样疼爱。我可以非常肯定地说，她完全是清白的，即使现在所有的罪证都指向她，不过我依旧选择相信她。至于那条项链，只要她想要，我完全可以送给她，只要能证明她是无罪的就行。”

大家不禁为伊丽莎白这简洁有力的说辞鼓起掌来，不过这仅仅是因为大家对伊丽莎白宽宏大量的一种赞赏，对于贾斯汀来说却没有任何的益处，甚至反而更让大家觉得贾斯汀是个恩将仇报的人。站在一旁的贾斯汀并没有说话，她只是流着眼泪默默地听完了伊丽莎白对自己的辩护。

可以毫不夸张地说，在整个审讯的过程中，我是最痛苦、最煎熬的那一个。就连贾斯汀所承受的巨大痛苦都不能跟我相比，因为至少贾斯汀知道自己是清白的，这个信念可以为她支撑住一切的压力。而我，我当然也知道她是清白的，因为我知道一切的真相，我知道杀害了我弟弟的凶手并不是贾斯汀，是由我亲手制造出来的一个怪物。可是我却什么也做不了，我不能证明贾斯汀的清白，也不能阻止众人将仇视的眼光投射在贾斯汀的身上，我只能接受悔恨如同尖牙一样在我的身上撕扯。

我不知道自己是如何度过那个难熬的夜晚的，第二天早上，天刚亮我就去了法院，仿佛有一股烈火在我的喉咙和嘴唇上燃烧，这让我迟迟不敢问出那个问题，而法官却猜到了我此行的目的，他直截了当地对我说：“在众人投票之后，贾斯汀已经被定罪了。”

以前，我也曾经碰到过那种令人毛骨悚然的恐怖体验，不过这种恐怖依旧可以用“毛骨悚然”这个词来表现，而我此时感受到的那种绝望却是无法用任何词汇去表达的。“而且，她已经认罪了。”那个法官对我说道，“虽然早就已经证据确凿，不过我还是非常愿意看到她自己认罪的，毕竟谁也不愿仅仅是依靠一些旁证就给人定罪的，即使这些证据已经非常充分。”

贾斯汀已经认罪这件事情大大地出乎了我的意料。我甚至开始怀疑当时看到那个怪物是不是我出现的幻觉。我觉得自己就要疯掉了，就如同我如果说出这个怪人的故事，大家都会觉得我已经疯掉了一样。我赶回家之后，马上跟伊丽莎白说了一下情况。

“亲爱的堂妹，你应该清楚，法院里的人都是秉着错杀一百也不愿放过一个的态度，而且，她竟然已经认罪了!”

贾斯汀已经认罪这件事情对于伊丽莎白来说绝对算得上是一个巨大的打击，因为她是那么的坚信贾斯汀是清白的：“怎么会这样，那我以后该如何相信人类的美德，要知道，在她的眼中从未流露过任何邪恶的目光，可是她却做出这种背叛我们的事情，干出了这种伤天害理的勾当。”

没多久，我们就接到了通知，贾斯汀希望见伊丽莎白一面。我的父亲有点反对，不过最终他还是让伊丽莎白自己做决定。“我要去。”伊丽莎白说道，“即使这件事情真的是她做的，我也想去看看，不过我不想一个人去，维克多，你陪我一起去吧。”去探望贾斯汀对我来说绝对是一种可怕的折磨，不过我又根本没有办法拒绝伊丽莎白的邀约。当我们来到暗无天日的牢狱之中的时候，贾斯汀正戴着手铐坐在一堆干草堆上，她原本将头埋在大腿之间，不过听到我们进来的响动之后，马上站了起来。她跪倒在伊丽莎白的面前，开始放声大哭，伊丽莎白也忍不住轻声哭泣起来。

“贾斯汀，你为什么要这么做?”伊丽莎白忍不住说道，“我以前一直相信你是清白的，我现在真的是好难过。”

“难道现在你也不肯相信我的清白了吗，难道现在你跟那些人一样，把我当成是杀人凶手!”贾斯汀开始放声大哭。

“好了，你不要跪着，你站起来跟我说话。”伊丽莎白将贾斯汀拉起来，“如果你是清白的，那你为什么要承认自己的罪行呢？我依旧相信你，贾斯汀，只要你依旧否认罪行，那世界上就没有任何事情可以动摇我对你的信任!”

“我是认罪了，可那都是他们骗我。自从我被定了罪之后，我的忏悔牧师就经常来恐吓我，并告诉我，如果我再不认罪，上帝将让我遭受地狱之火的折磨。所以到最后，我不得不认罪，因为我想得到上帝的赦免。虽然我知道自己是无罪的，可是亲爱的小姐，现在没有人愿意相信我，所有人都觉得我注定是个该下地狱的魔鬼，所以我除了认罪之外，还能怎么样呢，我实在是受不了大家的威胁了!”

她继续说道：“我最害怕的事情就是，连我最亲爱的小姐也认为我是杀人凶手，这绝对是一件比我被打入地狱还难受的事情。可爱的小威廉，我马上就可以到天堂跟你相聚了，还有敬爱的婶婶，我很向往跟他们在一起的快乐时光，这也是我觉得认罪之后唯一能带给我一丝安慰的地方了。”

“对不起，对不起，贾斯汀，请原谅我竟然会没头没脑地怀疑你的清白。可是你怎么那么傻呢，你怎么可以认罪呢。放心吧，我会替你申述的，我会用我的泪水还有我真切的哀求，去苦口婆心地劝化那些不明事理的人们。我不会让你死的，因为我们是好朋友，是好姐妹，如果你被带上了绞刑台，那我都不知道自己该如何继续活下去了。”

贾斯汀一直痛苦地摇着头：“没事的，亲爱的小姐，上帝已经成功地将我身上的软弱消除，并赐予了我接受任何命运的勇气。所以我现在已经不怕死了，能离开这个充满了痛苦与不公平的世界也是蛮不错的一件事情，而且，至少在这个世界上还有一个一直肯相信我的人存在，我觉得已经很满足了。不过我希望小姐也能跟我一样，耐心地服从命运的安排。”

我一直待在阴暗的一角，倾听着两个女孩子之间的对话。直到此时此刻，我终于可以确定自己是这个世界上最可悲最绝望的人了，因为即使是蒙受不白之冤的贾斯汀都已经从上帝那里得到了解脱。明天她就将结束在这个悲惨世界的旅程，而我将继续在痛苦的深渊中挣扎。我咬紧牙关，忍不住发出了一声来自内心最深处的呻吟。我的声音让贾斯汀吓了一跳，不过当她认出这个人是我时，马上走到了我的身边：“亲爱的先生，你也能来看我，我真的感到非常的荣幸，只是，希望你也能相信我是清白的。”

我不知道该说什么。伊丽莎白马上替我回答道：“放心吧，贾斯汀，他相信你，而且比我还更加坚定你一定是清白的，因为即使在你认罪了之后，他依旧肯定你是无辜的。”

“真的是这样吗，那真的是太好了，我突然觉得自己并不是那么的不幸，虽然所有的人都把我当成魔鬼，不过至少还有你们两个人相信我。你们的这份感情，我一定会好好珍惜的，因为这对于我来说实在是太珍贵了，谢谢你，亲爱的小姐，还有这位先生，有你们的存在，我觉得我已经可以死而无憾了。”

贾斯汀应该是想用这番话来开导我们，同时安慰自己。她确实做到了，因为她自己从这段话中得到了无限的勇气，而我这个真正意义上的凶手却坠入了永无天日的深渊。伊丽莎白是难过的，不过这种难过并不会持续很久，它就像是天上的云朵，虽然可以遮蔽一时的月光，却不可能永远掩盖它美丽的光华。而我却不同，我已经陷入了无底的炼狱之中，那座由我亲手打造的巨大牢笼将永不消失。我们就这样陪了贾斯汀好几个小时，临走前，伊丽莎白依旧恋恋不舍，她甚至说道：“我真希望可以跟你一起死去，因为我实在是无法在这个充满了悲伤的世界上继续生活了。”

贾斯汀强忍下即将滑落的泪水，压住内心的痛苦，她抱着伊丽莎白，极力想让悲伤的氛围可以变得活泼一点儿，她假装镇静地对伊丽莎白说道：“你们该走了，亲爱的小姐，你是我最爱也是唯一的好朋友、好姐妹，所以我在这里真诚地祈求上帝可以永远保护你，让你再也不会遇到这样的不幸，你一定要好好地活下去，而且不仅要自己好好的活，还要去感染其他人，让大家都幸福地活着。好了，再见了。”

第二天，伊丽莎白感人至深的申诉以及我慷慨激昂的陈词都不能改变法官们对这位无辜的被害者所做出的判决。虽然我一直想说出内心深处的关于这件事情的真相，不过我知道肯定不会有人相信我，所以最终，我只能看着可怜的贾斯汀被送上了绞刑台。

看着伊丽莎白那痛彻心扉的悲伤，还有父亲脸上的痛苦，我突然觉得自己才是那个应该被千刀万剐的恶魔。我作为一个儿子，作为大家的亲人，作为别人最爱的朋友，大家为了我甚至可以流尽身上的最后一滴血，我却亲手造成了这一系列的悲惨后果，我把原本开心快乐的人们一个个拉入了悲伤的漩涡之中。如果可以让这个充满了悲剧的命运齿轮暂停转动，我愿付出我的一切。

看着那些我深爱并且也深爱我的人在威廉与贾斯汀的坟墓旁痛苦地哭泣，我的灵魂也在向这个被恐惧与绝望占据的世界哀号着，我知道，这只是我亵渎神灵的科学研究后得到的第一个小小的报复。

第九章

人世间最痛苦的事情，就是在接受了一连串的打击之后，整个人开始变得麻木不仁，心灵陷入了一片死寂之地，对世间万物再也没有感觉。贾斯汀死了，而我却继续在这个世界上苟活：我体内的血液依旧无拘无束地在我的血管中流淌，悔恨与绝望开始在我的心里定居，我变得无法入睡，整日跟一个幽灵一样到处游荡。我知道自己已经犯下了弥天大过，我也知道后面还会有更大的报应到来。因此我心里仅存的那一丝善念促使我远离善良的人们，不希望他们再受到我的牵连。我不敢回首过去，只能让自己深陷在罪恶之中苦苦挣扎。

我的身体被这种紧绷的精神状态彻底摧毁了，我开始离群索居，变得一蹶不振，要远离那些欢声笑语，只有深沉的阴暗与死一般的孤独才是我最大的安慰。

对于我的性情大变，父亲感到非常痛苦。他用尽了一切办法来开导我，试图让我重新振作起来，他用问心无愧的良知与正直清白的话语对我说道："维克多，我知道你很难过，不过，你弟弟的死，难道我就不难过吗？可是他已经死了，而且我们还要继续在这个世界上活着，我们还肩负着这个社会给予我们的责任，所以我们不能整日沉浸在痛苦之中，那样只会让我们与社会格格不入。"

父亲的话虽然有道理，不过却并不能驱散笼罩在我心头的巨大阴霾。其实，藏起内心的悲伤去安慰亲人本来是我应该负起的责任，而现在，悔恨与恐惧让我变得犹如一只惊弓之鸟一样手足无措。我无法走出这片绝望之地，不过又不想再看到父亲难过，于是我只能选择尽量少出现在他面前。

那段时间，我们全家人都搬到了贝尔日维的房子里，这正合我意，因为待在日内瓦的时候，一到晚上十点，城门就会关闭了，这让我到了夜里就不能继续在湖边逗留，不过以后我就自由了。每天晚上，在大家都睡着了之后，我就会独自一个人划着小船到湖里待一段时间。有些时候，划到了湖中心，我就会升起船帆，任小船随风飘荡，自己则陷入悲惨的过去之中。除了岸上的青蛙以及空中的蝙蝠会时不时发出一些响动之外，我就是整个美丽的大自然中唯一无法安宁的生物了。有些时候，我想着想着，突然就会有一种跳入湖中了却自己生命的冲动，不过一旦想到伊丽莎白，还有我的父亲、我的弟弟，我就再也不敢往那方面想了。我的确可以一死了之，不过，结果只会让世界上所有的人包括我的亲人都落入那个我亲手制造出来的怪物手中，要知道，除了我之外，大家都不会对那个怪物有防备之心。

每次想到这些事情的时候，我就会开始无助地哭泣。我每天都活在恐惧之中，生怕那个怪物会再做出一些伤天害理的事情来，因为我隐隐地感觉到，直到现在为止，那个怪物都只是牛刀小试，他肯定还会做出更加罪大恶极的事情出来。而只要我所爱的人还生活在这个世界上，我就不得不生活在无限的恐惧之中。我开始被仇恨慢慢吞噬，一想到他所犯下的罪恶，我就会握紧拳头双眼冒火，恨不得立即就将那个怪物推下万丈深渊，让他永世不得超生。我要宣泄心中对那个怪物无以复加的厌恶之情，与此同时，也要为威廉还有贾斯汀讨回公道。

最近这一连串的可怕事情，让我整个家族都陷入了无尽的悲痛之中。年事已高的父亲受到这些打击之后，身体每况愈下。以前总是跟我一起漫步湖边，然后快乐地畅想未来的伊丽莎白也已经不复存在。她似乎终于体会到了失去亲人的痛苦，开始变得郁郁寡欢，因为她觉得任何的欢乐都是对死者的不敬，只有永远让自己处于悲痛之中才是对死者最好的祭奠，我已经很久没有看到她那亲切的笑容了。

“亲爱的堂兄，”她对我说道，“从贾斯汀被绞死的那一刻开始，我对待这个世界的看法已经截然不同。以前，我总觉得那些邪恶与不公平的待遇只存在于很久以前人类并不开化的时期，或者仅存在于小说之中，只是作家构思出来的一种理论上才会发生的事情。而现在，这件事情竟然就这么活生生地发生在了我的身边，发生在了我的好姐妹身上，我现在觉得世界上的每个人都如恶魔一样恐怖，因为他们总是彼此争斗。或许，我这句话有点过头了，可是贾斯汀的事情实在是让我难以释怀。如果她真的是杀人凶手，为了一件小小的首饰就杀害了她恩人的儿子，那处死她，我会觉得是罪有应得，因为这种无情无义的人确实不适合存在于这个世界上。可现在的问题是，她明明是清白的，亲爱的维克多，你也是赞同我这个观点的，为什么谎言可以如此的以假乱真，甚至让一个原本清白的人背负莫名的罪名，在这样一个毫无真理的世界，谁还能真正幸福？我感到自己已经被众人推到了悬崖口，随时可能坠入万丈深渊。只要一想到威廉还有贾斯汀被害死了，而真正的凶手却依旧逍遥法外，我就宁愿背负同样的罪名上绞刑架，也不愿继续在这样的世界里苟活。”

伊丽莎白的一番话让我心如刀割。虽然这件事并不是我亲手做的，不过那个杀人凶手却是我亲手制造出来的，可以说，我才是幕后真正的凶手。伊丽莎白看到我的表情后，似乎看透了我的内心，她轻轻地拉起我的手，说道：“亲爱的维克多，你可一定不要做出什么傻事呀，虽然这件事情对我的打击非常大，不过我感觉你的内心世界比我还要痛苦，因为我常常在你的脸上看到想要复仇的表情。维克多，我真的很害怕，请你一定要放弃这些阴暗的想法。不管怎样，我们还在你的身边，而且我们把未来的希望都寄托在了你的身上。特别是我，我们俩以后还会继续彼此相爱，并在这片宁静的土地上获得大家的祝福，我们可以这么安安静静地过完一生。”

令我感到绝望的是，就连伊丽莎白跟我诉说着情意的时候，我都依旧无法忘记那个怪物的身影，我觉得自己已经到了无可救药的地步。不过，我却开始慢慢靠近伊丽莎白，因为我害怕，在某个我不经意的瞬间，那个魔鬼就会把她从我的身边抢走。

此时的我，就像是一只受伤的麋鹿一样，拖着已经失去了知觉的身体，绝望地望着插在自己身体里的箭，心灵已经被大片大片的阴霾所包围，世间任何的爱都无法将我从这悲伤之中解脱，我只等着悲惨地从这个世界中死去。

后来我幻想着，或许大量的运动以及周围环境的变化，可以让我从阴郁的情绪中稍微得到一点解脱。于是在某次情绪爆发了之后，我就离家出走，踏上了前往阿尔卑斯山的旅程。我希望壮美的山脉和那些美丽的自然景色可以让我感到人类的渺小，并暂时忘记心中的不安。我小的时候就经常到这一带的大山之中游玩，六年的时间里，我的身上已经发生了巨大的变化，而这些大山，以及那些自然风景依旧一成不变。

我是骑马出发的，不过当后面的山路变得崎岖了之后，为了走得更加平稳，我放弃了那匹马，雇了一头骡子。时间已经进入八月，离贾斯汀去世已经整整过了两个月。当我的旅程深入到阿尔沃峡谷的时候，重峦叠嶂的山脉此起彼伏，瀑布从高处飞流直下，河水的咆哮声震耳欲聋，就仿佛万能的上帝在对人说话。我感到自己精神上的压力明显减轻了不少，理解了造物者的强大之后，我不再感到恐惧，因为已经没有必要屈服于世间的任何一个人。大自然的力量如此强大，而上帝依旧可以控制它，那我还有什么好怕的呢？

继续攀爬之后，我的脚下出现了一幅世界上绝无仅有的精美画卷：只见波涛汹涌的阿尔沃河正在朝着远方奔流不息，树林中零零散散地点缀着一些若隐若现的小木屋，还有一座已然被废弃的城堡傲然坚挺在被松树覆盖的悬崖峭壁之上。而我的头顶就是被皑皑白雪覆盖的阿尔卑斯山，它的出现一下子就给这幅精美的山水画注入了一股庄严辽阔的气息。仰望着阿尔卑斯山，神秘的山脉仿佛来自其他星球，那些外星生物就居住在被白雪包裹的地方。

离开了佩里歇尔桥之后，我开始攀登被河水冲刷而成的峡谷，没过多久，就进入了霞慕尼。这条峡谷比之前的还要威严壮阔，不过却没有塞沃克斯峡谷那样如画的美景。这里没有肥沃的农田，也没有被废弃的城堡，只有高耸入云的山峰，以及被堆积在道路两旁的巨大冰块。就在这时，我还有幸目睹了一次雪崩的发生，看到山谷上被激起的巨大的白雾。勃朗峰，这座在群山中犹如鹤立鸡群般存在的高峰，正俯视着周围的一切。

这次的旅途让我体会了童年时期的那种快乐。在行进的途中，某个急弯或者突然出现在我面前的特殊景致，都能让我感到久违的快乐。微风拂面，犹如大自然母亲在轻抚我的脸。然而就在这时，被我抛到脑后的悲伤一下子就浮现了出来。我只能疯狂地驱赶着坐骑前进，试图忘记这个世界，忘记内心深处所有的恐惧，然而一切都只是徒劳，绝望与恐惧似乎已经牢牢地缠上了我，我只能纵身跃下坐骑，深深地扑到了路边的草地之中。

不管怎样，我最终还是到达了霞慕尼的那个小村落里。我站在窗户旁，望着勃朗峰上不时闪过的雷电，以及不远处阿尔沃永不停息的巨大水声。我的身体与精神都已经到了筋疲力尽的地步，于是这永无止息的水声，就像是一曲完美的催眠曲一样，在我的头刚挨到枕头的时候，就让我迅速进入了梦乡。

第十章

第二天，我沿着峡谷而上，直到阿沃尔河的源头，那是一座巨大的冰川，直接将整个峡谷堵住。两旁是无限向远处延伸的山峰，而我的正前方就是那座巨大的冰山，不远处的山腰上还生长着几棵生命力顽强的松树。看着眼前如此庄严肃立的景象，还有偶尔传来的波涛的吟唱、滚石滑落的声音、雪崩的声音，以及这些声音在山谷中来回荡漾的回音。这一切的一切让我看淡了尘世间卑微的个人情感，虽然它们不能帮助我完全消除一直以来的阴霾，不过却成功地吸引住了我的注意力，从某种程度来说，大大缓解了我心中的不安，让我得以从一直以来困扰着自己的苦难中稍稍得到解脱。我的睡意在夜晚降临的时候如期而至，在梦里，我又见到了白天看到的那些东西：白雪皑皑的山峰、零零散散的松树、参差不齐的山谷，以及那些在云层之上翱翔的雄鹰，我在这一切的包围之下安然入睡。

隔天早上，当我睁开眼睛的时候，发现眼前的一切都消失了。大雨正在倾泻而下，浓密的大雾遮挡住了原本美丽的群山，这让我原本已经好转的心情又蒙上了一层阴影。我决定忽视眼前的暴风雨，毅然牵出我的骡子，往蒙坦福特峰进发。其实我对这条路线非常熟悉，只是以前都有向导陪同，这次我孤身前往，感觉又是别有一番风味。那是一个神奇的地方，记得我第一次看到那巨大的冰川在海面上移动的时候，我的灵魂就像是突然长出了翅膀一样，将我从一个肮脏混沌的世界带到了充满光明与快乐的天堂。

一路都是在山崖上攀登，山势很陡，只能依靠一些蜿蜒曲折、断断续续的小路前行。眼前的一切都显得非常荒凉，到处都是被雪崩摧残的痕迹，到处都是被积雪压断的残树，甚至有些被连根拔起，整棵倒在大石头上，或者无力地依靠在别的大树上。山路的轮廓越来越不明显，偶尔会有巨石从身边滚落。我不敢发出声响，因为很有可能，一个人的说话声就可以给他带来灭顶之灾。旁边的松树由于缺乏阳光，都没有长得十分茂盛，不过它们那略显萧条的样子却更突显出了这一带的庄严。我鸟瞰下面的景色，雾气从山谷的溪流中一直蔓延上来，围绕在一个个山峰的下面。黑压压的天空中暴雨仍在继续。为什么人类会有那么多的思想与感受，如果人类只能感受到饥饿、饥渴与欲望，那该有多好。那样人类应该能在整个世界遍布得更加广阔，人类也能获得更多的自由。

我们休憩，噩梦却扼杀了睡眠；
我们醒来，飘渺的思想却玷污了天空。
我们感受、假设、思索、欢笑抑或哭泣；

我们自怨自艾，或者抛弃一切烦恼。
万物皆是如此：不过喜怒哀乐，转瞬即逝，
明日或许不似今朝，只有无常永留人间！①

接近晌午的时候我才到达山顶。我先是坐在岩石上休息了一下，安静地看着被雾气笼罩的大海还有周围的山峦。我看到微风渐渐吹散了笼罩世界的云雾，露出了漂浮在大海上的浮冰。接着，我开始攀爬冰山，整个冰山差不多有一英里宽，冰山的表面凹凸不平，就像是海平面上的波浪一样，在冰山的下面还有一些难以看到底部的狭长裂缝。我又花了差不多两个小时，才爬到了冰川的另一边。由于那一边全是光秃秃的悬崖，所以视野非常开阔，我不仅可以看到一里格外的蒙坦福特峰，甚至还能看到耸立在远处的勃朗峰。

我望着眼前这片伟大的景观，久久不能平静。这里的大海更像是一条蜿蜒曲折地围绕在一座座山峰之间的冰河，它无私地映衬着拔地而起的高大山峰，并在乌云消散后的阳光下闪闪发光。此时的我，再也抑制不住内心深处的激动之情，朝着远方大喊道："可爱的精灵呀，如果你们真的存在，并且正在这里遨游，那么请你们让我也一起分享旅行的快乐吧，带上我，让我成为你们的伙伴，跟着你们一起离开这个没有喜悦的世界。"

我的话刚喊完，突然看到远处有一个身影，正在以一种非正常人的速度向我靠近。冰川上那些我要非常小心才能跨过的缝隙，对于他来说如履平地。当我看清楚他那远比一般人要高大的身材时，一股绝望之情从我的身体中扩散开来，

---

① 雪莱诗歌《无常》节选。—— 译者注

我感到有点头晕目眩，幸而此时一阵微风吹过，稍稍缓解了我头晕的症状。我已经可以确定，那个身影就是我亲手制造出来的那个怪物。惊恐与愤怒开始让我的脑子快速地旋转，我下定了决心，只要他来到我的面前，我就跟他拼个你死我活。很快地，他来到了我的身边，出人意料的是他的脸上充满了哀怨，还带着一丝鄙夷与凶狠。那张脸依旧丑得令人无法直视，而我却并没有太在意这些外在的东西，因为仇恨和愤怒已经充满了我的整个身体，我知道自己打不过他，所以只能先用语言攻击。

“畜生！”我骂道，“你竟然还敢来找我，你就不怕我将你千刀万剐，让你永远也不可以在这个世界上为非作歹了吗？”

“我就知道你会这么说。”那个怪物回答道，“的确，世界上所有的人都厌恶我，也情有可原，因为我是怪物，而且还长得这么丑。可是如果连你都嫌弃我，那就太不应该了，因为你是我的创造者，我是你创造出来的艺术品，你不能因为我长得不够完美就一脚将我踢开，那样是不公平的。你不能这样玩弄生命，应该对我负责，而且我们俩的生命是连为一体息息相关的。你怎么可以想着杀我呢？我可以答应你，只要你对我负责，那我就会对你还有其他的人类负责，不过，如果你想逃避你的责任，那我就会带着死神，让他将你身边的亲朋好友一个个都带向死亡的深渊。”

“你这个怪物，你竟然还敢威胁我，你知道你现在犯下的罪过足以让你到地狱里被残忍地折磨。你还知道是被我创造出来的，那我现在就让你知道，我既然可以给予你生命，也可以轻而易举地将你的生命夺回来！”

由于当时我内心的愤怒已经达到了极点，我不顾一切地朝那个怪物扑去，试图用自己的努力跟那个怪物同归于尽。

然而那个怪物轻易地就躲开了我的致命一击。他对我说道：

“你可以冷静一点儿吗，别忘了，当时你在创造我的时候，把我造得就比普通人强多了，速度也快多了，再加上我这副巨大的身材，你根本不是我的对手。不过，我并不想与你为敌，因为你是我的创造者，只要你履行了你该尽到的责任，我就会乖乖地听命于你。所以在你火冒三丈之前，先静下来听我说说话，可以吗？虽然我们的生命中充满了痛苦，不过我依旧非常珍惜这次获得生命的经历，甚至会以死捍卫它。看着世界上的人们成群结队地在一起欢闹嬉戏，唯有我，就像是一个坠落凡间的天使一样孤孤单单的一个人，每天只有影子陪在我的身边。其实我的本性也是善良的，是痛苦与人们对我的仇视才令我进化成了一个恶魔。所以我在这里恳求你，让我变得幸福，这样我就能重新变回以前善良的自己！”

“鬼话连篇，我可不会相信你所说的话，因为我们是不共戴天的仇人！如果你再不离开的话，我只能跟你拼命，直到我们俩之间一个人死去为止。”

“你究竟要我怎么做，才会认真地听我说话？难道你就真的这么铁石心肠吗？我可是你亲手制造出来的生命，而且不管怎样，在刚刚来到世界的那个时候，我的心中还是充满了善意与感激的。只是现在，连你——我的创造者，都这样对我充满了敌意，别人对我的态度就可想而知。你难道就不觉得我很可怜吗，我被你们人类痛恨并且排斥，导致我只能整日在这渺无人烟的地方游荡。我已经在这里待了好久了，甚至连冰川下的那些狭窄的缝隙，我都非常地熟悉，那也是你们人类唯一施舍给我的活动空间。你自己想想，你们人类对我的敌意，难道我就不能合理的自我防卫吗？难道你们人类全副武装想将我置于死地的时候，我就要站在那里束手就擒吗？当然不是，我绝对不会善待我的敌人，我喜欢以其人之道还治其人之身。现在我与人类已经达到了势不两立的地步，只有你能缓解这个局面。所以，请你认真地听听我下面的故事吧，只要你不对我那么轻蔑冷落，那你就可以将大家包括你的亲人从这场灾难之中拯救出来。这是很公平的一件事，就算你们人类的法律，都允许双手沾满了鲜血的罪犯在定罪之前做最后的申诉，所以听听我的故事吧，弗兰肯斯坦，假如听完之后，你依旧无法原谅我，到那个时候，你再来毁灭我也不迟。”

“我为什么要听你的话！”我说道，“你为什么要让我再次想起那不堪回首的往事，让我再次记起自己就是这一切罪恶的源头。如果时间可以倒流的话，我真的想将自己的双手砍下，这样，我就永远也不会制造出你这个恶魔了。你快走开，我现在看到你的样子就觉得恶心。”

“那不要看就好了。”说着，那个怪物试图用他那双大手遮住我的眼睛，不过却被我用力地拨开了。“你不是不想见到我吗，那我蒙住你的眼睛就好了，那样，你就能安心地听我讲故事了。不过，这里的气温并不适合你久待，所以我们去山顶那边的小屋子里吧。现在太阳还挂得老高，我发誓，我的这个故事肯定会在太阳下山前讲完，到时候，你将可以做出最终的决定。是接受我的条件，从此我远离人类，并且永远不再伤害人类；还是违背我的意愿，让我成为一个嗜血狂魔，加速整个星球走向灭亡，这都看你的了。”

那个怪物转身离开，给我带路。虽然我一开始的时候还是有过犹豫，不过一半出于好奇，因为我非常想知道他是否就是杀害我弟弟的凶手，而另一半则是因为同情，我开始反思，或许身为制造者，我确实应该对他的生命负责，我不能因为他外貌丑陋就一味地厌恶他。我最终还是决定先听一听他的故事，于是跟了上去。我们穿过冰川，攀爬到对面的岩石上，凉风习习，天空中又飘起了小雨。到达小屋之后，那个怪物先钻了进去，并得意扬扬地在里面生起了一个火堆，我心情沉重地走进了小屋，无精打采地坐到篝火旁，开始倾听他讲述他所经历的故事。

第十一章

“对于自己一开始的记忆，我已经快要记不清了，因为我当时根本都区分不了眼前的一切，只记得我花了好长的时间才学会灵活地运用味觉、听觉和视觉，而且我一开始还非常怕光，一见到光马上就闭上了眼睛，只是我也很害怕闭眼之后的黑暗，所以只能再次睁开眼睛，我花费了不少时间才慢慢适应光照射在我的身上。以前我只感觉周围一片黑暗，不过，我现在发现我可以动了，空气对我来说毫无阻碍，我可以自由地在这个世界上移动。于是我开始往外走，只是不知道为什么，天上的太阳光越来越强烈，我感到很热，而且也有点累了，于是我就躲进了英格尔斯塔德郊区的那片阴凉的树林里。很快地，我就进入了梦乡，直到我被饥饿的感觉激醒，于是就摘了一些树林中的野果充饥，并在小河旁喝了好多的水。吃饱喝足之后，我又心满意足地进入了梦乡。”

“由于在离开你的公寓之前，我已经能感受到冷与热，所以在离开之前，我从你那里拿了几件比较大的衣服，套在身上。不过，当我在英格尔斯塔德睡醒的时候，我却突然感到了一股寒意，当时天已经黑了，我从你那里拿来的几件单薄的衣服根本不足以让我抵御冰冷的露水。我感到自己非常的无助，也非常的悲惨，因为我什么也不懂，却要一个人孤零零地待在这个世界上，于是我就悲伤地在那里哭了起来。”

“就在我哭得正难受的时候，天空中突然有一道柔和的光照射了下来，散在我的身上，这让我的心情稍稍变好了一点儿。我抬起头，看到天上有一个散发着柔光的东西（月亮）正缓缓地从树梢上升起，它上升的速度很慢，不过依靠它的光，我又看到了林中的道路，于是我又去摘了一些野果吃。吃饱了之后，我还是觉得好冷，幸亏这个时候，我在林中捡到了一件很大的破斗篷，我将它披到身上之后又坐回到了原来休息的地方。我想思考一些事情，不过却感觉脑中一片混乱，虽然我已经能感受到光亮、饥饿、口渴，听到我周围那些乱七八糟的声响，不过我压根就不懂得它们所代表的意义。我不知道该去做什么，也什么事都做不了，只能坐在那里，望着天上的月亮发呆。”

“时间一天天地过去，在经历了几次昼夜变化之后，我已经能够清晰地区分自己各个感官的感受，甚至可以清晰地观察出了一些事物的本质。比如我发现了晚上的月亮开始慢慢地变小，知道了为我解渴的是小溪中那清澈见底的河水，也知道了只要待在树荫底下，太阳光就拿我没办法了。我还发现了每天在我身边发出声音的是一种长着两双翅膀、并且可以飞的小动物。我曾经试图学习那些小动物发出动听的声音，不过我怎么也学不会。后来我又希望用自己的声音去表达内心的感受，可是当我听到自己那粗糙刺耳的声音之后，吓得再也不敢发声了。”

“后来不知道为什么，天上的月亮突然没了，不过幸亏后来它又出现了。而在这段时间里，经过我不断地努力学习，更加适应了在这个世界上的生活，而且我对各方面的东西也有了更深刻的理解，可以分清楚什么是动物，什么是植物，还有那些昆虫。再到后来，我甚至都可以分清楚不同植物的种类了，只是不知道它们的名字叫什么。我也能分辨出一些鸟儿的不同，比如，麻雀只会叽叽喳喳乱叫，而那些黄鹂跟画眉的声音却可以叫得很悦耳。”

“我是在自己快要被冻僵的时候，无意中发现了一堆旅客留下的篝火，从篝火中传递出来的那种温暖的感觉让我非常的舒适，于是我直接靠到那堆篝火旁，将自己的双手伸进了火里。不过我很快就被那种灼伤感疼得将手抽了回来，并开始不停地捂着受伤的手大叫。我感到非常的不解，为什么同样的东西会给我带来这么不同的感觉，于是我开始认真地观察这堆篝火的原理，我发现，在那些火的中心是一些木头，我马上就去旁边捡了一些木头回来，将它们放到了火上，可是它们根本就不会燃烧，这让我感到非常的沮丧，只能无奈地坐在了那堆篝火旁。然而就在这时，原本潮湿的树枝被烤干了之后，终于冒出了熊熊的火焰。我喜出望外地望着那些已经着火的树枝，在经过了我的一番触摸与研究之后，终于发现了这其中的原理。我又出去捡了更多的树枝，放在篝火旁将它们烘干。夜晚如期而至，我非常害怕这堆火焰在我睡着之后熄灭，于是在已经很小的篝火中添加了很多干的树叶，然后又在干的树叶上铺上了厚厚的一层湿的树叶。之后，我就披上斗篷，再次进入了梦乡。”

“我在天空已经大亮的时候醒来，起来的第一件事情就是去拨开那些树叶，看看那堆篝火是否存在。就在我刚拨开树叶的时候，突然，一阵微风吹过，原本已经很小的火焰一下子旺了起来。我成功地捕捉到了这个细节，用一些树枝跟树叶做了一把简易的扇子，只要火变小的时候，我就用那个扇子扇几下。在某天夜里，我捡到了一些旅客们吃剩下的烤肉，这才发现，原来这堆篝火除了能发光发热之外，还能让食物变得更加好吃。于是我马上去采了好多野果放在火上烤，没想到野果烤过了之后根本没法吃。不过后来我发现，坚果以及一些根茎类的食物用火烤过之后就会更加美味。”

“由于待在那个地方，我常常连只为填饱肚子的食物都找不到，久而久之，只好决定离开那个地方，另找一个能满足我温饱要求的栖身之地。不过对于该怎么带走那堆篝火，我还是有点懊恼的。我也曾试图研究该怎么生火，只是不管我试了多久，都没有任何成果。无奈之下，我只能披上斗篷，抛弃那堆篝火，开始朝着日落的方向出发。我连续走了三天之后，来到了乡下非常开阔的一处地段，因为昨晚的积雪，地上到处都是一些白色的、我踩上去之后又冷又冰的东西。”

“那个时候是早上七点，就在我又冷又饿、急于找到一个栖身之所的时候，我突然看到高处有一间供牧羊人休息的小屋。由于我当时对世界上所有的东西都充满了好奇，对这间房子当然也不例外。为了更加直观地了解房子的构造，我直接从开着的门那里走了进去。当时一个老人正坐在一堆篝火旁做早餐，当他见到我走进屋子里之后，直接用一种非常不可思议地速度惊叫着逃出了那间房子。我并没有去理会那个长相怪异的人类，虽然我对他那种疯狂的逃跑速度有点惊讶。不过我更惊讶于这间房子的作用，它不仅可以挡风遮雨，而且还能保持干燥、保持温暖，我觉得它就是我理想中最适合的避难所，就像在地狱火湖[1]中受尽了煎熬的魔鬼心目中的地狱之城[2]一样完美。那个老头走了也好，他走了之后，留在那里的面包、奶酪、牛奶还有那些我并不是很喜欢的葡萄酒都是我的了。我美美地享受了这顿饱餐之后，就疲惫地进入了梦乡。”

“我一觉就睡到了大中午，温暖的阳光毫不吝啬地散在大地的每一寸积雪上，我将屋子里所有的食物都用一个袋子装好，然后带着它们继续踏上了旅途。在这一天的太阳下山之前，我来到了一个村落，这里充满了各种各样我觉得非常神奇的事物。这里有各种大大小小简陋或者豪华的房子，还有一些美丽的菜园，当然，还有好多让我看到之后直流口水的奶酪、面包。我朝这个村落中最美丽的一间房子走去，才刚走到门口，那些看到我的小孩们就惊叫了起来，有个女人看到我之后直接就晕倒了。我的出现引起了整个村子的恐慌，有些胆小的人惊惶而逃，而那些胆大的人则开始愤怒地攻击我，我被一些石头还有另外一些坚硬的东西砸得鼻青脸肿。我只能仓皇地逃窜到了一个由木头搭建的非常低矮的窝棚之内，在这个窝棚里，我连坐起来都很困难。这窝棚连接着一间看上去非常舒适的农舍，由于被那些愤怒的村民吓到了，所以我并不敢再次贸然地进入那间农舍之内。我的那个窝棚虽然低矮简陋，不过里面却十分干燥，足够为我抵御严寒的天气和那些野蛮人的袭击。”

“因为终于找到了自己的安乐窝，所以我直接在那个窝棚里躺了下来，直到第二天天亮了才悄悄地爬起身，去观察了

---

① 《圣经》中地狱惩罚恶魔以及其他使者的地方。——译者注

② 英国诗人弥尔顿长诗《失乐园》中的地狱都城。——译者注

一下周围的情况，从而确定这个地方是否适合我继续逗留下去。我所待的那个窝棚靠着农舍的后墙，旁边就是一个猪圈与一个水池。为了防止别人发现我躲在窝棚里，我找了些石块与木头，将窝棚的所有缝隙都堵好，这样一来，我每次进出都要移开一些木头或者石块，而靠近猪圈的那一边，就是窝棚里唯一的光线来源了，由于我并不是非常喜欢光线，所以这些光线对于我来说已经绰绰有余。”

“我刚在外面找了一些干净的稻草，就发现不远处有一个人影在晃动，由于昨天被人追打的事情记忆犹新，所以我马上躲回到了我的窝棚里。将那些稻草铺好了之后，窝棚里更加干燥了，加上我的窝棚紧挨着农舍的烟囱，所以躲在里面非常舒服。一切都安顿好了之后，我就拿出了一天前偷来的一块干面包，以及一个杯子，我感觉用杯子盛水比用手捧着水方便多了。”

“我的窝棚相比于不能为我挡风遮雨、还一直很潮湿的树林来说，简直就如同天堂一样，所以我决定在这里安顿下来，除非哪天出现了重大变故。吃完了对我来说还算丰盛的早餐之后，我正准备挪开那些石块出去找点水喝，突然，我听到门外响起了一阵脚步声，透过石块之间微小的缝隙，我看到一个非常年轻的姑娘正头顶着一个木桶从我的窝棚旁经过。那姑娘扎着一头金黄色的头发，穿着非常朴素的一件亚麻上衣与蓝色的粗布裙子，她看上去十分地操劳，而且她的表情满是抑郁。我望着她远去的背影，感觉这个姑娘的样子跟那些农夫还有仆人的样子决然不同。没过多久她就回来了，头顶上的木桶里已经装满了牛奶，这让她看起来非常的吃力。幸好这时一个脸上同样悲伤的年轻男子走了过来，他将姑娘头上的木桶拿下，轻声细语了一番之后，提着那桶牛奶进入了农舍，那个姑娘也跟了进去，两个人一同消失在了我的视野里。之后，那个姑娘开始在屋里屋外忙活一些家务事，而那个年轻男子则背上一些工具，到了远处的田中劳作。”

“在一次不经意之间，我发现，我的窝棚与那间农舍之间的墙壁上有一扇已经被木板钉死的窗户。虽然它已经被钉死了，不过，上面却有一条不易察觉的缝隙，我可以从这条缝隙观察农舍里的情形。那间农舍看上去非常干净，不过里面的家具却少得可怜。一个老人正双手支撑着脑袋，面容忧伤地坐在角落的炉火旁。那个年轻的姑娘则继续收拾着房间，她拿着一件从抽屉里拿出来的东西，坐到那个老人的旁边，不停地摆弄了起来。那个老头则拿出一件乐器，比画眉鸟或者夜莺的鸣叫声更加悦耳动听的声音从那个乐器中发了出来。看着这个令我肃然起敬的老人，他的白发、他的慈祥，以及那个美丽的姑娘的温柔的举止，即使我是一个从未受过教化的野蛮人，也感受到了世间的美好。泪水开始在那个姑娘的脸上泛滥，因为那个老人所弹奏的音乐实在是过于幽怨，直到姑娘的哭声越来越响，老人才发觉了这件事情。他对着那个姑娘说了些什么，那个姑娘直接放下手中的活，哭着跪倒在了老人的面前，老人马上将那个姑娘扶起，他的脸上是充满了慈祥与温柔的笑容。看着这样的画面，虽然我以前从来没有感受过人与人之间的这种情感，不过却觉得内心很是触动，我连忙将视线移开，因为这样感人的画面我实在是看不下去了。”

“之后，那个小伙子从地里回来了，他的肩膀上多了一捆木柴。姑娘热情地到门口欢迎小伙子的归来，并贴心地将他身上的柴火卸下，同时顺手拿了几根回屋，加到屋内的火炉之中。小伙子的归来让那个姑娘感到非常高兴，她去园子里摘了些菜，加了水之后，放在锅子中煮，小伙子则拿出了一大块的面包以及一块奶酪。接下来，姑娘继续在屋子里忙活，而小伙子开始去整理园子，差不多一个小时之后，姑娘也来到了园子里，她帮着小伙子一起干了一会儿后，两人就一起回到了屋子中。”

“老人独自一人待在屋子中的时候，他的脸上总是充满了忧伤，不过当姑娘与小伙子回来的时候，他就会让自己的脸上保持笑容。三个人匆匆地吃完了午饭之后，那个姑娘继续在屋子里收拾，而那个老人则在小伙子的搀扶之下，到院中晒太阳。他们俩的背影在阳光下显得非常和谐，只是不知道为什么，这两个人的脸上总是充满了深深的忧伤之情。扶着老人回到屋子里之后，那个年轻人拿出一些跟上午不同的工具，再次往田野那边走去。”

“当夜晚降临的时候，让我感到非常惊喜的是，他们在屋内点起了蜡烛，这让我得以继续观察这一家人的生活。睡觉之前，那个姑娘与小伙子做了一些我看不懂的事情，之后老人再次拿出乐器，演奏出了跟上午一样的优美旋律，那些悦耳的声音让我不自觉地陶醉其中。等老人演奏完之后，在那个年轻人的嘴巴里，发出了一串复杂但没有像老人所弹奏的音乐那般悦耳的声音。当时我并不知道那个年轻人在干吗，因为我对于语言文字方面还一窍不通，直到后来我才知道他是在大声地朗读。”

“做完了这些事情之后，他们就熄灭了蜡烛，各自回到了自己的房间，应该是准备睡觉了。”

第十二章

“我在我那个窝棚里躺好了之后，并没有马上睡着，我的脑中一直是白天发生的一些画面。我非常喜欢这家人相互之间的这种彬彬有礼的举止，也非常渴望能够加入到这个家庭，加入到这种充满了文明的行列中去。不过，前一天那些村民看到我后惊慌失措的样子，我依旧记忆犹新，所以我这次并不想贸然出现，我要好好观察一番，等自己学会了这种文明举止之后，再想办法靠近他们。”

“第二天，天还没亮，这一家子人就全起来了，他们吃了那个姑娘准备的早餐之后，那个年轻的姑娘继续收拾房子，而那个小伙则又出了门。”

“今天的生活几乎跟昨天一模一样，小伙子依旧出门干活，然后回家，之后又出门干活，而那个姑娘则一直待在家里收拾这个，整理那个。不过，与昨天不同的是，我发现了一件事情，原来那个老人的眼睛是看不见的，所以他平日里只能坐着发呆，或者实在无聊的时候就拿出乐器演奏一番。幸亏那两个年轻人对这个老人非常的尊敬且爱戴，所以老人每天的生活起居都被照顾得非常周到。”

“虽然那个老人总是对着那两个年轻人微笑，不过，我知道，他们过得并不开心。因为那两个年轻人常常躲在角落里偷偷地哭泣，我不知道他们哭泣的理由，我觉得跟我这个丑八怪比起来，他们应该幸运得多了。他们有一个舒适的家，有可以取暖的火炉，有可以填饱肚子的美食，还有他们相互之间的亲密关怀。跟我比起来，他们根本就没有什么值得哭的事情。不过，在观察了一段时间之后，我终于明白痛苦的原因。”

“导致这个幸福之家痛苦的原因，就是因为贫穷。他们除了那个园子以及一头牛之外，一无所有，所以每当冬天降临的时候，由于那头奶牛缺乏食物，也会造成这一家的食物更加的缺乏。我有好几次看到那两个年轻人将仅有的一些食物端到那个老人面前，他们俩却只能忍饥挨饿。”

“以前我总是会在晚上到他们家偷点食物果腹，不过在了解到他们家的情况，以及那两个年轻人的孝心之后，我就不忍心继续去拿他们的食物了，我只能每天去不远处的树林中摘一些野果或者挖一些可以食用的根茎类食物充饥。”

“我还开始学着去帮助这一家子可怜的人，因为我知道那个小伙子每次出去干活的时候，还要顺便带一大堆可供烧火的木柴回来。于是，每天晚上我出去找食物的时候，都会带上那些砍柴的工具，帮他们带一些木柴回来，因为我的力气很大，所以一次带回来的柴火就足够他们烧好几天了。”

“我还非常清楚地记得，那个年轻的姑娘第一次发现门口多了一大堆木柴时，脸上那惊喜的表情。那个小伙子闻讯出来后，也是大吃了一惊。由于那天不用出去砍柴，所以那个小伙子一整天的时间都可以待在家里，在园中种菜，还有修补屋顶，这让我对于自己的所作所为感到非常的满意。”

“后来，我又发现了他们的一些非常神奇的本领，那就是他们的嘴巴里可以发出一些非常清晰的音节，而且，这些音节似乎可以让他们相互沟通。我常常看到他们因为相互的沟通而开心地大笑或者伤心地哭泣。我非常想让自己也掌握这种本领，不过由于他们每次说话的速度太快，我根本不能将他们所说的东西与实际中具体的东西联系上。当然，在我的不懈努力下，经过了几天之后，我总算是学会了一些简单的词汇，比如‘火’、‘牛奶’、‘面包’、‘木柴’，还有那家人相互的称呼。那个老人只有一种称呼，那就是‘父亲’，而那个年轻的姑娘除了被叫作‘妹妹’之外，还会被叫作‘阿加莎’，至于那个小伙，也有好几个称呼，分别是‘哥哥’、‘费利克斯’还有‘儿子’。当我能理解并正确的发音时，别提我有多高兴了。我还学会了另外一些词汇，比如‘好’、‘亲爱的’以及‘不高兴’，不过这几个词我只知道该如何发音，并不知道它们的具体意思。”

“我就在那个窝棚里度过了整整一个冬天，每天陪着屋子里的人一起因为快乐的事情而快乐，也一起因为悲伤的事情而悲伤。偶尔会有其他人来拜访，不过我并不喜欢其他人，我觉得跟这一家子人比起来，其他的人都显得有些粗鲁。我常常听到那个老人将两个孩子叫到身边，教导他们，每当这个时候，老人就会显得异常和蔼，我非常喜欢看到老人那个时候的样子。特别是听到他那和善的话语时，我总是有点沐浴春风的感觉。阿加莎听了老人的话后，总是能有很大的感悟，马上变得豁然开朗，有些时候甚至会听得热泪盈眶，不过，她从来不会让老人感觉到她已经流泪了。至于那个年轻小伙费利克斯，却一直面露忧伤，即使耳边回响着老人慈祥的声音，他依旧是家中最忧伤的那一个。不过，这个小伙子的忧伤也只是表现在眼神中，每当他说话的时候，他就会假装很高兴，特别是他跟老人说话的时候，他从来不会让自己在语气中透露出忧伤。”

“虽然这一家人的生活依旧是那么的一贫如洗，不过，不得不承认，他们之间还是充满了爱的。我看到那个小伙子会在她妹妹起床前，将家门口的雪扫干净，然后再打好水，收拾好柴火，而且有时还会将那些偶然发现的被积雪覆盖的小白花摘下，送给他的妹妹。因为我每天都会给他们带回来好多木柴的缘故，费利克斯现在已经不去田里干活了，而是去附近的农场里打工赚钱，他每天要很早起床，然后很晚才能回家，回家了之后，他可能还会念书给老人还有阿加莎听。”

“一开始我并不能理解，为什么他拿着一本书之后，就能发出各种声音，甚至有些时候会重复出现某些声音，于是我猜测，那些书本上可能刻画着一些如何发音的记号。我非常想学习理解那些符号的能力，不过，我也知道自己并不能心急，因为我现在甚至连他们正常的对话都听不懂。我知道自己的外貌非常丑陋，有可能让他们忽略我的外表的唯一办法，就是去学习他们的语言，然后用语言跟他们沟通，跟他们成为朋友，这就是我当时的计划。”

“我非常羡慕这一家子人高贵优雅的气质，以及他们俊美的面容。而我用了很长的时间才让自己相信，清澈的池水中，那个丑陋的倒影就是我自己。我因为自己的丑陋相貌感到非常的痛苦与自卑，当然，那个时候，我并没有意识到，我这副恐怖模样所造成的巨大沟壑并不是语言相通就能化解的。”

“漫长的冬天终将过去，温暖的春天终于降临了，一直覆盖在树干上的积雪也开始慢慢融化。随着大地的回暖，费利克斯得到了更多的工作，虽然他们的食物并没有很精致，不过，基本的营养还是有的，而且至少他们可以不必担心饿肚子。气温变暖了之后，他们园中的植物也开始发芽，所以，随着时间的推移，他们的食物会越来越丰富了。”

“天气好的时候，老人每天中午都会在他儿子的搀扶下，出来晒晒太阳。降雨也是时有发生的，不过，由于气温变高了，所以潮湿的大地瞬间就会被春风吹干。因为他们常常在下雨的时候提到‘雨’这个字，所以我就学会了这个单词。”

“我每天的生活非常简单，也可以说刚好跟那一家子的生活颠倒了。早晨，每当他们醒来了之后，我就会睡一觉，睡醒之后，我就会开始观察他们的生活，直到夜幕降临，当他们进入梦乡的时候，我才借着月光或者是星光出来觅食。我会先去树林中找食物，顺便为那一家子人砍一些木柴回来，之后，我还会为他们家打扫，挑水，反正就是干那些费利克斯平时会干的活。由于我的这些善意的举动，他们常常会感到惊叹不已，甚至有时候觉得是上帝在帮助他们，所以他们就会发出类似于‘谢谢上帝’、‘太不可思议了’之类的感叹。只可惜，当时我并不能理解这些话的意思。”

“经过了越来越深入的了解之后，我对于人类的思想跟感情产生了越来越大的兴趣。我非常想知道，为什么费利克斯会那么痛苦，为什么阿加莎会那么忧愁，我甚至还傻傻地以为，只要我努力就可以让这些不开心的人重获幸福。在我无聊或者睡前的时候，那一家子人的形象满满地占据我的脑海，我把他们当作能够主宰我未来命运的主人。我一次次地幻想我出现在他们眼前时的画面，他们一开始肯定会被我的恐怖样子吓到，不过，我相信自己肯定可以用从他们身上学到的高雅的举止，以及得体的谈吐，让他们喜爱并最终接纳我。”

“有了这些幻想作为支撑之后，我开始非常刻苦地学习人类的语言。虽然，我的声音依旧那么的粗糙，不过，我却可以灵活地运用喉咙，并十分顺畅地发出人类的发音吐字，当然，我说话的声音听上去并不悦耳。不过我觉得这并没有什么影响，就像伊索寓言《驴和哈巴狗》的故事一样，虽然驴的行为举止非常粗鲁，不过有情有义的它理应不被大家嫌弃甚至是打骂。”

“不久之后，浓郁的春色终于将冬天的所有气息赶走得一干二净了。在家里躲了一整个冬天的人们，重新开始了耕种，鸟儿重新开始叫唤，树儿也都重新开始发芽了。整个大地欣欣向荣，就像是众神生活的天堂一样。我也因为周围的变化而变得异常兴奋起来，甚至渐渐忘却了当时那些村民们对我的敌视，我开始向往着未来，觉得在之后的日子里，我一定能在希望与欢乐之中度过。”

第十三章

“是不是觉得我讲故事的速度有点慢了，那我就加快点速度吧，因为接下来，可是高潮迭起的部分了，我为什么会变成现在的我，就是因为受到了接下来那些事情的影响。”

“春天来了之后，周围的一切都发生了巨大的变化，原本贫瘠的土地上开出了各种各样的鲜花，那些原本光溜溜的树枝上也都长出了郁郁葱葱的绿叶，这些都是我从来没有见到过的奇特景象，这让我为自己能生活在这样一个五彩缤纷的世界中而感到非常庆幸。”

“又是那么一天，当大家都空闲下来了之后，那个老人拿出吉他开始弹奏起来，他的两个孩子都在一旁认真地听着。就在这时，费利克斯开始不停地叹气，然后脸上也露出了非常忧伤的神色。他的父亲停止了演奏，开始询问他，不过费利克斯马上装出了一副非常开心的口吻跟他的父亲说话，他的父亲以为是自己刚刚听错了，于是又准备开始继续演奏，而这时，外面却响起了敲门声。”

“那是一个骑马而来的女士，她穿着深色的长袍，戴着厚厚的面纱，可能是因为不认识路，所以还带了一个向导。阿加莎先出来询问，那个骑在马背上的女士并没有多说什么，她只说出了‘费利克斯’这四个字。她的声音有点奇怪，不过却非常的甜美动人。屋内的费利克斯一听到声音，马上冲了出来。看到了费利克斯之后，那个女士马上摘下了她那块面纱。可以看出她的身材非常好，而且长相也非常美丽，就跟一个天使一样。我还注意到，她的头发盘成了一个非常奇怪的发型。那个女士见到费利克斯之后，脸上不禁升起了一丝红晕。”

“令我感到难以置信的是，刚刚脸上还充满了幽怨的费利克斯，在见到那个女士之后，脸上马上乐开了花。我隐约发现，他的脸上也和那个女士一样透出了一丝红晕。而此时，那个远道而来的女士激动不已，泪水已经开始在她的眼睛中泛滥，她伸出自己的一只手，费利克斯亲吻了那只手，并小心翼翼地将她从马背上扶下。‘欢迎你，我亲爱的姑娘。’当时费利克斯似乎说了这么一句话，不过，那个女士好像也听不懂费利克斯他们的语言，她只是依旧激动地望着他。费利克斯打发走了那个向导之后，就领着她进到了屋内。他向他的父亲介绍了那个女生，那个女士刚在老人面前跪下，并亲吻了老人的手，老人就马上将她扶了起来，跟她热情地拥抱了一番。”

“在接下来的观察中，我发现，那个女士似乎听不懂这一家人的语言，而这一家人也不能理解她所说的话。因为自始至终，他们一直只能靠打手势来沟通，这让原本就没学好语言的我，更加一头雾水了。不过不管怎么说，她的到来，让原本死气沉沉的家一下子增添了不少生气。特别是费利克斯，我可以很明显地感觉到，这个阿拉伯姑娘的到来，瞬间将他脸上原本的忧愁一扫而光。在接下来的几个小时里，他们都沉浸在无限的喜悦之中，阿加莎用手势跟那个姑娘表达她的哥哥是多么的想念她。之后，那个姑娘开始让这一家人教她这里的语言，她开始重复地念一些单词，这让我也可以跟着她一起学习，虽然那一天她所学的二十几个单词中，有一些我已经早就学会了，不过，我还是从中学到了一些新的单词。”

“天黑了之后，费利克斯亲吻了那个女客人的手，并跟她道了晚安之后，那个女客人就跟阿加莎一起早早地休息了。至于费利克斯则跟他的父亲一起讨论起了那个女客人，我从他们的嘴巴里知道了那个姑娘叫莎菲，因为他们俩不断地提起这个名字。虽然我非常想听懂他们究竟聊了关于莎菲的什么事情，只可惜，我再努力也听不懂。”

“第二天一早，费利克斯跟往常一样到地里去干活了，阿加莎也跟往常一样在收拾着屋子。而那个阿拉伯姑娘却坐到了老人的旁边，她拿起老人的吉他弹奏了起来，她所弹奏的曲子非常的美妙。弹了几曲之后，她应该是觉得还不过瘾，所以干脆唱了起来。她唱歌的声音很好听，就跟那些夜莺的鸣叫声一样动听。”

“那个阿拉伯姑娘唱完了之后，又将吉他交给了阿加莎，阿加莎一开始还有点犹豫，不过在那个阿拉伯姑娘一再的坚持之下，阿加莎还是弹唱了一曲，她的风格与阿拉伯姑娘当然是决然不同的。老人在一旁也是听得非常入迷，他让阿加莎帮他转告莎菲，她的音乐给他提供了非常大的快乐。”

“这一家人的生活依旧如往常一样平静，不过由于活泼开朗的莎菲的存在，满满的喜悦之情取代了这家人脸上原来的感伤。而且，由于跟着莎菲一起学习语言，这让我在语言方面的进步也是巨大的，两个月之后，我几乎已经可以听懂这家子人所有的话了。”

“随着时间的推移，外面的世界又发生了一些变化。外面的嫩草已经覆盖了整个大地，美丽的小河边更是锦上添花地开出了各种小花朵。而且随着阳光的变暖，白天的时间也变得越来越长，与此同时，夜晚的时间越来越短也是让我感到烦恼不已。因为这大大缩短了我晚上散步的时间，而我是不可能在白天出现的，因为以前被村民攻击的阴影依旧留在我的心中。”

“为了能更快地掌握这门语言，我每天都非常刻苦地学习，甚至觉得自己比那个阿拉伯姑娘学得更好，因为她现在说起话来还断断续续，而我已经可以非常流利地模仿他们所说的所有话了。”

“当然，除了学好了说话这门知识之外，我还获得了一个意外的收获，就是在他们教那个阿拉伯姑娘学习文字的时候，我刚好可以跟着一起学习这个我一直非常向往的神奇世界。”

“费利克斯是通过阅读伏尔尼的《帝国的废墟》来教莎菲识字的。这部作品模仿了东方学者慷慨激昂的风格来写作，讲述了在这个世界上不同国家的风土人情，以及每个国家的政治机构。这本书介绍了休闲的亚洲人、聪明的希腊人，以及古罗马人的兴衰历史。书中还大谈特谈那些骑士精神与伟大的基督教，以及各代的君王们。而我与莎菲则在费利克斯详细地介绍下，陪着书中的那些人物们一起喜怒哀乐。”

“听完了一个个精彩绝伦的故事之后，我心中对人类这种生物的好奇心更大了，我实在是无法明白，为什么人类可以分为那么多种，善良的、邪恶的、优秀的、低劣的。有些人可以为了高贵的品德去做一些非常伟大的事情，而有些人又可以因为自己的一己私欲去做一些卑鄙下流的事情。以前，我总是不明白为什么人类要有法律、要有制裁犯人的政府部门，现在听了那么多血腥与罪恶的故事之后，我终于明白了，那些罪大恶极的人比那些瞎眼的老鼠或者无害的蛆虫还令我感到恶心，我觉得我对于那些故事实在是听不下去。”

“随着学习得渐渐深入，我也慢慢了解了人类的整个社会体系，包括家族内的财产分割，不同社会阶级下人们的贫富差距，以及那些所谓的低贱与高贵血统之分。”

“我明白了，对于人类来说最重要的两样东西，一样是财富，而另一样就是高贵的血统。任何一个人，只要拥有这其中的一种，他就能获得这个世界的尊重；但如果他跟这两样东西都不沾边，那他就只能沦为下等人，要么四处流浪，要么成为别人的奴隶。而这个时候，我想起了自己的命运，我应该算是哪种人呢？我对自己怎么来到这个世界，以及让我来到这个世界的创造者都一无所知。我唯一知道的就是自己一无所有、无亲无故，而且，我还长得非常丑陋，甚至让所有的人都觉得我就是降临在这个世界的魔鬼，所有人都害怕我，也厌恶我。当然，我也是有自己的优势的，那就是我的生存能力比一般的人类强得多，而且我的速度更加敏捷，我的身材更加的高大。”

“那种强烈的痛苦之情是我现在无法言语的，而且随着我懂得的事情越来越多，我也只会越来越痛苦。直到这个时候，我才明白，心底单纯对于一个人来说是那么的美好，如果我现在依旧懵懂无知，依旧跟以前在树林中时那样只有饥饿、口渴以及炎热的感觉，这该有多好！”

“知识就是这么一种奇怪的东西。它既可以给你带来满足，带来快乐，不过同时，它也可以给我带来无尽的痛苦，而且这种痛苦是永远无法摆脱的，唯一的办法就是死亡。我依旧只能偷偷摸摸地躲在暗处观察那一家温文尔雅的举止以及他们优秀的品性。阿加莎温柔的话语、阿拉伯姑娘美丽的笑容、老人和蔼的劝慰以及费利克斯那生动有趣的谈话，这一切的一切都不是给我的。我只是一个躲在角落的倒霉鬼。”

“除了以上的知识，我还懂得了人与人之间的关系，比如男人跟女人的性别差异，还有婴儿的出生对于父母的意义，孩子的牙牙学语、父母的良苦用心，以及孩子长大之后，如何渐渐地开阔思想、获取知识。这对于我来说都是非常宝贵的东西。”

“不过，这又让我想起了自己，我不知道自己是否有过父母，有过兄弟姐妹，反正我脑中没有一切这样的记忆。我只知道，从记事开始，我就已经这么高大了，我从来没有见到过跟我一样的人，也从来没有人来跟我认过亲。对于我究竟是什么样的人，这样的一个问题，我只能无奈地对着老天长叹了。”

“在后面的讲述中，我会跟你好好说一些那些孤独感对我造成的影响。不过，在讲那些影响之前，我先跟你说说那家人接下来的故事吧，请原谅我对他们的特殊情感，因为我实在是太爱他们了，他们给我带来的欢笑、惊奇甚至是愤慨，都让我不得不热爱并崇敬这一家子人。”

第十四章

“我是在很长一段时间的了解之后，才得知了这一家人的悲惨经历。他们的故事深深地刻在了我的记忆中，由于我涉世未深，所以，对于他们所经历的每一个事情，以及他们口中讲述的每一个画面，都让我不得不为之疯狂。”

“这一家子人原本是法国贵族的后裔，老人的名字叫德拉塞，当时他的儿子参加了军队，女儿则是非常优秀的名门少女，所以他一度深受那些名流人士的尊重与爱戴。他们生活在一座名叫巴黎的繁华都市里，过着非常有情调的富裕生活。”

“然而这一切都因为莎菲父亲的出现而改变了。莎菲的父亲是一个土耳其商人，一直在巴黎从商，他的事业非常成功。然而，就在莎菲从君士坦丁堡赶到巴黎来与他相聚的那天，他突然被法国政府逮捕了，并在法庭上被判了死刑。这件事在巴黎引起了轩然大波，大家都明白他是无罪的，法国政府这么做仅仅是因为莎菲的父亲是一个异教徒，而且，他手上拥有着大量的财产。”

“莎菲的父亲接受审判的那天，费利克斯刚好也在场，对于莎菲父亲不公平的判决，费利克斯感到非常的气愤，他觉得法庭这么做是有违正义的，于是他决定靠自己的能力将那个土耳其人解救出来。不过，这可不是什么易事，在经历了一番努力之后，费利克斯甚至连监狱都进不去，最后，他好不容易才在一个无人看守的角落发现了一扇可以朝里面观望的铁窗户。不过，费利克斯的运气还算不错，因为从那个铁窗看进去，他刚好可以看到那个带着枷锁的土耳其人，绝望的土耳其人正无奈地等待着残酷的处决。费利克斯等到天黑了之后，才到那个窗户旁，他向那个土耳其人通知了自己接下来的计划。那个土耳其人听了之后非常激动，他马上答应费利克斯，只要将他营救出去，他就会给费利克斯非常多的金钱作为回报。不过，费利克斯似乎并不在意金钱，但当美丽的莎菲到监狱来探望父亲时，刚好被费利克斯看到了，费利克斯对莎菲一见倾心。”

“精明的土耳其人一下子就看出了费利克斯对自己女儿的爱慕之情。所以他果断放弃金钱诱惑，为了让费利克斯可以更加用心地搭救自己，他马上向费利克斯许诺，只要将自己救出这个牢笼，就将自己的女儿嫁给费利克斯。费利克斯虽然非常想跟莎菲在一起，不过，他觉得用这种方式跟莎菲在一起并不光彩，所以他拒绝了土耳其人的提议。”

“在费利克斯精心策划如何搭救土耳其人的时候，莎菲在一个懂法语的仆人的帮助下，给费利克斯写了好几封信。她在信中表达了对费利克斯愿意搭救父亲的感激之情，并描述了自己的悲惨命运，这让费利克斯感到热血沸腾，发誓要将那个土耳其人搭救出来。”

“为了让你相信我所言属实，在我离开之前，我会将那些信的副本交给你，因为费利克斯经常将那些信件拿出来阅读，所以，我才有这个机会得到了副本。不过，由于现在太阳马上就要下山了，所以我就先简短地向你口述一下那些信件的大概内容。”

“莎菲在信中讲到了她的母亲，她的母亲原本是一个虔诚的基督徒，她被土耳其人从阿拉伯抓走，并沦为了奴隶。由于她的母亲长得非常好看，所以被她的父亲看上，并娶为了妻子。亚洲人都是信奉伊斯兰教的，伊斯兰教规定妇女只能整天在闺房中，用无聊的活动打发每天的时间。不过莎菲的母亲却依旧用基督教的教义来教导莎菲，她鼓励莎菲学习各种知识，去追求开阔的思想和崇高的品德。然而，当莎菲的母亲去世后，莎菲又得回到亚洲过那种无聊的生活。所以莎菲非常愿意嫁给费利克斯，因为欧洲是信奉基督教的地区，而且待在这里，妇女也能拥有一定的国家地位。”

“在行刑的前一个晚上，费利克斯协助土耳其人逃出了监狱，并用事先弄好的写有他父亲以及妹妹名字的护照，带着土耳其人远远地逃离了巴黎。为了帮助费利克斯瞒天过海，他的父亲与妹妹谎称去度假，实则只是去了巴黎一个比较隐蔽的地方。”

“费利克斯带着土耳其人径直穿过法国的里昂，越过仙妮丝峰，到达了意大利的莱戈恩城。那个土耳其人并不急，他想在意大利避避风头，之后再找机会回土耳其。”

“在意大利安定下来之后，莎菲一直等着父亲按照约定将自己嫁给费利克斯。因为在这段时间里，莎菲跟费利克斯的相处非常愉快，他们通过翻译相互交谈，莎菲还会唱歌给费利克斯听。”

“莎菲的父亲表面上默许了费利克斯与莎菲的暗送秋波，不过心中却打着自己的如意算盘。他其实并不想让自己的女儿嫁给费利克斯，因为他非常反感基督教徒。不过他现在又不敢明目张胆地违背自己与费利克斯的约定，因为他害怕如果自己违约，恼怒的费利克斯会直接向意大利政府告发他。所以土耳其人只能先拖延时间，等到时机成熟之后，他再带着自己的女儿溜走。然后就在这时，巴黎那边传来了一个对于他来说非常有利的消息。”

“这件越狱事件让法国政府非常地震怒，不过他们并没有将重点放在追捕土耳其人上，而是不惜一切代价要查处这起事件的主使人。费利克斯的父亲以及妹妹很快就被查到，并关进了监狱。在意大利的费利克斯得知了这件事情后，感到非常的痛苦，他觉得是自己害得父亲还有妹妹被关进监狱中受苦，这个想法让他寝食难安。于是他跟土耳其人商定，假如土耳其人有机会返回土耳其后，他要将自己的女儿留在意大利莱戈恩城的女修道院中，以便他了解了巴黎的事后回来寻找莎菲。跟莎菲匆匆地告别之后，费利克斯就回到巴黎自首，他希望自己的自首能换回父亲还有妹妹的自由。”

“然而，事情并没有费利克斯想的那么简单。法国政府将他们关押了五个月之后，虽然还了他们三个人自由，不过，却剥夺了他们所有的财产，还将他们流放到了国外，终身不能回来。”

“之后这一家人就在德国的一个小村落中安顿了下来，也就是我当时遇到他们的地方。至于那个土耳其人并没有遵守自己的约定，他得知费利克斯一家由于他的事情身败名裂、倾家荡产了之后，并没有充满感恩之情，也没有将自己的女儿许配给费利克斯，而是直接带着女儿离开了意大利，然后给费利克斯一家人寄了一点点的钱作为回报。”

“这件事情彻底伤透了费利克斯的心，这也是为什么在后来的一段时间里，他一直非常痛苦的原因。其实对于被剥夺了财产这件事情，他并没有很在意，因为他觉得自己做了一件非常高尚的事情。不过土耳其人的忘恩负义却让他非常的难过，特别是他到最后还不能跟自己深爱的莎菲在一起，这应该是他内心永远无法治愈的伤口了。当然，后来莎菲的到来，瞬间就治愈了这个伤口。”

“那个土耳其商人确实忘恩负义，他在得知费利克斯一家被流放了之后，马上就让莎菲打消与费利克斯结婚的念头。父亲的这个想法，让一直深明大义的莎菲都感到有些愤慨，她试着劝父亲回心转意，不过她的父亲却跟暴君一样让莎菲必须听从他的命令。”

“老天爷还是有眼，几天之后，土耳其人在意大利的行踪被法国政府得知了。于是土耳其商人不得不雇船跑到了君士坦丁堡，而将女儿暂时留在莱戈恩由一个仆人照顾，等到他将自己的财产都转移到莱戈恩城之后，再让女儿带着财产一起回土耳其。”

“等父亲离开了之后，莎菲知道，自己该做出正确的决定了。她不想回土耳其，那里的信仰跟感情都不是她想要的。她从父亲的信件中得知了费利克斯一家人被流放的地方。虽然一开始她犹豫了一段时间，不过最终，她还是带着一些属于自己的珠宝以及金钱，在一个侍女的陪同下离开意大利，前往德国。”

“在到达了离德拉塞的小屋差不多二十里格[1]远的一个小镇时，她的这个侍女突然染上了疾病。虽然莎菲每天都寸步不离地贴心照顾，不过最后这个侍女还是不治身亡了。幸亏这个侍女是意大利当地人，所以，在她过世之前，她将莎菲要去的目的地告诉了另外一个好心人。之后，在这个好心人的带领之下，莎菲才安全地到达了费利克斯所在的住所。”

① 约合 111 千米。——译者注

第十五章

“那一家人的故事就是这样了，我对这个故事感触良多。因为，在这个故事中，我不仅感受到了人类的高尚品德，也了解到了人类卑鄙恶劣的一面。”

“虽然，我懂得了善恶，不过，那个时候的我还非常崇尚善良，非常讨厌罪恶。当然，让我能一直保持善良，并且在思想上得到一个巨大的成长，跟我接下来要说的一件事有着至关重要的关系。”

“那天晚上，我跟往常一样到林中觅食，顺便给那一家人带回去一些木柴。在从树林回家的路上，我捡到了一个破皮箱，里面除了有几件衣服之外，还有几本书。我如获至宝一般，激动地将那些东西带回了我的窝棚中。里面的书分别是：弥尔顿的《失乐园》、普鲁塔克的《名人传》、还有歌德的《少年维特之烦恼》。由于我已经学会了认字，所以，在接下来的一段时间里，当那一家子人忙着做自己的事情时，我就坐在我的窝棚里看那些书。这些书极大地拓宽了我的思想，对于那个时候的我来说，那些书绝对比珠宝还要珍贵。”

“那些书对于帮助我提升心理还有思想上的觉悟，是无法用语言描述出来的。我深深地沉醉于那些书籍之中，以至于我经常因为书里的内容而悲喜交加。举个例子，就说《少年维特之烦恼》这本书吧，这本书在文字上虽然浅显易懂，不过故事却非常有深度，特别是作者在文字中透露出的自己的观点，它就像是一股温润的精神源泉，瞬间帮我解开了心头一直以来的困惑。书中那些关于温文尔雅的描写，与生活中费利克斯一家人的举止完全吻合，这又让我更加坚定了获得跟他们一样高尚情操的决心。书中的主人公维特是一个再平凡不过的人类，他自甘沉沦，从来不给自己希望。在主人公最终走向死亡的时候，我的泪水不禁流下，不过我却不知道自己难过的原因，对于书中讨论的死亡与自杀，我也感到十分的不解。我觉得书中的人物跟这个世界上所有的人都有共同点，甚至与我都有共同点，当然，除了共同点之外，大家又存在许许多多的不同之处。比如我，与那些有亲人的人比起来，我无依无靠，没有亲人，而且我的身材高大，长相丑陋，我觉得自己即使死去了，也没有任何人会难过或者牵挂。我感到非常的悲哀，与此同时，那些我根本无法回答的问题再次浮现在了我的脑海中：我究竟是谁？我到底从哪里来，又准备往哪里去？我存在于这个世界上的意义究竟是什么？”

“我第二本看的书是普鲁塔克写的《名人传》，这本书给我的感觉与上一本《少年维特之烦恼》决然不同，维特试图把我拉入一个悲伤的世界中沉沦，而普鲁塔克却将我从自怨自艾的悲观中解放出来，让我认识了那些古代共和国中的英雄们，将我的思想高度进行了升华。当然，这本书中描写的好多事情，都大大超出了我的想象能力之外。如果说书中提到的河流、大海以及辽阔的土地，我还有一丝模糊的印象的话，那对于人口密集的城市，我就完全一无所知了。我唯一知道的就是村落，我唯一认识的人就是我邻居的那一家子，至于书中描写的恢宏大气的城市，以及那些密集的人群，我就只能胡乱地猜想了。当看到关于奴役还有屠杀自己同胞的事情时，我心中的那股厌恶之情再次油然而生。由于我的邻居是一家品德高尚而且心地善良的人，这导致我非常想成为他们中的一员，所以我非常爱好和平，觉得和平就是快乐，罪恶就是痛苦。所以在看书的时候，我非常喜欢罗马的努马国王、雅典的梭仑还有斯巴达的莱克格斯，至于罗穆卢斯与忒修斯，我就不那么喜欢了。不过，我现在觉得，如果我在社会中遇到的第一个人，并不是那一家之中的成员，而是类似于喜欢战争与杀戮的士兵的话，可能我当时就不会那么爱好和平与美德了。”

“第三本书就是《失乐园》了，这本书与前两本也是完全不同，这本书在感情层面进一步加深了。由于我把这本书与上两本书都当作真实的故事来阅读，所以在阅读的时候，我的内心就产生了极大的波澜，特别是我看到万能的上帝与他自己创造的人战斗的时候，我感到无比的震惊与感慨。我觉得我与亚当还是有些相似之处的，比如，我们俩都是第一个被创造出来的，所以我们与其他生物没有任何联系。当然，我跟亚当的不同之处也是非常显而易见的，他是上帝创造出来的，是充满了幸福感的造物，不仅得到了上帝的精心呵护，还能随时跟其他的神灵谈话并从他们那里获取知识，而我却生来就是一个孤苦伶仃的可怜虫，没有人愿意怜惜我，也没有人愿意接纳我，对于别人的幸福生活，我只能在心里默默地妒忌，这么一想，我反倒更像是撒旦了。”

“还有一件事情，让我内心的痛苦之情更加浓烈了。你应该还记得，我在离开你的实验室之前，带走了几件你平时穿的衣服。在这个窝棚里安定下来了之后，我在你的那件衣服的口袋里发现了几张纸。当时我并没有在意，因为我根本不认识字，不过后来识字了之后，我就非常认真地阅读了起来。上面几乎记载了你在创造我的过程中所有的事情，甚至连一个非常细微的步骤，你都记录了下来。我现在这么一提醒，你应该马上就能想起来了吧。你详细地记录了一件件令人作呕的制作细节，还有关于我那面目丑陋的外貌描写，以及你自己在见到我的丑陋外表之后，内心惊恐厌恶的心理描写。说实话，你写的让我自己都感到有点害怕自己了。我一边看着那些你写的东西，一边厌恶自己。我不住地感叹，你为什么要制造出一个这么丑陋可怕的怪物，以至于连你自己都因为厌恶而逃避他。上帝因为无聊，所以按照自己的样子造出了美丽的人类，而我的样子就出自你那肮脏的双手，可是我的外表却比你的面目可憎得多！人家撒旦虽然是个魔鬼，不过却有随从以及其他崇拜他的魔鬼与他相伴，而我呢？只能孤身一人，并且惹人厌恶。”

“虽然那些负面的想法让我陷入了绝望与孤独之中，不过幸好，我的邻居是一群温柔善良且品德高尚的人。我开始自我安慰，只要让那一家人知道我的心地善良，并且知道我也是渴望拥有高尚品德的，他们应该就会因为同情而善待我。虽然我的面目丑陋，不过善良的他们应该不会把我这个可怜之人拒之门外。这个想法让我稍稍恢复了一些自信。不过，我依旧不敢马上出去见他们，因为我觉得这件事情事关重大，这次行动的结果如何将直接影响我的未来。所以虽然我的理解能力已经与日俱增，不过我还是决定将这个行动推迟几个月，等到我变得更加机智了之后，再开始这个行动。”

“随着莎菲的到来，那一家人不仅在精神上充满了欢乐，就连物质上的生活也得到了很大的改观。因为我看到费利克斯已经不像以前那么拼命地工作，他们甚至有钱请一些佣人来帮忙干活。费利克斯与阿加莎开始将更多的时间用在聊天与相互消遣上。看着他们心满意足地过着这种平静快乐的生活，我的内心却感到越来越挣扎。随着学习到的东西越来越多，我也越来越意识到人类对于我这样一个倒霉鬼的恐惧。看着水中自己的倒影，虽然还是安慰自己，我可以用自己的品格获得他们的接受，不过，其实我内心深处对于这个想法已经越来越没有信心了。”

“我用做白日梦的方式来打消自己内心的恐惧，幻想着几个月之后，那些善良的人们会温柔地接纳我，用他们那温暖的微笑来帮我走出阴霾。当然，在我清醒的时候，我知道这仅仅只是我的白日梦，没有人愿意接纳我，我不像亚当，只要向上帝祈求，身边就多出了一个夏娃。我甚至都不知道我的造物主在哪里，因为他早就抛弃我了，我只能在内心默默地诅咒他。”

“秋天在不知不觉中就过去了。望着那些树叶一片片从树枝上落下，我的心中充满了悲伤，因为我一下子想起了自己一年前在那片最初的小树林中看到的荒芜景象。虽然我很怕热，不过，我却非常耐寒 ，所以气温下降对我的影响并不大，而那些花儿凋谢、鸟儿南飞对于我来说才是致命打击，因为这些东西一直以来都是我每天的乐趣所在，现在它们却一下子都没有了。我只能无奈地将更多的注意力放在那一家子人的身上，他们似乎并没有受到气温以及周围环境变化的影响，一家人依旧彼此相爱。望着眼前这其乐融融的场景，我越来越渴望能够融入这个愉快的大家庭中去。其实我的要求并不高，只希望他们能够深情地对我微笑，只希望能够得到他们的同情和关爱。因为他们连在他们家门口逗留的穷人都没有粗鲁地赶走，所以我相信，我的这点微不足道的要求，他们一定会满足的。”

“秋天过后，冬天也就不远了，这也预示着我来到这个世界上已经过了整整一年了。不过当时我已经无暇去顾及这些，因为我的心中全是那个该如何向那一家人介绍我的计划。因为我的智力已经足够聪明到可以判断出大家害怕我的原因，就是我长得非常丑陋。所以我决定在那个盲眼老人一个人在家的时候，进入他们的房子，先向那个老人介绍我自己。虽然我的声音沙哑，不过还不算难听，所以我相信自己应该能获得那个老人的好感，这样一来，我就能通过那个老人的这层关系，让那些年轻人也接受我了。”

“构思了那么久之后，我的计划终于在一个天气并不温暖的中午实施了。那天阳光毫不吝啬地照在大地上，莎菲、阿加莎还有费利克斯一起去野外散步了，看上去短时间之内并不会回来。老人一个人被留在家中之后，他先拿出吉他弹奏了几曲，原本他还是挺开心的，不过随着那些曲子哀婉动听的曲调，老人也渐渐陷入了忧伤之中，最后，他直接放下吉他，陷入了深深的沉思之中。”

“当时，我的心跳得非常厉害，我知道我人生中最重要的时刻就要来临了，这绝对是一个千载难逢的机会，因为就连他们家的佣人也刚好去附近的集市了。起初，我感到有些腿软，甚至瘫倒在了地上，不过，我还是挣扎着爬了起来，并不断地给自己加油打气。当终于移动开那块挡在窝棚前的石头的时候，我呼吸到了外面新鲜的空气，这让我精神一振，于是鼓足勇气，大步迈进了那个农舍之中。”

“我敲了门。老人马上回应道：‘是谁，进来吧。’”

“于是，我乖乖地走了进去。‘打扰了。’我对老人说道，‘我正在赶路，现在有些累了，不知道您能不能允许我在这里烤烤火，顺便休息一下。’”

“‘当然可以。’拉德塞说道，‘你随意就行，只是真不巧，我的孩子们都出去了，不然我还可以让他们给你弄点吃的。你也看到了，我的眼睛根本不行了。’”

“‘不用麻烦了，老人家，我自己有吃的，您能让我在这里烤烤火，我已经心满意足了。’”

“接下来，就是一段时间的沉默。我知道我的时间紧迫，因为其他人随时都可能回来。不过，当时我坐在那里，实在是不知道该说些什么。幸好这个时候，那个老人开口了，他说：‘听口音，你像是法国人呀，我们全家人都是从法国来的。’”

“‘哦，这么巧，我确实是在法国的一个家庭接受的教育，所以我只会说法语。现在，我正想投奔一个朋友，我很爱他们，不知道他们愿不愿意接纳我。’”

“‘你的朋友是德国人吗？’”

“‘不，他们也是法国人。老人家，不瞒您说，我其实是一个被世界遗弃的人，我在这个世界上无亲无故，也没有朋友。对于那些我正想投奔的好心人，他们也从来没有见过我，所以我都不知道他们会不会接纳我。如果连他们都不要我的话，那我就真的彻底要被这个世界抛弃了。’”

“‘别想那么多，年轻人，虽然你现在确实蛮可怜的，不过，我相信，只要人们没有被利益蒙蔽心灵，那他们还是善良的。所以，只要你不放弃，你的朋友一定会接受你的。’”

“‘嗯，他们很好，很善良，我觉得他们就是世界上最棒的人。而我也是品性优良，我敢发誓，我从来没有做过什么坏事，而且还做了许多好事。不过，因为我长得不好看，所以大家都对我有偏见，其实我明明是一个有情有义的人。’”

“‘不要气馁，如果你觉得自己真的很好，那为什么就不能消除他们对你的偏见呢？’”

“‘嗯，我知道，所以我正准备这么做。不过，现在我还是有些紧张，虽然这几个月以来，我一直偷偷地在暗中帮他们，不过，我怕当他们看到我的时候，依旧会对我心存偏见。’”

“‘你的朋友现在在哪里呢？’”

“‘就在旁边。’”

“老人想了想，继续说道，‘既然就在附近，你也将你的故事全部告诉了我，这说明我们俩还是有缘分的。虽然我现在眼睛看不见了，而且还被流放，一无所有，不过我觉得，我应该可以帮你去消除他们对你的偏见。如果最后真的可以帮到你的话，我也会很开心的。’”

“‘真的吗？那真的是太好了，如果您真的愿意帮我的话，您就是我的大恩人。我相信在您的帮助之下，我肯定可以从绝境中走出，肯定不会被这个世界抛弃的。’”

“‘放心吧，大家不会抛弃你的，即使你是一个罪犯，大家也不会放弃你，因为放弃只会让你陷入绝望的边缘。其实我也是一个不幸的人，我们一家人都被判有罪，事实上我们是无辜的，所以说我们的情况跟你是一样的。’”

“‘真是太好了，因为您是第一个这么心平气和地跟我说话的人，我将会一辈子记得这次跟您的对话。当然，经过了与您的对话，我对于大家接受我这件事情，更加有信心了。’”

“‘嗯，那你可以告诉我，你那些朋友的名字与他们的地址吗？’”

“听到老人的这个问题后，我全身的血液一下子沸腾了起来，因为我知道，决定我命运的时刻终于来临了，只要能过了这一关，我将永远获得幸福。在这个激动人心的时刻，我实在是忍不住了，直接坐在地上大哭了起来。然而就在这时，我听见门外响起了一些脚步声，我知道不能再浪费时间了，于是我马上从地上爬了起来，并抓住老人的手说道：‘实话告诉您吧，其实我所要找的，就是您的家人，希望您能如刚刚所说的，一定不要抛弃我。’”

“‘什么！’老人显然是被我的话吓到了，‘你这句话是什么意思。’”

“就在这个时候，费利克斯、阿加莎，还有莎菲打开农舍的门走了进来。我想你应该可以想象得出当时他们脸上的惊恐表情。阿加莎甚至在见到我的一刹那就直接晕倒了，而莎菲则拼了命地往外跑，由于我正抓着他的父亲，费利克斯则怒气冲冲地朝我冲了过来，他用力地将我推倒，然后又拿起木棍打我。其实如果论身材还有力气，我不费吹灰之力就可以将他制服，甚至撕成两半，只是当时我实在是太痛苦了，以至于都忘记了该进行反抗。看着费利克斯手中的棍子又将朝我打来，我直接冲出那间农舍，跑回到了我的窝棚中。”

第十六章

“当逃出来了之后，我首先怪的是我的创造者，我实在是不明白他为什么要将我带到这个世界上。之后，愤怒与仇恨开始慢慢占据我的心灵，幸亏，刚刚在屋子里的时候它们并没有发作，不然我应该会在一怒之下将整个农舍都砸掉，然后看着那一家子人被我一个个折磨致死。”

“那天太阳一下山，我就从窝棚中走了出去，就像是一只破笼而出的猛兽在树林中吼叫、瞎逛，我再也不必害怕被人发现。暴怒之下的我真想把挡在自己面前的那一棵棵树全部拔掉，然后坐在月光底下欣赏我的杰作。天上的星星在闪着寒光，光秃秃的树枝随风抖动，那些没有南飞的鸟儿也在夜色中低鸣。在这个世界上，除了睡着的，就是十分快活的，只有我一个人孤零零地享受着如同地狱般的煎熬。”

“当我吼累了之后，直接一头栽倒在了潮湿的大地上，我声嘶力竭地躺在地上喘息。我不明白为什么世界上有成千上万的人却没有一个人是可以理解并接纳我的。我的心理开始慢慢地转变，决定从那一刻起向人类宣战，特别是那个将我制造出来之后又将我推入深渊的造物者。我发誓将永远与他为敌。”

“第二天太阳升起的时候，我被人们的说话声吵醒了，我知道回不了自己的窝棚了，于是只能选择暂时躲在树林下的草丛中，也刚好趁这段时间好好地想想自己未来的打算。”

“清晨温暖的阳光，还有新鲜的空气，让我从昨晚的愤怒之中慢慢平复下来。我开始仔细地回想昨天发生的事情，我觉得这件事情其实并不能怪别人，只能怪我自己太鲁莽。昨天原本那个老人已经被我的话打动了，只要我避开与他的孩子们见面，然后找机会继续跟他沟通，总有一天，我能说服他将我引荐给他的孩子们，这样一来，他的孩子们可能就会看在老人的面子上，选择相信我。有了这个想法之后，我决定返回农舍，并找机会跟那个老人好好聊聊，争取能挽回他的好感。”

“我全身慢慢松弛下来了之后，在午后进入了梦想。不过，我做的并不是什么美梦，而是梦到了昨天的画面，阿加莎被我吓晕，莎菲四处奔跑，还有费利克斯用力地将我的手从他的父亲身上扯开，然后开始对我拳打脚踢。当我疲惫地从噩梦中惊醒的时候，我发现天已经黑了，于是我爬起来，到树林中找了些吃的。”

“吃饱了之后，我踏上那条熟悉的小道，回到了我的那个窝棚之中。太阳慢慢升了起来，不过，周围依旧静悄悄的，那一家人还是没有出现，屋子里也是一片漆黑。我突然开始担忧起来，心里七上八下的，害怕这一家人会不会发生了什么意外。”

“就在这个时候，两个农民走了过来，站在了农舍的附近，开始说起话来。当然，我根本听不懂他们所说的话，因为他们所说的话都是当地的方言，跟这一家人所说的话并不一样。之后，费利克斯就跟另外一个男人从外面走了进来，这让我感到非常的不解，因为我实在是不明白，为什么他没有在农舍里，而是从外面走了进来。”

“‘你确定吗?’那个农民说道，‘你们已经支付了三个月的房租，而且园子里还有好多你们种的作物，真的不再考虑一下了吗？说实话，我并不想占你们的便宜。’”

“‘我已经考虑得非常清楚了。’费利克斯回答道，‘反正我们在这里已经住不下去了。我不是已经跟你说过了吗，现在我父亲的生命受到了严重的威胁，而且，我的妻子、我的妹妹也被那个怪物吓坏了，所以，你不要犹豫了，直接把房子收回去吧，我们马上就要离开这个地方了。’”

“我看到费利克斯在说这番话的时候，全身都开始颤抖了。他跟那个农民进入农舍中随便看了看之后，就走了。然后，我就再也没有看到过德拉塞一家人了。”

“这一家人的离开，让我彻底陷入了无边的绝望之中，感觉全世界只剩下我一个人傻愣愣地待在窝棚里。我内心深处的仇恨之火开始熊熊燃烧，因为我与这个世界的联系已经被彻底切断了。我并没有试图去压制内心复仇的欲望，而是任由它在我的内心四处流窜。德拉塞语重心长的话语、阿加莎那双美丽的眼睛，以及阿拉伯姑娘那动人的身材，这一切的一切已经在我的记忆中灰飞烟灭，我唯一的舒爽感就是断了线般不断留下的眼泪。只要想象到他们对我的仇恨以及恐惧，我心中就会升起一股熊熊烈火。不过我又不能去伤害别人出气，只能将满腔的怒火都发泄在了那座农舍之上。趁着天黑，我将农舍周围的易燃物全部聚集起来，又将园子中的作物全部踩成了稀巴烂。这样还不能解恨，我在等待着夜深了之后，更进一步的行动。”

“等到月亮也下山之后，一股猛烈地狂风呼啸而来，这股风瞬间也点燃了埋藏在我内心深处的炸弹。我仅有的理智与顾虑也被这股大风吹得烟消云散，我疯狂地点燃了一只枯枝，然后绕着整座农舍开始手舞足蹈起来。我看着天上的月亮，等到月亮完全下山了之后，将手中的火把扔向了那座农舍。狂风助长着火势，几乎是一瞬之间，巨大的火舌就吞没了曾经让我栖身的那座茅草屋。”

“直到我确定，已经没有任何办法可以拯救这座房子了，我才满意地离开，钻进了树林之中。”

“然而，世界这么大，我却不知道自己该何去何从。虽然我决定不管怎样先离开这个伤心之地，不过，像我这样的人，即使到其他的地方，别人对我的态度也不会有多大改变的。就在我迷失了人生方向的时候，我突然想起了你，你可是我的创造者，在我走投无路的情况下，还有什么比投奔你更加明智的抉择呢？而且，刚好在费利克斯教莎菲的时候，没有忘记教她地理，这让我知道了世界各国的地理位置。我曾经在你的笔记上看到你说过，日内瓦就是你的家乡，所以我就决定向日内瓦进发。”

“我知道了自己的目的地，也知道差不多是该往西南方向走，可是我该怎么确定方向呢，我又不可能向那些路人打听，于是太阳成了我唯一的向导。虽然我对你没有任何好感，甚至对你有点仇恨，不过，我不得不承认你将是我在这个世界上唯一的希望了。因为你是我的创造者，虽然你冷漠无情，在赋予了我生命以及情感之后，就将我抛弃在了异国他乡，不过我相信，只要我找到你，就能在你那里得到公正的待遇。”

“当我动身离开的时候，时间已经到了深秋，气温开始急剧下降，时不时地还能遇上一些雨雪天气，原本美丽的大自然也变得一片荒芜。因为害怕白天遇上人类，所以我基本上都是晚上赶路，可是因为冬天的到来，地面与水面都变得又冷又硬，这让我根本找不到舒适的栖身之地。每当这个时候，我就会开始诅咒你，诅咒你为什么要将我带到这个世界，诅咒你也跟我一样遭受各种折磨。不得不承认，那个时候的我，已经不再像以前那么善良温和了，因为我的心中充满了怨恨还有诅咒，特别是我感到自己离你越近的时候，心中复仇的火焰就会越发的高涨。虽然我的身上有一张这个国家的地图，不过由于冰雪封路，我还是走了非常多的冤枉路，当然，我并没有停下脚步，途中不时遇到的一些信息给了我往前走的线索。一路上，我一直被内心的痛苦折磨着，然而进入了瑞士之后，虽然天气变得温暖起来，春天又再次回来了，不过这时却发生了一件更令我痛苦的事情，这也加重了我内心深处的复仇情绪。”

“我刚刚不是提到了，我基本上都是白天休息，晚上赶路。不过，有一天早上，我发现自己的前方是一片茂密的树林，于是我决定即使太阳升起来了，也继续赶路。因为我相信，在这个树林中行走，应该不会被人类发现。因为当时春天已经到来了，所以整个世界再被冰封了一段时间之后，再次展现出了它生机勃勃的一面。这让我的心情稍稍变好了一些，甚至都忘记了自己那丑陋的相貌，还有这种一直伴随着我的孤独感。温暖的阳光散在我的身上，我突然有了一种久违的幸福感，这种幸福感直接让我泪流满面。我停在了原地，流着眼泪，充满感激地望着天上正散发着光芒的太阳。”

“我继续往前走，不知不觉来到了一条湍急的大河边。我看到垂在河边的那些大树的树枝上都长出了好多嫩芽，因为无路可走了，所以我只能在河边徘徊。突然，就在这时，听到不远处传来了一些响动，我下意识地准备躲进树林中。不过，我还没来得及躲好，就看到一个姑娘一边笑一边朝我这边走了过来，当时她好像正在跟一个人玩耍，所以并没有发现已经来到了大河的边缘。果然，粗心大意的姑娘脚一滑，马上就要跌入到湍急的河水中。我马上冲了过去，用我最快的速度一把抓住那个姑娘，然后用力将她拖回到了岸边。因为当时她已经被吓晕了，所以我只能想办法让她苏醒。但此时，一个男的农夫冲了过来，他一把将那个姑娘从我的怀中抢走，然后跟见了鬼似的朝树林深处跑去。也不知道为什么，当时我并没有离开，而是开始紧紧地跟着那个农夫。”

“就在我离那个农夫越来越近的时候，他突然拿出一把枪直接向我打了一发。我被射中之后直接倒在了地上，而那个人则快速地消失在了树林之中。”

“你听到了吗，这就是我的好心所得到的回报。我好心救了一个处在危险中的人，而作为回报，他们赏了我一颗滚烫的子弹。伤口上传来的剧痛让我发誓，永远跟人类势不两立。这个时候，我的心中已经一点温情与善良都没有了，只剩下满腔的仇恨。因为这次伤得很重，所以我直接昏了过去。”

“在之后的日子，我一直被那个伤口折磨着，我不知道那颗子弹是否打穿我的肩膀飞出去了，抑或它仍旧留在我的体内，反正对此无能为力，即使它还在我的内体，我也不知道该怎么将它取出来。愤怒与疼痛感每天都缠绕着我，而我则不断地咒骂着人类。我知道只有来一次非常痛快的报复，才能解我的心头之恨。”

“我用了几个星期的修养，才彻底恢复了健康。我再次踏上前进的旅途，虽然太阳依旧那么的明媚，周围的一切在春风的修饰下充满了生机，不过我却再也不能找回那种愉悦的感觉，每当看到那些人类欢声笑语的时候，我就会感到更加的痛苦。”

“这次旅程总共用了两个月的时间，我终于来到了日内瓦的郊外。”

“因为我是在傍晚时分到达的，于是随便在一处农场里找了一个地方躲藏，我得好好想想见到你后该跟你说些什么。不得不承认，你们家乡的风景很壮美，特别是那些雄伟的山脉，不过，由于我到达的时候又累又饿，所以并没有心情去理会那些风景。”

“由于实在是太累了，我慢慢地就睡着了，也只有在睡梦中，我才能暂时脱离痛苦的折磨。就在我睡得正香的时候，突然，一个小男孩蹦蹦跳跳地跑进了我躲藏的地方，他一下子就把我吵醒了。看着这个可爱的小家伙，我突然有了一个很大胆的想法。因为我知道孩子是这个世界上最单纯的生物，他们不会像那些世俗的大人一样以貌取人，因为他们还不知道什么是美，什么是丑。所以我决定抓住他，然后让他一直待在我的身边，这样一来，我就不用再继续孤身一人了，而且，我也可以将他培养成我的朋友。”

“意识到这个美好的计划之后，我悄悄地靠到他的身边，然后一把将他拉到了我的身边。他看到我之后，马上用手捂住了自己的眼睛，然后开始大叫起来。我的心一下子怒了，强行将他的手从眼睛上拿开，然后对着他说道：‘小孩，你这是要干吗，我又不会把你吃了！’”

“他并没有理会我的话，而是继续挣扎，并对我骂道：‘放开我，你这个丑八怪，你肯定是想把我吃掉，快点放开我，不然我就去告诉我的爸爸！’”

“‘你以后得待在我的身边，所以你再也见不到你的爸爸了。’”

“‘放开我，你这个怪物，我的爸爸弗兰肯斯坦是当官的，如果你不放我走，他一定不会放过你哦！’”

“‘你是弗兰肯斯坦的儿子？也就是我仇人的家人！哈哈，真是老天有眼，既然如此，那我今天决不能让你活着出去。’”

“那个小男孩依旧不停地挣扎，同时还不断地朝我骂一些不堪入耳的脏话。我一气之下，直接用手掐住了他的脖子，瞬间就结束了他脆弱的生命。”

“看着躺在我脚边已经死去的那个孩子，我心中突然莫名地产生了一股变态的喜悦之情，甚至有了一种恶毒的胜利感。我拍手大笑道：‘我终于想到办法该怎么报复你了！这个孩子的死一定会让你悲恸欲绝，不过，这仅仅是一个开始，我还会继续折磨你，让你偿还欠我的债务！’”

“这时，我无意中看到那个小男孩的胸前有一个闪闪发亮的东西。我好奇地拿起来一看，瞬间就被照片中那个温柔美丽的女士吸引了，她实在是太动人了，长长的睫毛，还有那动人的嘴唇。不过没多久，愤怒再次充满了我的全身，虽然这个女士很美丽，不过，我永远跟这些美丽的人无缘，而且我可以想象得到，只要她看到的我的样子，她的脸上马上就会被厌恶与惊恐所代替。”

“接受了这个残酷的现实之后，我变得怒不可遏。当然，我也不知道自己在那么愤怒的情况下，为什么只是大声叫了几声，而不是冲进人群中，将那些人杀个精光。”

“我满腔怒火地离开了案发现场之后，想去找一个更加隐蔽的地方藏起来。就在这时，我看到在一个仓库旁的稻草堆上睡着一个非常美丽的女人。她看上去非常的年轻，虽然没有照片中的那个女人好看，不过也算是有几分姿色了，而且她浑身上下散发着一种年轻人特有的青春活力。我来到她的身边，俯身轻声地在她的耳边说道：‘该起床了，小美人，我就在你的身边，我爱你爱到可以为你献出我自己的生命，快点醒来吧，我的爱人，快点睁开眼睛好好地看看我。’”

“没想到这个时候她真的动了几下，这可把我吓坏了。如果她真的醒过来，一定会告诉别人我就是那个杀人凶手，然后开始大声呼救！想到这里，我心中的怒火一下子又汹涌了起来，我觉得既然老天爷对我这么不公平，那我也要让别人尝尝受到不公平待遇的滋味。于是我再次弯下腰，轻轻地将那个镶嵌有一张照片的项链放进了她裙子的口袋中。我知道该怎么嫁祸别人，还多亏了那段时间费利克斯给我上的课，让我知道了人类世界中法律的存在。做完了这一切之后，我马上从那个仓库旁逃走了。”

“之后，我一直在那个杀人现场附近游荡，希望可以在那个地方碰到你，当然，我也想过永远离开你们人类的世界，以及在人类世界中我受到的痛苦。于是我才爬到了这些山脉上，每天在山脉之间穿梭，不过我的心中那股奇特的欲望却怎么也无法熄灭。我知道，只有你能满足我的欲望，现在我孤苦伶仃，在这个世界上没有人愿意面对我、接纳我，只有让你再造一个跟我一样丑陋的女人，她才有可能愿意跟我在一起。所以你一定要答应我，再帮我造一个同类出来，只要你答应了我的要求，我就再也不会打扰你了。”

第十七章

说完了他的故事之后，那个怪物开始眼巴巴地望着我，似乎等着我说点什么。不过，我却并没有很明白他的意图。于是他就更详细地说了一遍：

“我觉得，你在制造出我之后，还需要给我制造一个女人，这样我才不至于一个人，这是我应有的权利。”

其实当他讲述他与农舍那一家人的故事时，我对他的怒火已经慢慢地平息，不过当我听到他后面说的事情时，我心中的怒火又一下子蹿了出来，而且开始大肆爆发。

“你不要跟我说这些东西！”我大声地说道，“我是不会答应你的要求，不管你怎么折磨我，我都不会答应的。我可以做世界上最不幸的人，但我绝对不会去做一个让我自己都觉得卑鄙无耻的小人。你觉得我会再帮你造一个跟你一样的怪物出来吗，然后让你们联手毁掉这个世界？我又不是疯了！”

“我不是这个意思。”那个怪物解释道，“我并没有威胁你，我只是在跟你讲道理呀，我是因为自己受到不公平的待遇，所以才产生了恶念。你们人类一看到我就厌恶我、恐惧我，恨不得将我千刀万剐了。既然你们人类这样粗暴地对待我，难道我就不能报复你们吗？你们杀了我是为民除害，而我杀了人就是谋杀，凭什么这种事情要由你们人类来判决呀！我也想和你们好好相处呀。可是你们呢，只知道以貌取人，只知道一味地伤害我。就连你也一样，你可是将我制造出来的人，连你都不能接受我，那我还能得到谁的接纳？所以你是我的头号敌人，既然你让我来到这个世界上接受苦难的折磨，那我就要让你跟我一样享受这种痛不欲生的感觉，你放心吧，只要你我还活着，我就会持续不断地折磨你。”

那个怪物说这番狠话的时候，他那原本就丑陋无比的脸更是愤怒地扭曲了起来，变得更加可怕。他试图让自己冷静下来，然后继续对我说道：

“我刚刚说这番话，都是因为被你惹怒的，原本我是想跟你好好讲道理的，可是你根本就没有意识到，这些所有的事情都是因你而起的。其实在这个世界上，只要有一个人愿意接纳我，我绝对会好好地报答他，为了他而好好地与人类和睦相处。只是很可惜，在这个世界上并没有这个人存在，所以我才对你提出了一个合情合理的要求，只要你给我造一个跟我一样的异性出来，我就什么都不奢求了。虽然，可能我们依旧会遭到你们人类的厌恶，不过，那又算得了什么呢，至少我们不再孤单了，而且被排斥了之后，我们俩才会更加的珍惜对方。求求你了，我的制造者，你就帮我制造一个女人出来吧，即使我们不会幸福，可我发誓，我们绝对不会再去做伤害人类的事情，请你不要拒绝我，让我能够为此而对你心存一丝感激之情吧。”

只要一想到我答应了这个怪物之后，有可能产生的后果，我就不禁打了一个寒战。不过，仔细一想，又觉得他说的话也是有道理的，毕竟，他的生命是我给予的，这也就意味着我应该对他的生命负责，我应该尽我所能给他幸福，而且从他刚刚的故事中，我也感觉到，其实他原本是一个心思细腻且温和善良的人，我为这样的一个人创造一个幸福的未来应该不为过吧？见到我的内心已经开始动摇了，他马上继续说道：

“我发誓，只要你答应我的请求，我就无条件地离开你们人类的活动范围。我可以去南美洲那边的荒野中，不再与你们人类有任何的接触。我跟我的伴侣将心满意足地以野果还有坚果为食，我们将以枯叶为床，跟全世界的生物一样享受着太阳带给我们的光芒以及它的一切优惠。你听到了吗，我现在能跟你讲述这么美丽安宁的画面，也就是说，我心中的温情并没有完全散失，只要你不铁石心肠地拒绝我，我就能获得这一切。所以，请你怜悯我一次吧，给我一次机会让我去拥有那些我极度渴望的东西。”

“关于这件事情。”我说道，“虽然你发誓，只要你得到了一个伴侣，就会带着她远离人类的世界到荒山野地里生活。不过，我觉得，以你这种极度想得到人类接纳与关爱的心理，根本不可能忍受一辈子在荒野中流亡的生活。一旦难以忍受了，你一定会回到人类的世界，再次希望得到人类的关心，而无疑，这又将激起你对人类的不满。你不需要再跟我解释了，因为我并不想跟你去争论那些未来发生的事情，所以，我还是不能答应你的请求。”

“你这个人怎么这样多变，你刚刚不是都已经倾向于答应我的请求了，为什么现在一下子又这么铁石心肠起来。我现在以大地还有我的制造者起誓，只要我能得到一个同伴，我就马上带着她远走高飞，到偏僻的荒漠中定居，再也不进入人类居住的土地。而且我再也不会有任何邪恶的念头，将安安静静地过完我的一生。”

不得不说，他的那一段话让我感到非常不是滋味。从某种理论来说，他现在的处境确实是十分值得同情的。不过，当我想说些话安慰他的时候，只要看到他那张肮脏丑陋的脸，我就不禁感到一阵恶心，对他的厌恶还有仇恨再次油然而生。我尽量压制自己的感情，让我能做出最为理性的判断。

我说道：“虽然你发誓了，只要得到同伴后就不再害人，可是，谁能保证这是不是你在我面前装腔作势呢？因为你完全可以得到了自己想要的之后，再次回过头来报复人类，这样你就能一箭双雕了！”

“你这是在怀疑我吗，可是你想想，如果一个人没有情人，也没有任何的感情，他只是不停地受到别人的歧视，这样他的内心能不产生仇恨吗？但只要有一个人爱我，我就可以从此销声匿迹。你应该很能理解爱情的力量呀，它一定可以让我的品德抑制住邪恶的念头。其实我也是非常痛恨罪恶的，只要有一个人能够陪伴我，我将感受到这个世界的美好。”

这次我想了很久，反复考虑了那个怪物所说的一些事情。确实，我相信，他在刚来到这个世界上的时候肯定是善良的，毕竟“人之初，性本善”，他会变得凶残只是因为后来受到人们的不公正的待遇。当然，我也考虑了他那一身过人之处，他可以轻松地抵御严寒，可以轻松地在人类根本无法踏足的悬崖峭壁上随意行走。人类根本无法对付这样的一个敌人，所以不管是我为人类考虑，还是为他考虑，我都必须答应他的要求。于是我说道：

“好吧，我答应你的请求，不过，你得再认真地立一个重誓，当你得到了梦寐以求的女伴之后，就必须遵守约定离开人类居住的地方，并且永远不能回来。”

“好好，我发誓！”他大声地说道，“我现在以太阳、苍天，以及一切的一切发誓，只要你答应了我的请求，即使世界末日到来的那天，你也不会再看到我。好了，那你就快点回去工作吧，我会在暗处偷偷地观察你的进度，只要你完成了，我马上就会出现在你的面前。”

可能是怕我后悔，所以说完，那个怪物马上就消失在了我的视野中，他的速度实在是太快了，感觉比老鹰的速度还要快。

因为听了整整一天的故事，所以当我准备下山的时候，太阳已经落到地平线了。我知道自己该加快下山的步伐了，不然就只能等着被黑暗吞噬。不过我却心情沉重，满脑子都是白天发生的事情，根本提不起精神，再加上那些路又窄又滑，所以，当我到达半山腰的时候，天就彻底黑了。我来到一个泉水边坐下。天空中的繁星开始闪烁，借着星光能见到一些薄薄的浮云，还有那些被折断的松树，横七竖八地卧在山峦之上。望着眼前这个令人震撼的画面，我突然失声痛哭起来，举着双手大声呼喊道：“星星呀，浮云呀，你们是在天上嘲笑我吗？还是想可怜我！如果你们试图同情我的话，就请来消除我的记忆吧，然后再让我从此消失在这个世界上。或者，你们就快点滚吧，这样黑暗才能完全包裹我！”

我当时的想法肯定是疯狂到了极点，也不知道为什么，闪烁的星星总让我觉得是沉重的压力，甚至连从耳边呼啸而过的风声，我听上去都像是某个怪物要冲过来将我吞噬。

我是在破晓的时候回到霞慕尼村庄的。我没有在那里停留休息，直接踏上旅程回到了日内瓦。一路上，我的心情都沉甸甸的，似乎整个世界都压到了我的肩上。回到家之后，当我面容憔悴地出现在家人面前的时候，所有人都惊呆了，他们不停地询问我究竟发生了什么事情，不过我却默不作答，觉得自己连祈求他们同情的资格都没有。不过，我还是深爱着他们，所以我必须为了他们继续开始从事那项令我痛不欲生的工作。我开始觉得自己就像生活在一个梦境之中，只有那种刻骨铭心的痛苦是那么的真实。

第十八章

我回到了日内瓦之后，时间一天天地过去，虽然我非常害怕那个魔鬼会因为失望而报复我，不过，我却怎么也提不起精神来重新开始我的工作，对于这件强加在我身上的工作，我感到非常的厌恶。我知道，想要制造出一个女性，我必须深入地研究，然后不眠不休地花上几个月的时间，这样才有可能成功。后来，我听说现在有个英国的科学家，已经在这方面的领域得到了很大的突破。所以我决定去拜访一下那位科学家，因为很有可能，他的研究能给我很大的帮助。我父亲也已经同意了出行到英格兰的请求，可是我却总是在找借口拖延时间，始终不敢跨出这第一步，我实在是不想马上就开始这份恶心的工作。

不过，这次远程的徒步旅行，也给我带来了一些益处，只要我不去想与那个怪物的约定，我的身心就会有所好转。父亲看到我的改变之后，当然是十分开心，不过对于我时不时陷入悲伤，我的父亲还是有点担心的。每次我突然悲伤的时候，我就会坐船，静静地待在湖中间，外面美丽的景色以及温暖的阳光可以让我稍微恢复一些平静，这样，在我面对家人朋友的时候，也能笑得更加从容。

记得一次我从外面回来的时候，我的父亲突然叫住我，然后对我说：

“儿子呀，你现在恢复了以前的活力，我感到很开心，不过你偶尔还是会不开心，而且还会避开我们。这究竟是为什么呢，我观察了好久，也没有任何发现。昨天，我突然想到了一件事情，想跟你好好谈一下这件事情，所以你可不要再推脱了，这件事情可是关乎我们一家人的幸福的。”

听到父亲将事情说得这么严重，我突然感到一阵恐慌，而父亲则继续说道：“儿子，你跟伊丽莎白从小就青梅竹马、两小无猜，一起学习，并一起长大，你们绝对是天造地设的一对。所以我希望你能早点与伊丽莎白成亲，因为这件事情不管怎样，对我们一家人来说都是非常值得开心的事情。可是，儿子，你现在却整日心烦气躁、痛苦不堪。是不是你只把伊丽莎白当作妹妹，还是你已经有喜欢的女孩子了？可是因为我们非常想你跟伊丽莎白在一起，所以你才会这么难过的。”

“不是的，父亲，不是你所想的那样的。我没有爱其他的人，我是真心实意地爱着伊丽莎白。我也很希望和堂妹结婚，因为只有跟她在一起，我的未来才会充满快乐。”

“好，很好，我的好儿子，能知道你的所想，我非常开心，我已经好久没有这么开心了。我也相信，只要你跟伊丽莎白在一起，我们大家都会幸福的。之前，我们发生了一些不开心的事情，所以我就想用这种办法让你早点振作起来，重新找回以前的那种快乐。我希望你们能尽早结婚，当然，如果你想拖延婚期的话，我也不会反对的，毕竟，你现在还年轻，而且我们家有这么大一份家业，你还没有机会可以完成自己功成名就的未来计划。我现在已经得到了你开诚布公的回答，我已经很满意了。”

我安静地听完了父亲的这番话，与伊丽莎白结婚的这个想法让我又惊又喜，我非常想给我的父亲一个满意的答案。可是当想到现在自己还身负这一个重要任务的时候，我犹豫了，因为如果我无法完成任务的话，很有可能会有灭顶之灾降临在我们一家人的身上。难道我头顶悬着一把利剑，还能心安理得地踏进婚姻的殿堂吗？所以我必须先完成自己的任务，让那个怪物心满意足地带着他的女伴远走高飞之后，我才能好好地享受我未来平静美满的新婚生活。

本来我是想通过写信的方式，从那个英格兰科学家那里得到我这项工作必需的知识与发现，不过我后来又想想，如果用通信的方式，那样就会白白浪费掉好多时间，而且，可能我还得不到令我满意的答案。于是我决定亲自去英格兰一趟。因为这样一来，我也可以不在家里工作。如果要在父亲的房子里进行那项令人厌恶的工作，一边工作一边还要跟我深爱的人一起，那样肯定会出差错的。很有可能，我的秘密会被大家知道，毕竟我在工作的时候，常常会失控。如果那样的话，那一切都太糟糕了，所以我必须在工作的时候避开所有的亲人。反正这个工作只要开始了，很快就能完成，到时候，等那个怪物带走了他的女伴，我实现了自己的诺言，这样我就能重新跟家人在一起幸福宁静地生活了。或者，我也可以奢望，在我工作的时候，那个怪物出了什么意外被彻底毁灭了，那样我就可以永远摆脱他了。当然，这很有可能只是我的痴心妄想。

想好了之后，我就跟父亲说我希望先去一趟英国。我并没有跟父亲说我这次的真正目的，而是随便找了一个不会让大家怀疑的理由。没想到我父亲一下子就答应了我，而且他还很开心，觉得我确实需要出去散散心，毕竟一次完美的旅行可以让我在归来之后，完全回到那个开心快乐的自己。

这次出行的时间由我自己决定，我想着，这个工作应该几个月就能完成，或者最多一年的时间。只是没想到，父亲竟然还十分周全地给我安排了一个旅伴，他跟伊丽莎白一起商量，让克莱瓦在斯特拉斯堡与我会合。这件事情我都不知道，这件事情也完全打乱了我最初的计划。虽然，克莱瓦跟我一起旅行，在初期的时候能陪我聊天解闷，而且很有可能，他的存在还能避免那个怪物时不时出现来骚扰我。可是到了后面，如果克莱瓦一直跟我在一起的话，又不免会打扰我工作。

因为父亲年纪已高，所以我答应他，只要我从英格兰回来，就立刻跟伊丽莎白结婚。毕竟，对于我来说，在结束了那个令人恶心的工作之后，能给自己一个这么不错的奖赏，也是非常不错的一个安慰。我非常期待那一天的到来，等到这场浩劫度过了之后，我就向伊丽莎白求婚，一起过那种幸福快乐的生活。

在我着手准备出发的那段时间里，我的心里一直非常的不安。因为我的家人并不知道那个怪物的存在，我的离开无异于将这些我最爱的亲人毫无防备地暴露在那个怪物的面前，如果他想攻击我的亲人，我的亲人根本不会有任何的招架之力。这个想法令我毛骨悚然，不过，我又想起，那个怪物曾经跟我说过，无论我到哪里，他都会紧跟在我的附近。只要想到那个怪物一直待在我的身边，我就感到极度的恐惧。我竟然会受制于自己的造物，而且任由他摆布。不过，那个怪物一直跟着我也好，这样一来，他就没有时间去伤害我的家人了。

九月，当我准备离开的时候，伊丽莎白非常的担心，她怕一路上，我又将遭受各种的磨难。这也是她一定要让克莱瓦与我做伴的原因，不过男人毕竟不能像女人那样周到，所以她还是叮嘱我一定要尽快回来，说着说着，她甚至哭了起来。

我极度苦闷地令下人将我的化学仪器都打包了之后，就钻进了马车之中。一路上，路边的风景非常壮丽耀眼，我却两眼发直，呆呆地坐在车内，根本无暇欣赏。我只想着快点到达目的地，然后快点结束这个耗时耗力的工作。

我就这么木讷地在车上待了几天，当我到斯特拉斯堡的时候，克莱瓦还没来，直到两天之后，他才匆匆赶到。几天没见，我们俩就跟两个极端一样，他兴致勃勃地欣赏着每一处风景，欢呼雀跃地看着日出日落。他还不断地跟我讨论："这些景色真是太美了，我实在是太享受这样的人生了，弗兰肯斯坦，你是怎么啦？看到这么美的风景，还是愁眉苦脸的！"

不过也是，那几天，我一直沉浸在沮丧之中，完全没有心情去注意那些闪耀的繁星，以及被金色阳光点缀的五颜六色的莱茵河。我的朋友，如果你能看到克莱瓦那几天写的日记，你一定能感到更加的有趣。因为我是一个悲惨的倒霉鬼，我看风景的眼睛是悲伤的，而他却与我不同，他用一种充满了感情与欢乐的眼睛去欣赏那个世界，绝对能比我观察到更多美的存在。

我们计划从斯特拉斯堡出发，沿着莱茵河顺流而下到鹿特丹。之后，再从那里乘船去伦敦。一路上，我们看到了好多婀娜多姿的小岛，见识到了许多美丽的城镇风光。由于我们在曼海姆待了一天，所以直到第五天，我们才到达了美因茨。离开美因茨之后，河水就变得更加湍急了，两旁的山野变得险峻起来，不过，一路上的风景也因此更加绮丽了。莱茵河的这个部分，几乎每时每刻都能见到不同的风景。破败的古堡、硕果累累的葡萄园，以及那些炊烟袅袅的城镇，给了我们非常丰富的视觉享受。

当时正直葡萄丰收的季节，坐在船上，我们时不时能听到从两岸葡萄园传来工人们欢快的歌声。这样的情景让我这个一直愁眉苦脸的人都不得不感叹世间的美好，就更不要提克莱瓦当时有多么激动了。我躺在甲板上，望着眼前那一片纯净无瑕的天空，我的内心再次感受到了久违的平静。而克莱瓦更是觉得自己进入了人间仙境。“我一直觉得我们故乡的风景已经算很美了。”他说道，“我曾见过美丽的卢塞恩河，还有美丽的乌里河，那里的雪山倒影在湖水之中，当然多亏了那些令人心旷神怡的绿岛点缀，这才让那个画面不至于过度的阴郁；我也看到过暴风雨下的湖泊，狂风卷起千层浪，让人觉得自己就像置身于波涛汹涌的大海之中一样，雪崩吞没了那位牧师以及他的情人，直到今时今日，大家还是能在风浪中听到他们的哀号；我也看到过瓦莱和沃州壮丽的风景。可是维克多，这里的风景比其他的地方美多了。瑞士的扇面确实壮观，不过这里河岸的两边却有着不同于壮观的奇特魅力。你看看那些矗立在两旁的古堡、那些绿草如茵的小岛、那些刚从葡萄园收工的工人们，以及那些若隐若现的村落。这一切的一切简直美极了，我觉得这里的人们肯定跟这里的守护神非常和睦，才一起建造了如此夺目的一个家园。你看我们瑞士的神灵，只知道用一些冰川来堆砌一些高不可攀的沟壑!”到现在为止，只要回想起我这个挚友的话语跟那些恰到好处的赞美之词，我都会感到一阵阵的欢愉感。我觉得他天生就是一个诗人，有着放荡不羁的想象力，以及敏感细微的发现精神。他对我的友谊是那么的忠贞无私，甚至让有些人觉得，这种情谊根本就不可能存在于这个世界上。别人只会感叹眼前的美景，而他则是发自内心地深爱着眼前的一切：

雷鸣般的瀑布，
仿佛激情澎湃的心，挥之不去，
高耸的岩石、壮美的山脉，还有那些深邃的幽暗森林，
它们的色彩斑斓和形态各异，
对他来说是一种渴望、一种感情，以及一种爱恋。
无须想象去赋予它们美丽或者趣味，
只要睁开你的双眼即可。

——华兹华斯《庭特恩修道院》

我不知道他现在身处何方。我相信他的生命永远不会结束，因为他的脑中充满了奇特的想法和多姿多彩的想象，这些东西能创造一个世界，虽然它们的存在完全依赖于它们创造者的生命。这个世界永远不会消失，它不会仅仅存在于我们的记忆中，或许你的身形已经不复存在，不过，你的精神会永远长存。

请原谅我的悲伤感慨，虽然这些语句并不能用来赞美克莱瓦，也不足以完全形容他的价值，但它们却能抚慰我的心

灵，让我暂时抹去对这位挚友的想念之情。好了，我继续讲我的故事。

过了科隆之后，我们就进入了荷兰的平原。因为此时的风向已经发生了改变，再加上水流也变得平缓，所以我们决定在接下来的旅途中改乘马车。这个时候，我们俩都已经无暇去顾及路途的风景了，因为我们要赶在几天之内到达鹿特丹，然后从那里乘船去英格兰。在十二月底[①]的一个清晨，我们到达了大不列颠白色的沙滩旁。在这个流传着古老传说的地方，我第一次见到了泰晤士河，见到了提尔布里要塞，这让我们想起了西班牙的舰队。我们还经过了格雷夫森德、伍尔维奇跟格林威治，这些都是我以前就非常向往的城市。

到达了伦敦之后，我终于见到了高高的圣保罗大教堂，以及英格兰历史上最著名的伦敦塔。

---

① 后文中提到来及英格兰的时间是十月，此处作者似乎笔误。——译者注

第十九章

我们首先在伦敦安顿了下来，因为可能需要在这座闻名遐迩的地方待好几个月的时间。克莱瓦很想马上认识当地一些活跃的社会名流，不过，我对于那些社会名流可没有多大的兴趣，而是马上将那些推荐信递交到了那些最为杰出的自然科学家手中，毕竟我这次的主要任务是获取需要的信息。

真希望，我这次是以学生的身份来到这个美丽的都市旅行，那样的话，我肯定可以愉悦得多。不过，很可惜，我这次是带着一项可怕且艰难的使命来的。所以我并不喜欢跟那些陌生人接触，除了那些我必须去沟通的科学家之外，我几乎都是一人独处。只有在跟克莱瓦聊天的时候，我才能获得一丝的安慰。我觉得我在跟自己的同胞之间已经有了一道非常深的鸿沟，特别是想起小威廉和贾斯汀的死时，我就更加有挫败感，甚至变得一蹶不振。

克莱瓦非常好学，就跟以前的我一样，渴望学习知识，并且得到了好多人的指导。克莱瓦开始研究各种风俗课题，在这个有着无穷无尽知识海洋的都市中，他获得了很多的启示以及乐趣。克莱瓦一直有一个长期的计划，那就是去印度旅行，因为他已经掌握了好几种语言，并通过欧洲在殖民和贸易中的物质手段，对印度进行了深刻的了解，他相信自己的这个计划一定可以成功。而这次，在英格兰的旅行也算是为他以后的计划做了一个极好的铺垫。他开始变得非常忙碌，而唯一能影响他高亢情绪的就是我那阴郁的表现了。当然，我并不想因为我而影响了他在这个新天地里尽情享受的机会，所以我竭尽所能在他的面前掩盖自己的情绪。每次他约我一起的时候，我都以另有约会的借口拒绝了，只有这样，我才有机会一个人独处。我已经开始收集新人体的材料，这对于我来说是一件非常难熬的事情，就像我亲眼看着自己身体里的鲜血在一滴滴慢慢地往外流。

几个月之后，我们在伦敦收到了一封苏格兰寄来的信笺，写信的是曾经拜访过我家的一位故人。他跟我说，他的故乡北城佩斯的风景非常美，所以问我们想不想去那里玩几天。克莱瓦得知后，非常热情地想接受邀请。虽然我非常讨厌应酬，不过，对于去看看那些壮丽的山脉以及精致的河流，我还是非常愿意的。我们去年十月到达英格兰，现在已经是二月份，所以我们决定在三月份的月底向北方进发。不过，这次旅行我们不想从爱丁堡那边过，而是打算沿途看看温莎、牛津、马特洛克这些城市，还有坎波兰的湖区。我们算了一下，差不多到七月底就能结束这次旅行了。出发前，我带上了所有的化学仪器，以及那些找好的材料，我打算着在苏格兰某个与世隔绝的地方，完成这项工作。

我们具体在三月二十七日出发，离开伦敦，之后在温莎停留了几天，这边全都是美丽的森林。这对看惯了高大山脉的我们来说，绝对是别有一番风味。这里的参天大树、各种各样的野兽，以及成群结队的麋鹿，每一件事物都能让我们发自内心的感叹。

离开了温莎，我们开始向牛津进发。这座城市拥有着无与伦比的风貌，这里的大学历史悠久，街道风景如画，美丽的伊西斯河蜿蜒曲折地流向那些翠绿色的牧场，水面上倒映着两旁的参天古树和这边特有的高塔、圆顶的房屋建筑。当然，到了这里，不得不提的就是发生在一个半世纪之前的一件事情。当时全国上下都投入议会和自由旗下讨伐查理一世，只有这座城市对他忠贞不贰，他顺利地在这里集结了一支军队。想到查理一世，当然忘不了他的幕僚们：脾气温和的福克兰、不可一世的戈林，还有查理一世的王后与太子，他们的痕迹留在了这座古城的每一个地方。我跟克莱瓦兴致勃勃地追寻着他们的遗迹，虽然它们并没能满足我们天马行空的想象，不过，这些美轮美奂的画面还是让我们赞叹不已。

我被眼前的这些美景深深地吸引住了，其实我一直是一个喜欢宁静幸福的人，特别是在我年少的时候，非常容易满足。每当我无聊的时候，只要让我看看大自然的景色，或者让我拜读一下某位大师的作品，我马上就会心情愉悦起来。可现在的我，已经是一颗被闪电击中了灵魂的枯树，每当记起那些不堪回首的往事，我的心头马上就会蒙上一层阴霾。我觉得我活在这个世界上，只是为了让世人知道我是一个悲惨愚蠢的可怜人，可怜到让我自己都有些忍无可忍。

在牛津这个地方，我们停留了好长一段时间。我们经常去郊外游玩，并饶有兴致地开始寻找与英国标志性伟大历史事件相关的那些名胜古迹，那些持续不断出现的景色总是让我们不由自主地延长这条探索之旅。一路上，我们瞻仰了闻名于世的汉普登[①]墓园，以及这位无私的爱国者浴血奋战的沙场古迹。看着眼前这些英勇烈士的丰碑，有那么一瞬间，我的灵魂也想冲破这卑贱的牢笼，以一种自由崇高的姿势去自我牺牲、去完成自己的救赎。然而，这仅仅是发生在那么一瞬间的事情，由于我身上的锁链已经深入骨髓，所以，下一个瞬间，我便再次沦陷，重新成为那个卑贱、可怜的我。

离开牛津的时候，我还是有些依依不舍。之后，我们前往了马特洛克。那是一个颇似瑞士的小村庄，当然除了规模小了一点之外，它还有一点与瑞士不同。那就是围绕在周围的山脉，这些山脉的山顶并不像阿尔卑斯山脉那样，永远覆盖着皑皑的白雪，远远看去就像是一个带着皇冠的国王。在那里，我们参观了那些堪称鬼斧神工的天然洞穴，以及一些规模同样很小的自然博物馆。巧合的是，在那些自然博物馆中，它们对于展品的排列方式竟然与塞沃克斯和霞慕尼的排列方式很像。只是当克莱瓦提到霞慕尼这个名字的时候，我全身一下子打了一个寒战。我匆匆地带着克莱瓦离开了马特洛克，因为实在是不想回忆起在霞慕尼上发生的那些事情。

我们一路向北进发，在两个月里，途径了德比、坎波兰郡还有威斯特摩兰郡。到了那里之后，我几乎以为自己重新回到了瑞士，因为那里跟瑞士实在是太像了。那里的山脉顶上也有常年的积雪，而且山脉的旁边也有一座座的湖泊围绕，以及从岩石缝中不断倾泻而下的瀑布，这些简直跟瑞士一模一样。在那里，我们还结识到了好多新朋友，大家都想尽一切办法想让我开心起来。我的那位才华横溢的挚友克莱瓦，

---

① 指约翰·汉普登，英国政治家。——译者注

更是在这里发现了自己身上蕴藏的无穷无尽的力量和潜能。他以前从来没有感觉到自己还有这样的力量。“我想一辈子留在这里。”他对我说道，“在这里生活，我几乎可以忘了瑞士，还有莱茵河。”

当然，时间久了之后，克莱瓦也了解到了这种游子生活的痛苦之处。那就是这种生活必须建立在高亢激情的事情之上，一旦生活趋于平静了，那他就必须离开那些恬静的地方，重新去寻找新的乐趣与激情，这样，会让他慢慢地变成了一个喜新厌旧的人。

因为与那位苏格兰故人的约期快到了，所以我们不得不离开那里，继续上路。在之后的旅途中，我们并没有过多的停留，这让我们不能与当地的人们建立深厚的感情。不过，我倒是没有一丝的遗憾，因为知道我已经将对那个怪物的承诺搁置太久了，所以我担心的事情是，他在对我失望的情况下，是否会做出一些伤天害理的事情来。我最害怕的当然是，那个怪物还留在瑞士，并等待时间对我的家人下手。所以我一直焦虑不安地等待着家信，只要它来晚了一天，我都会心神不宁。可是每当家信寄来的时候，我同样会忐忑不安，会害怕去阅读那些信件，因为害怕里面的文字会跟我宣布一些我不希望听到的坏消息。我就这样在矛盾的心理中挣扎，被一个个可怕的念头折磨得无法享受片刻安宁。不过，我还是更相信，那个怪物是跟随着我的，这样一来，我又得为我的朋友担心了。我几乎每天都会像影子一样跟在克莱瓦的身边，生怕那个怪物会在我放松警惕的时候残害我的挚友。虽然我没有犯下任何罪行，可是我的举动就像是一个犯下了滔天大罪的囚犯一样，整天遭受着良心的谴责。

就这样，我心不在焉地拜访了爱丁堡，克莱瓦也觉得爱丁堡没有牛津更让他喜爱，因为牛津的历史古迹更多，而爱丁堡是一座新城。不过这座美丽的新城原本是可以治愈那些不幸的人们的，这里的城市规划井井有条，到处都是美丽的城堡以及朴素的田园风光，这些都算是世间少有的美景了。当然，这里也并不是没有古迹，比如亚瑟王的宝座、圣伯纳德古井，还有贝特兰山冈上的古迹等等。这些古迹也稍微引起了克莱瓦的注意，不过，我们还是马上就离开了，因为我想尽快到达我们的目的地。

我们在爱丁堡只待了短短一周的时间，随后就前往库珀，抵达圣安德鲁斯，再沿着泰河[①]前进，最后到达了我的朋友所在的佩斯。因为有要事在身，所以我完全不想去认识什么新朋友，或者参与那些无聊的娱乐项目。于是，我对克莱瓦说道："从现在开始，我想一个人去苏格兰的各个地方看看，差不多就一两个月的时间，在这段时间里，请你不要设法找到我，让我好好安静一下子，我希望等我回来的时候，可以重新变回那个开心幸福的自己。所以，这段时间你自己好好玩吧，我会回到这里跟你会合的。"

克莱瓦本来还想劝我一下，不过，他见我如此的果决，只能答应了我的请求，不过要求我一定要常常给他写信。"其实，比起跟那些素昧平生的苏格兰人一起谈笑风生，我更希望与你一起安安静静地到处游览。不过既然你去意已决，那我也不再勉强，只是希望你一定要尽快回来，只有你在我身边，我才能感到像在家中一样自在。"

离开了朋友之后，我决定去找一个人烟稀少的地方，然后尽快完成我的工作。我相信那个怪物应该一直待在我的身

---

① 位于英格兰与苏格兰的中部。——译者注

边，这样，我一旦工作结束，他马上就可以带着他的伴侣离开。我一直往北边走，一直到达了奥克尼郡最偏远的一个海岛上，我才停留了下来。我觉得这个地方非常适合我接下去的工作，因为这个海岛上的土地非常贫瘠，甚至连供给奶牛吃的草都没有，当然就更不要说那些可以供给人吃的燕麦片了。所以在这个岛屿上只有五个人，他们饱受饥饿的折磨，个个都瘦骨嶙峋的。在这个岛屿上，蔬菜与面包都算得上是奢侈品了，因为，这里连基本的淡水都要从五英里外的大路上运过来。

小岛上一共有三座破烂不堪的小木屋，其中有一座并没有人住，于是我将它租了下来。它有两个房间，刚好一个让我工作，一个让我休息。当我租下它的时候，那座房子实在是破损得没法住了，我就让岛上的那些人帮我进行了一次翻修，我在墙上抹了石灰，把门板也换了一个，并且还从他们那里购买了一些家具，之后，我才住了进去。原本，我的这些怪异的行为绝对会引起人们的关注，不过由于岛上的这些居民已经被极度的贫困折磨的麻木不仁，所以他们并没有对我的怪异举动产生好奇。甚至当我送他们一些衣服还有食物的时候，他们也无动于衷，甚至都没有表示感谢，艰难的生活已经将他们最基本的感觉都磨灭了。

我白天将自己关在房间里工作，到了晚上，如果天气允许，我就会到海边的礁石沙滩上散步，顺便听听海浪拍打礁石的声音。这种声音听上去很单调，不过，其实它的每一次声响都是有所变化的。望着眼前这凄凉的风景，我不禁开始怀念瑞士，怀念那里郁郁葱葱的山脉，怀念平原上到处点缀的农舍，还有那些将天空都倒映其中的美丽湖泊。以前，我总觉得，当狂风大作的时候，湖面上的波涛就跟大海上的浪涛一样，现在见过了真正的大海之后，我才知道那根本就是小巫见大巫。

刚到这里的时候，我还是每天都认真工作的，不过久而久之，我开始慢慢厌恶自己所做的工作。甚至有几次，我连续几天都没法让自己继续工作，可是我又不得不期待着将它早日完成。第一次造人的时候，由于当时我的内心充满了激情，所以我甚至都忘记了这个过程中的恐怖之处，只是一心一意地投入到工作上。可是这次，由于我内心的激情已经不复存在，所以对于那些恐怖的事情，我不可能再熟视无睹，因此，手头的工作就常常让我恐惧地无从下手了。

因为我现在完全处在与世隔绝的环境之中，导致没有任何事情可以将我的注意力从工作上移开。所以我对工作的厌恶之情，开始让我的精神日渐失常，我开始变得越来越焦躁不安，几乎每时每刻都担心自己撞到那个魔鬼。我不敢远离岛屿上那些居民的视线，因为我害怕，一旦我独处的时候，那个怪物就会出现在我的面前，向我索要他的人生伴侣。

当然，好消息是，我的工作取得了重大的进展，我已经可以期待着它的结束了。不过不知道为什么，我的内心深处总有一种不祥的感觉，似乎冥冥之中会发生什么可怕的事情，可是，我又不知道究竟会发生什么。

第二十章

太阳西下，月亮开始慢慢升了起来，这天傍晚，我跟往常一样坐在实验室中。因为光线太暗，不便于我继续工作，所以我就坐在那里思考，是否今晚先休息一下，还是点上蜡烛一鼓作气将这项工作完成。当然，我的脑中不仅仅只是在思索这件事情，我开始思考以前我从来没有想过的一些情况。

三年之前，我由于对未知的探索与实验，制造出了一个野蛮凶残的怪物，从此让我陷入了万劫不复的地狱，一直到现在，我还后悔不已。可是现在，我即将创造出第二个怪物，而且我对于这个怪物的一切事情都充满了未知。虽然第一个怪物答应我，只要他得到一个女伴，就会带着她远走高飞，可是他的女伴并没有发誓。假如他的女伴比他还要凶残成性，喜欢杀戮，那该怎么办呢？又或许，他的女伴也嫌弃他的相貌丑陋，转而去追求那些年轻俊美的人类，离他而去，那他将再次感受到无尽的孤独，而且这次还被自己的同类所抛弃，他一定会兽性大发，根本不会遵守与我的约定了。即使，一切都非常圆满，他带着他的女伴离开了欧洲，进入了那些荒无人烟的地方生存。可是他们一男一女两个人在一起生活，无疑是会生下孩子的，这样一来，他们如果一直繁衍生息的话，那这个地球上将存在着一支力量强大而且凶恶成性的种族，他们无疑将会给人类的生存带来巨大的威胁。而我这种只考虑自身利益，却很有可能会让子孙后代灭绝的做法，是否正确？

我之前被那个怪物的花言巧语蛊惑，又被他的恐吓吓到，所以才会答应为他工作。不过，我现在彻底想明白了之后，才意识到自己这么做是多么的卑鄙无耻。我竟然会为了自己一时的个人安宁，而毫不犹豫地抛弃了所有人类的幸福、人类子孙后代的利益。

就在这时，当我无意识地抬头的时候，我突然看到，那个怪物就站在我的窗户旁，我吓得浑身开始颤抖，连心脏都几乎停止跳动。果然，这个怪物一直跟在我的身边。我看到那个怪物正狰狞地笑着，直勾勾地望着我，他应该是正在催促着我快点替他完成那个强加在我身上的任务。

看着那张面目狰狞的脸，想到自己竟然马上就要再次做出这么一个怪物，这让我瞬间为自己的愚蠢行为感到愤怒，我开始当着那个怪物的面，疯狂地将那个原本即将完成的造物撕成了粉碎。那个怪物看到我的举动之后，绝望地发出了一声吼叫，然后带着满满的愤怒与仇恨离开了。

从实验室里出来，我发誓永远也不会再做这样的蠢事。我孤身一人回到我的寝室，没有人能驱散我心中的阴霾，也没有人能将我从深不见底的深渊之中拯救出来。

之后的几个小时里，我一直坐在床边，望着大海发呆。

此时的海面风平浪静，似乎全世界都在这静谧的月色中想安然入睡了。偶尔有几片小舟慢慢地从水面上划过，或许还能听到小舟上渔民们轻声细语的声音。我就让自己沉浸在这无限的寂静之中，直到我被附近的划桨声惊扰到，这才意识到有人已经上岸了。

没有多少工夫，我就听到自己家的门响动了一下。我全身一颤，已经意识到来人是谁。我本来应该大声地呼救，叫醒附近的村民，让他们一起来帮我赶走这个恶魔，可是内心深处强烈的恐惧感，让我根本发不出任何声音。一阵脚步声之后，我房间的门开了，我见到了那个令我担惊受怕的怪物。

他重新关好门，然后压低自己的声音对我说道："我实在是想不明白，你为什么要将自己马上就要完成的工作毁掉。你为什么要违背你与我的约定。这几个月以来，我一直跟着你跋山涉水，费尽千辛万苦才来到了这里，你知道我一路上吃了多少苦吗？可你竟然就这样恶狠狠地将我的希望全部扼杀了，你究竟是什么意思？"

"你给我滚开，你这个怪物，对，我的确是违背了诺言，那又怎么样，反正我是永远也不会再制造出一个跟你一样丑陋的怪物的，你就死了这条心吧！"

"卑鄙下贱的人类！我原本还想跟你好好地讲道理，不过现在证明，你似乎并不想让我这么客气的对待你。好吧，你应该知道我的能力与我的手段。你现在是不是觉得自己已经很惨啦，还远远不够呢，我会让你变得更加悲惨，直到你开始痛恨自己为什么还会活在这个世界上。对，我确实是你创造出来的，不过，这并不能代表什么，现在，我是你的主人，你只能服从我为你的安排！"

"没有用的，你这个恶魔，不管你说什么，都没有用的，你的这些威胁只会让我更加坚定不再去做这种伤天害理的事情。你觉得，我将你带到这个世界上之后，还会愚蠢地再去制造一个杀人恶魔吗？我不是傻瓜，所以你给我快点滚吧，你将永远不可能得到你想要的东西。”

那个怪物见自己的威胁对我并不起作用，气得只能在一旁干瞪眼。他大叫道：“老天爷呀，世界上每个男人都有自己的妻子，甚至是每个雄性动物都会有自己的配偶，为什么单单是我，只能孤独终老呢！我有着一腔热血，却被人类鄙视、被他们厌恶。好吧，你们这些人类，既然你们这么恨我，那我也不会让你们好过的。特别是你，我的创造者，你让我苟且偷生、凄惨度日，那我怎么可能会让你幸福快乐呢？你小心点吧，你也将跟我一样在悲痛与凄惨中度过余生，很快地，我将摧毁你现有的幸福。你可以让我无法得到人世间的感情，不过你却无法阻止我拥有复仇之心。我发誓，从今以后，我可以不吃东西，我也可以不见阳光，不过，我绝对要将报仇雪恨这件事情放在首位。确实，我总有一天会死，可是在我死之前，我一定会让你这个暴君得到应有的诅咒。你也应该知道我的力量与我的胆量吧，以后我还会拥有毒蛇般的心肠，我会一直躲在暗处，一有机会就会出来狠狠地咬你一口。我会让你知道，今天你做出的决定，是多么愚蠢的一个决定。”

“住嘴吧，恶魔，你说的这些话只会污染这里的空气，所以你快滚吧，不管你说什么，我都不会被你吓倒的，我发誓，我这一辈子都不会向你屈服！”

“很好，我现在可以离开，不过，请你记住，在你结婚的那天晚上，我会再去找你的。”

听到那个怪物的最后一句话之后，我猛地扑了过去，大声地对他说道：“卑鄙无耻的混蛋，你要是敢对我的家人动手，我绝对会在那之前将你杀死!”

可惜我并没有抓到他，因为他的速度实在是太快了，他飞快地从我的房间里逃走，然后跳上小船，消失在了大海一望无际的海域之中。

周围又恢复了之前的寂静，只是那个怪物的话却依旧在我的耳边回响，“在你的新婚之夜，我会再来找你”，这么说来，结婚的那天将是决定我生命的时刻了。我焦虑地在房间里踱步，真希望刚刚我能抓住那个怪物，然后跟他拼个你死我活。可现在我什么都做不了，只能眼睁睁地看着他划着小船，往陆地的方向而去。我不知道谁会是我的下一个牺牲品。其实如果他能在我的新婚之夜将我杀死，我也算是一种解脱了。只是，我实在是不愿看到，伊丽莎白在刚跟我结婚了之后，就要接受我被杀死这个噩耗，这对于她来说绝对是致命的打击。想到这里，已经好久没有流泪的我，不禁泪如雨下。我发誓，在与那个怪物拼个你死我活之前，我决不能轻言放弃，为了我的伊丽莎白，也为了我自己。

黑夜过去之后，太阳慢慢从海平面上升了起来，我的心也随之慢慢地平静了下来，当然，平静之下，我的心中依旧充满了绝望。我走出那间与那个怪物激烈争吵过的小屋，来到了空气新鲜的海滩上。我觉得，这个海峡就是我与我的同胞们一道无法逾越的沟壑，他们在陆地上享受愉悦的生活，而我则一个人在海岛上接受人间最为痛苦的折磨。

我确实愿意一辈子都待在这个岛屿上，百无聊赖地过完我的一生。这种生活可能有些单调，不过，至少我不会被什么飞来横祸所打扰。一旦我回到了家里，要么我被那个怪物杀死，要么我就看着我的家人被那个怪物杀死，这一切都不是我想要的。

我开始像一个无亲无故的孤魂野鬼一样在那个小岛上游荡。到了中午，太阳光变得越来越暖和了，于是我躺在草地上，美美地睡了一觉，因为我昨晚几乎没有入睡，所以这一觉睡得非常舒服。睡醒了之后，我整个人的精神状态都得到了很大的提升。我开始冷静地思索了一下之前发生的事情。虽然这一切有些恍然若梦，不过那个怪物的话，却跟丧钟一样在我耳边回荡。

太阳升起又落下了，我依旧坐在海滩上，大口地吃着我的燕麦饼。就在这时，突然，一艘渔船开始向我靠近，接着，船上的渔夫朝我扔过来一个包裹，那是从日内瓦寄来的信件，其中有一份是我的挚友克莱瓦写的。信上说，他在佩斯已经无聊地待不下去了，而且伦敦的朋友也希望他能早日返回伦敦，从而商议一起去印度旅行的计划。所以他恳求我早日离开那座小岛，到佩斯与他会合，之后再一起南下回到伦敦，后面还有更漫长的旅行在等待着他。看完了克莱瓦的信之后，我一下子从梦境被拉进了现实。于是我决定在一两天之内就离开这座小岛，去佩斯与克莱瓦集合。只是，在离开之前，我不得不走进那个令我作呕的实验室，去将那些令我厌恶的化学仪器全部打包带走。第二天，天刚亮，我终于鼓足了勇气，打开实验室的门，走了进去。那个被我撕毁的半成品正凌乱地散落在地板各处，看着眼前的画面，我感到自己就像是活生生地肢解了一个人类一样。我平复好自己的心态，开始用颤抖的双手，将那些仪器一件件收拾好。为了不让这里的居民看到之后感到恐慌，我还得将那具残骸也处理掉。我将它放到一个很大的箩筐当中，又在上面压了好多的石头。之后，我就去海边清洗我的化学仪器了，决定等到天黑之后，再将那个箩筐沉入海底。

这几天，我的内心发生了巨大的变化。以前，我一直觉得，只要认真地完成了那个怪物的要求，我就能过上幸福的生活，这让我整个人变得阴郁，因为那将是我不得不去完成的一个任务。而现在，当这层可恶的薄膜被我的思绪揭开了之后，我一下子感到豁然开朗了。虽然，我的心中依旧重重地积压着那个怪物对我的威胁，可是，我现在已经看开了，反正我是绝对不能在那个怪物行动之前，采取任何行动先发制人的。我只要过好现在的生活，然后永远不要再去想什么再次制造一个怪物来满足自己卑劣、自私的行径就好了。我不再允许自己抱着心存侥幸的心理，这让我也能走出以前的那种绝望的状态。

到了凌晨两三点的时候，我悄悄地将那个箩筐放到小船上，然后借着月光驶入了大海。小船划了差不多四英里①之后，我看到几艘渔船正在返航，我机智地躲开了他们。虽然，我是无罪的，可是我做这件事情的时候，就像是一个杀人恶魔一样忐忑不安，唯恐被别人撞见。刚好这个时候，老天爷帮我，一片浓墨的乌云遮住了月亮，天地之间变得一片漆黑，我趁这个时间，将那个箩筐快速地推入了大海。箩筐发出了一些咕噜声之后，沉入了海底，我马上开船离开了那个地方。天空中依旧乌云密布，不过，空气却不知为何非常的新鲜。从东北方吹来的凉风，更是让我感到一阵的神清气爽，我索性心满意足地将船帆对好，直接舒适地躺在了小船上。由于四周一片黑暗，再加上跟催眠曲一样的海浪声，我很快地就进入了沉沉的梦乡之中。

我不知道自己在船上睡了多久，反正当我醒来的时候，

---

① 约合 6.4 千米。——译者注

太阳已经升得老高。我发现当时海面上正狂风大作，而这猛烈的大风已经不知道将我带到了什么地方，反正，我离自己原本下海的那个小岛已经非常远了，远到我根本看不到它的存在。我知道风是从东北吹过来的，所以只要逆风而行，我就能回到我原来的地方。可是，就在我试图改变航向的时候，发现我根本不能这么做。当时的风很大，如果强制逆向而行，我的小船很有可能会瞬间进水，然后沉入海底。无奈之下，我只能随风飘荡。不得不承认，我当时内心是充满了恐惧的，因为当时我身上连罗盘都没有，而且船上也没有食物，我很有可能会被活活饿死在这大海之中，或者，在被饿死之前，我已经被狂风大浪所吞没。我已经感到有些饥渴，因为我在海上已经行驶了一段时间，可是我的小船上没有一丝可以饮用的淡水。而且此时的天空中乌云比昨晚还要浓密了，感觉暴风雨即将来临。“魔鬼！”我绝望地对着大海喊道，“现在你应该满意了吧！”这时，我想起了我的父亲、我的伊丽莎白，还有我的挚友，等我死后，那个怪物很有可能会将对我的仇恨施加在我的家人朋友身上。虽然那个时候，我可能早就已经死了，不过，现在在死之前，想到那些画面，我还是感到一阵毛骨悚然。

熬过了几个小时之后，太阳开始西下，没想到风力也渐渐变小了，不过汹涌的海浪还是一波接一波地朝我的小船袭来。可能是饥饿过度了，我感到有些头晕，甚至连船舵都没有力气握好。而就在这时，我突然看到，在我的不远处，出现了一条海岸线。

有海岸线就预示着我至少有一个可以着陆的地方了。这对于我这个疲惫不堪地在海上待了好几个小时的人来说绝对是一件非常值得激动的事情。眼前出现的一线生机，我的泪水一下子涌了出来，一股欢乐感温暖地流进了我的心田。

这绝对是人生之中的大起大落，原本以为自己死定了，而在不知不觉之间，你却绝处逢生了。这真是多么令人惊叹的一件事情呀。为了加快行驶的速度，我直接将自己的衣裳撕了一块制成船帆。远远望去，那片大陆似乎一片荒芜，到处都是礁石，不过驶近了之后，我轻而易举地就发现了人烟的迹象，因为我看到在岸边停着几艘小船，感到自己就像是一下子从一个荒蛮之地回到了文明社会。我慢慢地驾驶着小船往岸边靠近，看到一个小小的尖顶从海峡的后面慢慢地显露了出来。看到这里还有一个城镇，我二话不说，直接往那个城镇驶去，因为我知道，只要有城镇，我就能找到食物，而且幸运的是，当时我的身上还带了一些钱。

转过了那个海峡之后，一个干净整洁的小镇展现在了我的面前，而且那里还有一个很不错的海港。我马上将我的小船驶进了海港之内，这种劫后余生的感觉让我欣喜若狂。

就在我忙着抛锚收帆的时候，看到一些人朝我围了过来，不过他们似乎并不是非常热情，因为他们只是在一旁窃窃私语，并不过来帮我的忙。还有一点让我感到诧异的是，他们似乎并不惊讶我会出现在这个地方。当然，由于我当时刚刚脱离苦海，并没有对那些人产生该有的警觉，听到他们是在用英语说话，所以我就用英语对他们说道：“亲爱的朋友们，你们好呀，你们能不能好心地告诉我，这里是哪里呀，这个小镇叫什么名字呢？”

“你马上就会知道了。”一个人用很大的声音对我说道，“虽然，之后你应该会不喜欢这个地方，不过我敢发誓，这里也没有任何一个人会欢迎你的到来！”

听完那个人的话后，我感到非常的惊讶，我不知道为什么这个陌生人会对我说出这么无礼的话。而且看到站在他旁边的那些人看我的眼神似乎也充满了愤怒，我不解地问道："为什么你们要这么无礼地回答我的问题，你们英国人不是都应该像绅士那样有礼貌吗？"

那个人大笑道："我不了解英国人的作风，不过我知道，爱尔兰人都是疾恶如仇的！"就在我跟他们进行着奇怪的对话时，围拢过来的人越来越多，而且他们一个个都对我横眉瞪眼，这让我感到有些惊慌失措。

于是我一边往前走，一边问他们旅馆该怎么走。看到我开始移动之后，那群人一下子骚动了起来，他们紧紧地跟在我的身后，并密密麻麻地将我围了起来。之后，一个看上去凶神恶煞的男人走到我的身边，抓住我的肩膀对我说道："走吧，跟我一起去见见柯文先生，然后解释一下你的身份。"

"谁是柯文？我为什么要向他解释我的身份？你们英国不是一个自由的国度吗？"

"对的，先生，这里对于那些诚实的人来说，确实是自由国度，不过对于某些人来说就不是了。至于柯文，他是我们这里的地方官，昨晚这里有一位绅士被杀害了，所以你要对此做出相应的解释。"

听完他的回答后，我吓了一跳，不过还是默默地跟在他的身后，朝这个小镇最好的一间房子走去。因为我知道自己是无罪的，而且，这一点应该非常轻易就能被证明。当时我又饿又累，甚至很有可能会晕倒，不过，在那帮人的簇拥之下，我只能强行打起精神，这样才不至于被他们说成我是做贼心虚。好了，说到这里，我要好好地休息一下了，因为我必须聚集起我所有的勇气和力量，才能去回忆那段可怕的往事。待会儿，我将会把对死亡和耻辱的恐惧都抛到九霄云外，因为我将陷入无边的恐慌与绝望之中。

第二十一章

我被众人带到了那个所谓的地方长官面前，他是一个面容慈祥的老人，不过，举止非常庄重，特别是他在打量我的时候，我觉得他的眼中多了一丝威严。他朝众人问道，谁是目击证人。

那个地方长官问完之后，差不多有五六个人走了出来，他随意地从中挑了一个问话。那个目击证人说，前一天晚上，他跟往常一样，与自己的儿子还有妹夫丹尼尔·纽金一起出海捕鱼。在差不多十点的时候，海上突然狂风大作，于是他们只能选择回港。那个时候天上的月亮还没有升起来，所以天地间一片漆黑，他们将船停到港口下游两英里处的一个小海湾中。之后，他率先下船，当时他的手中还拿着一些捕鱼的工具，至于他的儿子与妹夫则跟在他的后面。

就当他在沙滩上走着的时候，突然被什么东西绊了一下，重重地摔在了地上，他的儿子连忙上前将他扶起。于是他们借着昏暗的灯笼，想看清楚是什么东西绊了他，没想到是一个男人躺在那里，而且很明显他已经死了。一开始他们三人以为这个男人是掉到海里被淹死、然后被海浪冲到沙滩上的，不过经过他们的观察之后，发现那个男人的衣服一点都没有湿，而且身体也没有完全僵硬。于是他们马上将这个人抬到了离那里最近的一个老女人的房子里。大家竭尽全力想将那个人救活，可惜只是白费工夫。那个二十几岁的帅气小伙已经被别人掐死了，因为在他的脖子上有一道非常明显的瘀青指痕，除此之外，他的身上没有其他伤口。

一开始，对于这件谋杀事件，我并没有任何听下去的兴趣，因为这件事情跟我没有任何关系。不过当那个人说到，这个被害人的脖子上也有一道指印的时候，我一下子想起了我那个可怜的弟弟。这让我变得有些焦躁不安，四肢都开始微微颤抖，再加上我原本就又累又饿，一下子瘫倒在了椅子上。我的这一系列反应，引起了那个地方官的注意，大家都更加肯定，杀人凶手就是我了。

之后，那个人的儿子出来证实了他父亲的描述。不过那个人的妹夫丹尼尔·纽金被问话时，他却一口咬定，当他的姐夫被绊倒的时候，他看到在离海岸的不远处有一艘小船，上面还坐着一个男人。而且他判断，我的那艘船应该就是他在星光下看到的那艘船。一个女人也出来作证，她表示，当时她正站在自己的屋子前等待着自己丈夫从海上归来。当时她也看到了一艘小船正准备驶离那个发现尸体的海岸，而小船之上确实坐着一个男人。

至于那个住在离尸体最近的房子中的老女人也出来作证，她说当渔夫们将那具尸体抬到她的房子里时，那具尸体并没有冷透。他们还试图用摩擦全身的方法来救活他。丹尼尔甚至还去镇上找来了一位药剂师，可惜这一切都无济于事。

接着，那个地方官又问了另外一些人关于我上岸时的情况。那些人一致认为，是昨晚那股强劲的北风，导致我拼命划了几个小时之后依旧原地不动，因此不得不重新返回岸边，在那个我行凶地点的不远处上岸。他们还猜测，这具尸体肯定是我从别的地方运过来的，而我肯定不熟悉这片海域，所以我不知道抛尸的地方离这个小镇其实非常的近，不然，我肯定会将尸体扔到更远的地方。

听完了大家的证词之后，柯文先生可能是发现我听到凶手的杀人手法之后显得有些异常，所以决定带我去暂时放置尸体的地方看看，他应该是想观察我看到尸体之后的反应。我在镇长还有那帮人的带领之下，来到了客栈。一路上，虽然我非常惊讶为什么这件事情会有这么多的巧合之处，不过，我依旧心胸坦荡，毕竟昨晚他们发现尸体的时候，我正在跟那个小岛上的居民聊天呢，所以，我绝对是清白的。我走进了那个摆放着尸体的房间，来到了棺材旁。我实在是无法跟你描述我当时看到尸体时的感觉，甚至到现在，我都不敢让自己去回忆那种感觉。只要一想起那一瞬间，我就会浑身发抖、痛苦不堪。站在那里，对于刚刚与那些证人还有长官的对话，我已经完全抛到了脑后。我的眼中只有棺材中的那具尸体，那是我最亲爱的挚友亨利·克莱瓦的尸体！我先是开始沉重地呼吸，接着，我不顾一切地扑到了尸体上，放声痛哭："这肯定是被我制造出来的那个恶魔夺走了你的生命，我已经害死两个人了，现在我又把你，我最亲爱的朋友、我的大恩人也给害死了，很有可能，我的其他亲人也要接受这样的宿命，这实在是……"

我还没有说完，已经由于无法承受这种剧烈的痛苦而昏厥了过去，我的身体还开始剧烈地抽搐，那些人马上把我抬了出去。之后两个月的时间里，我一直高烧不退，徘徊在死亡线的边缘。后来别人告诉我，那段时间，我除了昏迷之外，还一直说胡话。比如我自称是自己杀害了威廉还有贾斯汀，至于克莱瓦也是被我杀死的。有些时候，我又恳求那些照顾我的人，帮我将那个杀人恶魔摧毁。还有些时候，我会自己掐住自己的脖子，幻想着是那个恶魔准备来杀我了，然后声嘶力竭地哭喊起来。我的行为将那些指证我为凶手的人都吓坏了，幸亏我讲的是本国语，所以除了柯文先生之外，其他人都听不懂。我确实不明白，为什么在经历了那么糟糕的事情之后，我依旧活着？为什么不让我直接在病痛之中死去？死神不是经常带走一些花季儿童吗？让爱着他们的父母痛不欲生；死神不是也喜欢带走那些充满活力、朝气蓬勃的新婚爱侣吗？让青春健康的他们，在第二天就变成了蛆虫的食物，然后只剩下一具白骨。那死神为什么不来将我带走呢？我到底是用什么材料制成的，为什么在经历了这么多痛苦折磨之后，依旧能在这个世界上坚挺着。

命不该绝的我，在两个月之后清醒了过来。我发现自己正身处于监狱的一张破床上，周围是一些监狱的看守者，还有一些坚固的铁栏杆。当时我正从病痛之中清醒，又骤然发现自己正身处于可怕的监狱之中，周围的一切都让我觉得恐怖，所有的记忆开始一幕幕地在我的脑海中上演。望着周围的一切，我忍不住痛苦地呻吟了起来。

我的声响吵醒了一位正坐在我旁边睡觉的老女人。她是监狱特意为我雇来的护士，当然，她也是监狱中某位狱卒的老婆。我可以从她的脸上看到所有关于那个阶级所拥有的恶劣品质。她的脸看上去非常的冷酷，就像是看惯了各种病情灾难一样，对任何人都不会有丝毫的同情之心。她说话的声音里也充满了冷漠，我听到她用英语对我说道："你感觉怎么样，先生?"

她的声音对于我来说很熟悉，因为在我昏睡的这段时间里，这个声音一直回响在我的耳旁。我用英语虚弱地回答道："嗯，我现在感觉好多了，不过，如果我不是在做梦的话，那真是太遗憾了，我竟然还活在这个世界上，这就意味着我该继续承受那些不幸与恐惧。"

"如果你是在说你谋杀了那位小伙这件事情。"那个老妇人说道，"那我也觉得你还不如死掉好了。毕竟，你杀了那个绅士之后，你的日子也肯定不会好过了。不过，这件事跟我没有任何关系，我只是一个护士，只负责照看你的身体情况，我还是非常恪尽职守的，如果世界上每个岗位的人都能跟我一样，那这个世界肯定会太平很多。"

我嫌弃地转过头去，实在是不想跟这个无情的老妇人说话了。她竟然可以用这种事不关己的语气与一个刚刚从死亡边缘回来的病人说话。由于我当时的身体非常虚弱，所以我并没有力气去跟那个妇人计较什么，我也没有力气去考虑以后的打算。我只是觉得自己的一生就跟一场噩梦一样，我怀疑这一切都不是真的，这只是我在睡觉的时候，所做的一个比较长一点的噩梦。

我的意识越来越清醒之后，终于相信自己的确是身处牢狱之中了，这让我有些焦躁不安。我的周围漆黑一片，没有人能陪我说话，也没有人能体贴地安慰我。期间，只有一个医生过来看望了我一下，然后就随意地开了一个处方。那个老妇人则按照这处方，草率地给我准备了一些药物，她跟我交流的时候总是一脸凶相。对于我这样的一个杀人犯，可能除了能靠这个赚点钱的刽子手之外，应该没有人会对我感兴趣了。

当然，那只是我一开始的想法，之后，我发现，其实柯文先生还是对我非常照顾的。他给我准备了那个监狱最好的一间房间，当然，在监狱里，即使是最好的房间也是非常破败的；也是他帮我请来了医生和护士。而且他自己有些时候也会来看看我，当然，他来探望我的时间都非常短，而且其中间隔非常长。不过这也是能理解的，毕竟谁会去在乎一个杀人犯过得好不好呢？

我的身体渐渐好转了之后，有一天，我跟死人一样，呆板地坐在椅子上。我现在的心中充满了悲伤，觉得与其苟活在这个世界上，还不如一死了之来得痛快。有那么一刻，我觉得，我可以跟贾斯汀一样认罪，这样，虽然死得不明不白，不过至少可以不用继续留在人世间接受痛苦的折磨。正当我在想这些事情的时候，监狱的门打开了，柯文先生走了进来，他的脸上跟往常一样，对我充满了同情还有怜悯。他给自己搬了一把椅子，坐到我的旁边，然后用法语对我说道："在这个地方应该住得很不习惯吧，能告诉我，我可以为你做点什么事吗？"

"谢谢你，镇长先生。不过，你刚刚所说的事情对于我来说根本没有任何意义，因为以我现在的处境，不管你做什么事情，都不可能将我从痛苦的深渊之中拉扯回来。"

"我知道，对于像你这样有着离奇悲惨经历的人来说，我这个陌生人，不管对你做什么，都不能让你觉得好过。不过，我知道不久之后你就能离开这里，因为我有确凿的证据可以非常轻易地证明你的清白。所以，在你离开之前，我希望你能开心一点。"

“我现在根本没有任何心情去考虑我是否能离开这里，最近发生的一连串的事情，已经让我成为这个世界上最悲惨的人。所以，对于我这个饱经磨难、受尽了人间疾苦的人来说，死亡又有什么可怕的呢，那对于我来说只是一种解脱。”

“我知道，最近发生的一切事情让你悲痛欲绝、痛不欲生。可是你就不觉得好奇吗？你在非常巧合的情况下，来到我们的港口，可是你一上岸就被我们逮捕了起来，并被指控成一个杀人凶手。而且更令你感到不能接受的是，那个被杀害的人竟然是你的朋友。我们都不知道你的朋友是如何被杀害的，我只知道，那个杀人恶魔将你朋友的尸体精确地放在了你的必经之路上。”

听完了柯文先生的这番推理之后，虽然我因旧事重提感到有些痛苦，不过更多的是感到惊讶，为什么柯文先生对我的事情如此的清楚。柯文先生应该是看出了我的惊讶，于是马上解释道：“我这些事情都是从你的信件中了解到的，当时你昏迷了之后，你的那些文书都被缴到了我的手里。我为了能找到关于你家人的一些线索，以便通知他们你的遭遇以及病情，于是我认真地阅读了你的那些信件。我的运气很好，在你的那些信件中找到了你父亲写给你的信。于是我马上按照信上的地址，给你的父亲寄去了一封信。我寄信的那天离现在差不多有两个月时间了。由于前段时间你的身体一直没有康复，所以我就没有告诉你，我向你的父亲寄信之后的事情，因为我怕你的身体承受不住这样的情绪波动。”

“什么？你这句话是什么意思？难道我的家里又发生了什么可怕的事情，难道你又要告诉我一个可怕的噩耗？直接说吧，我这次要为谁的死去而难过。”

“你想多了，你的家人很好。”柯文说道，“只是，有一位朋友想到这里来看你。”

听到朋友这两个字，我第一个想到的人是克莱瓦，可是现在克莱瓦已经死去了。这让我的脑中不得不闪现出了一个可怕的念头，那就是这次来看我的朋友就是那个杀人凶手，他会来看我，完全是为了嘲笑我的不幸的，他想通过克莱瓦的死来逼我就范，逼我答应他的要求。想到这里，我马上用手捂住了眼睛：“不，你把他带走，我不想见，也不能见他，求你了，看在上帝的份上，不要让他进来。”

柯文先生看到我的举动之后，有些诧异，我的大呼小叫让他觉得我确实是有罪的，所以才没脸见人。于是他义正词严地对我说道：“小伙子，我没想到你竟然会不敢见你的父亲，我还以为，你听到他的到来之后，会非常的开心！”

“什么？我的父亲！”我一下子将手拿开，原本痛苦的脸上终于露出了一丝喜悦，“真的吗？真的是我的父亲来了吗？太好了，那真是太好了。他现在人在哪里？为什么还不让他来看我！”

我在态度上的转变，让那个地方官又惊又喜，当然，也可能觉得我刚刚的怪异举止只不过是我一时之间的胡言乱语。他的脸上重现恢复了以往的慈祥，他跟那个护士一起离开我的房间，然后，没过多久，我的父亲就进来了。

在当时的情况之前，没有什么比见到我的父亲更能让我高兴的了。我紧紧地抱着我的父亲，然后哭着说道：“家里一切都好吗，你的身体还好吗，还有伊丽莎白与欧内斯特，大家的情况都好吗？”我的父亲一再地向我保证家里面的情况都很好，我父亲一直跟我说一些好的事情，让我又重新振作了起来。不过，我父亲很快就觉得，在监狱里生活并不是一个令人愉快的事情。”

“我的孩子，你怎么住在这样的地方呀!”他一边心疼地对我说道，一边打量着监狱里的一切：破败的房间，还有那些阴冷的铁栏杆，“真是太可怜了，原本你们来到这里是为了追寻快乐与幸福的，可是现在，可怜的克莱瓦却已经……”

柯文先生很快又再次进入了我的房间，因为他觉得以我现在的身体状况不能受到太大的刺激，所以为了让我保持平静，我的父亲只能与我中止了对话。不过，我父亲的出现对我来说绝对是一根救命稻草，跟我父亲见面了之后，我的身体状态得到了很大的好转。

战胜了病魔之后，只要想起克莱瓦那具苍白的尸体，我的情绪就会剧烈地波动，我再次深深地陷入到了阴暗还有忧郁的悲痛之中，根本无法从克莱瓦已经死亡的阴影中脱离出来。当然，我的状况让那些在我身边的人感到非常的担忧。唉，我实在是不明白，他们为什么要如此保全一个早就该结束的可悲生命呢？我知道，我现在的使命还未完成，不过，它已经接近尽头。只要我站上审判台，就将从这不堪重负的悲痛之中解脱出来，之后，死亡会令我的心脏停止跳动。有些时候，我还是会坐在那里幻想，我想象着人世间突然发生了一场巨大的变动，然后，直接将我跟那个怪物一起埋在了无尽的废墟之中。

我在监狱里待了三个月之后，审判我的日子终于到了。虽然当时我的身体并没有完全康复，而且很有可能会随时发作，不过我还是得到数百英里外的县城接受审判团的审判。柯文先生对我依旧照顾有加，他不仅帮助我寻找证人，还帮我找来了一个辩护律师。因为这件案子并没有提交给决定生死的法庭，所以，我不用在大庭广众之下以罪犯的身份饱受屈辱的接受审判。而且，当时已经有人能够证明，当他们发现我朋友的尸体时，我正在奥尼克郡岛上跟那些村民聊天，所以陪审团直接驳回了对我的起诉。两周之后，我被无罪释放了。

父亲看到我终于洗清了冤屈，终于又能到外面呼吸那些新鲜空气了，而且还得到了回乡的准许，他非常开心。可我却一点也开心不起来，我觉得无论待在监狱里，还是待在外面，都一样，对于我来说，整个世界就是一个非常巨大的牢笼。那个怪物随时都可能来攻击我，或者去伤害我的家人，我为此无能为力，只能任人宰割。虽然美丽的阳光毫不吝啬地照耀在全世界的人们身上，不过我却觉得我的眼前一片漆黑，而有好多双眼睛正在这黑暗之中悄悄地注视着我。这些眼睛中，有克莱瓦垂死之前的眼睛，他那长长的睫毛在不停地颤动；这些眼睛中，也有一双是属于那个怪物的水泡眼，那双眼睛的样子与我第一次在斯塔德见到他的时候一模一样。

父亲为了让我能早日摆脱阴郁，常常跟我讲一些关于家乡、关于伊丽莎白的事情。不过这些话并不能治愈我，反而让我感到更加的痛苦。虽然，我确实非常想念伊丽莎白，也对我的故乡满怀思念之情，我很想再看看蔚蓝的湖泊、湍急的隆河。但现在的我对一切都已经麻木不仁，觉得其实监狱确实是最适合我继续待下去的地方。我一直处于浑浑噩噩的状态，偶尔有些时候会变得极度悲伤。每当这个时候，我就想尽快地结束自己的生命，可是每时每刻我的身边都有人寸步不离地看护，所以我并没有机会做出极端的事情来。

我知道我还有一项职责未尽，那就是保护我深爱的家人，这个想法让我最终克服了自杀的念头。我希望尽快回到日内瓦，在保护着我家人的同时，等待着那个怪物的出现。只要让我有机会碰到他，我就会跟他拼命，他的生命一开始就是我赋予的，所以我也必须将这个凶残的生命从新剥夺。

我的父亲担心我的身体受不了长途奔波，所以想再拖一点时间，等到我的身体更加健康了，再踏上回乡的路。那个时候，由于受到疾病还有心理因素的折磨，我已经瘦骨嶙峋、不成人样。不过，在我的一再要求之下，父亲只能退步。我们第二天就急匆匆地坐上了前往哈佛格雷斯的船，顺利启程，离开了爱尔兰海岸。

我喜欢在午夜时分躺到甲板上，目光呆滞地望着天上的繁星，然后听听海浪拍打船身的声音。我喜欢眼前这一望无际的黑暗，因为它成功地让爱尔兰远离了我的视线。只要一想到我马上就可以回到日内瓦、回到那个我朝思暮想的故乡，我就感到心跳加速。在爱尔兰这片土地上发生的一切如电影般在我的脑中闪过，我很庆幸这艘大船终于带我远离了那片充满悲伤的土地。只是，我那亲爱的朋友克莱瓦已经不能跟我一起回家，他已经沦为了我制造出来的那个魔鬼手中的牺牲品。

趁着这个空隙，我在脑中好好地回顾了一下我的一生：首先我和我的家人在日内瓦平静幸福的生活；之后，我的母亲不幸离开了我们；然后我就离家，来到了英格尔斯塔德学习。接下去就是令我浑身颤抖的场景了，我怀着扭曲的激情，在那个我终生难忘的夜晚，让那个面目丑陋的怪物活了过来。接下去，就是我悲惨世界的开始了，面对着自己脑中层出不穷的感伤画面，我忍不住号啕大哭起来。

自从病好了之后，我养成了每天晚上都要服用少量鸦片的习惯，如果没有这种药物的帮助，我晚上根本无法入睡。由于那天晚上想了太多的事情，于是我只能服用了比平时多出一倍的剂量，在药物的帮助之下，我很快就昏昏沉沉地睡着了。不过，在梦中，我并没能逃脱痛苦的折磨，我梦到了各种各样恐怖的事情。特别是凌晨的时候，我直接梦到那个怪物找到了我，并用他那双强有力的手狠狠地掐住了我的脖子。我开始哭喊，开始挣扎。这时，刚好我的父亲醒来，到我的房中看望我，他见我睡得如此痛苦，只能轻声地将我唤醒。我这才发现，我依旧身处在这艘大船之上，而这艘大船正在一望无际的大海中航行，那个怪物根本没有能力来到这里伤害我，于是我终于平静了下来。

第二十二章

下了船之后，我们来到了巴黎。因为在赶路的过程中，我感到有些体力透支，于是我们选择在巴黎修养一段时间。我父亲每天都无微不至地照顾着我，他很想帮我治好这痛苦之源，无奈他并不知道我的病症所在。后来他又希望我能多去跟别人交往，从而在社交中获得乐趣。可是我却十分讨厌看到那些人们的脸，当然，我并不是真的讨厌那些人。那些人都是我的同胞，或者说都是我的兄弟，即使他们长的再不好看，跟那个怪物比起来，他们绝对算得上是天使级别的人了。我排斥与他们接触，仅仅是因为我觉得自己已经不配跟他们交往，因为我将一个嗜血恶魔放到了他们之中，那个恶魔唯一的乐趣就是听到人类的呻吟声。我知道，如果他们知道了我的卑劣行径，并且发现这一切的罪恶之源都是因我而起的时候，他们肯定也不会再愿意跟我交往了，肯定会希望我跟那个魔鬼一样，在这个世界上彻底消失。

在我的坚持之下，我的父亲只能继续对我做出让步，他不再强逼着我去进行社交活动。与此同时，他还不断地鼓励、开导我，可能是觉得我萎靡不振的原因是我曾被大家指控为杀人凶手。于是他又开始想尽办法让我知道，其实被人冤枉并没有什么大不了，这只是人类的自尊心作祟罢了。

“噢，父亲。”我说道，“事实并不是你所想的那样的，我根本不会因为什么自尊心受到伤害就一蹶不振。你并不了解我，其实贾斯汀跟我一样无辜，可是现在我被判无罪，她却被判了死刑，这才是真正不公平的事情。因为我才是整件事情的元凶，可以这么说，就是我害死了小威廉，还有贾斯汀，之后我又害死了克莱瓦，他们所有人都是死在我的手中的。”

在我生病的那段时间里，我曾经跟我的父亲说过类似的话。一开始，他还希望我能说得更加清楚，从而解释他内心的迷茫。不过久而久之，他就把我说的这些话当作我高烧后的胡言乱语了。他觉得，肯定是我在生病的时候，脑中想了太多乱七八糟的事情，然后在病痛的折磨之下，我渐渐将这些事情信以为真，所以即使现在康复了，我依旧觉得那就是事实了。

当然，我也并不想对此做出任何的解释，现在别人把我当作疯子，我倒是挺以此为乐。反正每当提起那个魔鬼的时候，我就闭口不谈，因为我实在是无法将这个让人心惊肉跳、魂飞魄散的秘密告诉别人。我现在极其渴望得到别人的同情，然后在我很想要将这个秘密公之于世的时候又保持沉默。虽然如此，有些时候，类似的一些话还是会不由自主地从我的嘴巴里说出。对于这些话，我无法给出任何的解释，但这些话中多少包含了一些真相，说出来之后，也减轻了我的一些痛苦。就像这次，父亲听完了我的话之后，一脸惊恐地对我说道："亲爱的维克多，我的好儿子，你这是怎么啦，我求你以后不要再说这样的疯言疯语了，好吗，我实在是受不了了！"

"我说的不是疯话！"我大声驳斥道，"老天爷，还有太阳，都能见证我所说的话是千真万确的。那些无辜的受害者的确都是因我而死的，我就是这一切的罪魁祸首。如果老天爷能给我一次重新来过的机会，我肯定不会让他们，还有全人类因为我而牺牲，我宁愿自己割破血管，让我身体里的血液流尽而亡。"

我说完这番话之后，我的父亲更加确定我已经快要疯了。于是他马上转移了话题，试图分散我的注意力。他希望尽可能地将在爱尔兰发生的那些可怕的事情，从我的记忆中彻底删除。他自己不再提起那些事情，也不允许我再提跟爱尔兰有关的事情。

时间一天天地过去，我的内心却是慢慢平静了下来。虽然痛苦已经在我的心中深深地扎下了根，不过，我还是听从父亲的话，不再讨论关于我自己的罪行的事情。我觉得我现在能够意识到自己的罪恶，这样对我来说已经足够了，确实没有必要不断地向世界呐喊，向他们宣布我心中的痛苦与不幸。这也是我从冰川下来之后，从未拥有过的冷静与平和。在我们即将离开巴黎重新踏上前往瑞士路上的前几天，我收到了伊丽莎白的来信。

亲爱的堂兄：

你好，自从收到了叔叔的来信之后，我非常的开心。因为这代表着你们不再遥不可及，可能只需要两个星期的时间，我就能见到你了，我最亲爱的堂兄。你肯定吃了不少苦了，我可以想象得出，你现在的样子肯定比离开日内瓦的时候憔悴了好多。这个冬天对于我来说也是非常的难熬，我一直对你们牵肠挂肚，每天都忐忑不安。希望当我再次见到你的时候，你的脸上能跟往日一样沉着冷静，当然，你的内心也要保持跟以前一样开朗快乐。

以上都只是我美好的愿望，我其实很担心，一年之前的痛苦情绪依旧折磨着你，或者说，现在它们已经变本加厉，随着时间的流逝越来越令你痛苦。我本来不应该在你经历了那么多的不幸之后，还写信来打扰你，不过，在叔叔离开日内瓦去接你之前，我跟他进行了一次漫长的谈话。所以我觉得我必须向你进行一些解释。你肯定不知道我要向你解释什么吧，毕竟对于你来说，伊丽莎白根本就不需要向你解释什么。当然，如果你真的把我看得那么重要，那一切的问题也就迎刃而解了。现在，你还身处他乡，在听到我的这个解释后，你可能会又惊又喜，如果真的会这样的话，那我就更加迫不及待地要跟你解释了。堂兄，在你离开的这段时间里，其实我一直想写信向你告白，可是却一直没有勇气开口。

亲爱的维克多，你应该也还记得，从我们俩孩童时代开始，你的父母就将我们俩的婚事当作头等大事。这件事情在我们很小的时候，应该就已经知晓了。我们俩从小青梅竹马、两小无猜，这让他们相信将来我们势必会在一起。可是，这种从小一起长大的男女关系，很有可能会成长为类似于兄妹关系，从而保持着一种深厚的情谊，却永远无法更深程度的结合。你说我们俩的关系是不是这样呢？所以，我也就不拐弯抹角了，亲爱的维克多，为了我们以后的幸福，请你告诉我，你是否已经有了其他的爱人?

毕竟你离开家乡，在英格尔斯塔德待了生命中的好几个年头。记得去年秋天，你从学校回家之后，我看到你离群索居，躲避与任何一个人交流，这让我不禁开始猜想，你是不是不愿意跟我结合，可是你又不敢违背父母的意愿，因此，你才会郁郁寡欢。如果真是这样的话，维克多，你根本没有必要那么伤感，虽然我承认自己非常爱你，在我的想象中，你始终是我未来的唯一伴侣。但与此同时，我也期盼着你能得到幸福，如果我们俩的婚姻只能给你带来无尽痛苦的话，那我绝对可以放弃这段婚姻。我有些时候常常胡思乱想，你的心灵已经受到了各种打击，如果所谓的“责任”还要夺去你唯一可以重新获得爱与幸福的机会的话，那我就实在是罪孽深重了。如果我对你的爱无法满足你的意愿，你尽可以不用痛苦。

真的，维克多，你的堂妹是那么的爱你，以至于只要你能够幸福，对于她来说，那世界上将不会有任何事情可以再次打乱她的内心满足感了。

等你看完了这封信之后，请不要因此而兴许波动。如果你为此感到为难，那明天、后天，或者等你回来的那天，你也不需要给我答案。反正叔叔会写信告诉我你的健康状况，如果这封信或者我其他的努力可以让我在与你重逢的时候，看到你的嘴角上露出哪怕一丝的笑容，我也会为此感到极大的满足。

伊丽莎白·拉温瑟

17××年5月18日

写于日内瓦

看完这封信之后，那些被我尘封的记忆再次打开，我想起了那个魔鬼对我说过的话，“我将在你的新婚之夜，再次来找你!”这就是他对我做出的宣判。在我结婚的那天晚上，那个魔鬼将动用他的一切力量来摧毁我的一切，将我所拥有的任何一点幸福都撕个粉碎。他已经决定，在那一个晚上以我的死来结束他所有的滔天罪行。那样的话，那一天晚上将是我生命的转折点，我们将跟那个怪物展开一场生死搏斗。如果他赢了，那我将获得永远的安宁，因为我将感受不到任何的痛苦与折磨；如果侥幸我赢了，那我将成为一个绝对的自由之人。这是怎么样的一种自由呢?就像农夫的自由一样：家人在他的眼前被无情地杀害，他的房子被烧毁，土地将无人耕种。从而成为一片荒芜，他只能背井离乡，无家可归，一无所有，除了那所谓的自由。如果最终我最爱的伊丽莎白也会被杀害的话，那我也将获得这种愚蠢的自由。现在，伊丽莎白成为我对抗那个怪物以及心中恐惧的唯一支柱，只有她在我的身边，我才能感到些许安全感。

我一遍又一遍地看着伊丽莎白给我的来信，我的心中升起了一股从未有过的柔情，这让我对爱情还有欢乐充满了遐想。我知道，偷吃了禁果之后，天使已经挥舞着他手中的烈焰之剑①，夺走了我所有的希望。不过，只要我的伊丽莎白能够幸福，我宁愿为此去死。反正如果那个怪物开始行动的话，难免会有人因此死去。我又想，是否我推迟自己的婚期，就能推迟厄运降临到我头上的时间。不过，我又害怕，如果

---

① 弗兰肯斯坦将自己比作伊甸园中的亚当和夏娃，当夏娃偷吃了苹果之后，天使挥舞着手中的烈焰之剑，将他们赶出了伊甸园。——译者注

那个怪物知道我故意拖延了婚期，以他那狡猾残忍的性格，他一定会用其他的方式对我进行更加可怕的报复。

那个怪物本来向我发誓，在我的新婚之夜来找我，可是这对于他来说并不是什么约束，在我的新婚之夜前，他还可以做很多的事情。比如，在他刚刚向我发出了威胁之后，就凶残地杀害了我的挚友克莱瓦。所以，我做出了决定，只要我与伊丽莎白结婚，能给伊丽莎白或者我的父亲中任何一个人带来幸福，那不管那个怪物对我的生命构成怎样的威胁，我都不会推迟婚期哪怕是一分钟。

我带着这种坚定给伊丽莎白写了回信。我在回信的时候，特意让自己保持镇定，不过，在字里行间又充满了热情，我是这么写的："我亲爱的姑娘，虽然这个世界可能并没给我们留下多少的幸福，不过，我所能享受到的幸福肯定都是你给予的。你不要再傻傻地担心了，我的一生，以及我这一生对幸福的寄托，都将交给你一个人。不过，伊丽莎白，在我的身上存在着一个秘密，一个非常可怕的秘密。一旦我将它告诉你，一定会让你感到毛骨悚然。不过，你一旦知道了这个秘密，就不会对我所遭遇的种种不幸感到惊讶，反而会觉得我现在还能站在你的面前绝对是一种奇迹，因为我所经历的是如此奇怪而又难以抵挡的磨难。我会在我们结婚之后，向你吐露这个可怕故事的所有细节。不过，在此之前，希望你不要提起或者暗指这件事情。请你一定要相信我，亲爱的伊丽莎白，同时也一定要答应我这个真诚的请求，我相信你一定会答应我的。"

在收到伊丽莎白来信的一周之后，我跟父亲回到了日内瓦。伊丽莎白兴高采烈地出来迎接我们，不过，当她看到我虚弱的身体以及脸颊上那病态的潮红时，她的眼中一下子流出了眼泪。我发现伊丽莎白比以前消瘦了不少，而且也失去了往日我非常迷恋的天使般的活力。不过，她现在温柔的举止，以及通情达理的思想，让她显得跟我这个饱受摧残的人更加的般配了。回家之后，我并没能过上几天平静的日子，由于我的痛苦已经深入骨髓，持续而来的灾难已经将我打击得神志不清。只要一回忆起那些痛苦的事情，我整个人就会变得疯癫起来。有些时候，我会勃然大怒，有些时候我又会变得异常低落。我几乎不与任何人说话，也从来不想理会任何一个人，甚至连看都不看别人一眼，我只是整日那么一动不动地坐在原地。

这个时候，只有温柔的伊丽莎白可以将我从无尽的痛苦之中拉回现实。她那温柔的声音，可以抚慰我暴躁的心灵；她那动听的话语，能在我萎靡不振的时候，重新唤醒我内心的人类的情感。她陪着我一起哭，一起难过，她告诉我，在不知道如何是好的时候就顺应天命。我当然知道，遭遇不幸的人，顺应天命或许是一件好事，可是像我这样犯下弥天大罪的人，即使是顺应天命也无法让我获得安宁。人类在大悲之中或许能找到让自己重新喜悦的理由，不过，却永远不可能在极度悔恨与自责的时候为自己找到安慰。在日内瓦待了几天之后，父亲再次跟我谈起我与伊丽莎白的婚事，我却不知道该如何回答。

“你已经有其他的爱人了吗？”

“没有，绝对没有，我只深爱着伊丽莎白，而且，我也非常希望能跟她共结连理。好吧，那我们就把时间定一下吧，只要伊丽莎白能够幸福，即使我死了，我也心甘情愿。”

“儿子呀，你怎么又说这样不吉利的话！虽然我们遭遇了巨大的不幸，可这才能让我们更加的珍惜眼前人，所以我们必须将对死者的爱转移到现在活着的人身上。虽然，我们家的人并不多，不过，我们所有的家人都彼此相爱，并且在那些不幸的打击之下变得更加亲密无间。相信我，时间会慢慢让你淡忘掉那些悲伤，然后需要我们关爱的新一代生命也会在你们的结合中诞生，这些新生命会慢慢取代那些悄然逝去的生命，这就是大自然的规律。”

父亲对我教导完了之后，我又想起了那个魔鬼对我的威胁。我很清楚，那个魔鬼现在已经变得非常凶残，而且麻木不仁，我也知道他的能力是我永远不能战胜的。也就是说，在我新婚那天，我的厄运就将降临。不过，与伊丽莎白的幸福相比，我的死又算得了什么呢。于是我心满意足，甚至兴高采烈地答应了父亲的请求。只要最后伊丽莎白同意，我们将会在十天之后举行婚礼，这也就代表着，十天之后将是决定我未来的一天。

亲爱的朋友，当我说到这里的时候，你是否为我的婚礼感到高兴。可是我万万没想到，这门看似喜庆的婚礼，最终却是以悲剧告终的。我发誓，如果上帝提前让我知道这个结局的话，那我宁愿一辈子背井离乡，一辈子孤苦伶仃，也不会答应与伊丽莎白结婚的。只可惜，我被那个魔鬼的阴谋蒙蔽了双眼，才会没有看清楚这是他给我设下的圈套，才会让一心准备赴死的我，匆匆将我的爱人送上了死亡之路。

随着婚期的逼近，我心中的那种不安的情绪越来越明显，我的情绪也显得越来越低落。不过，我极力在大家面前掩饰我低落的情绪，假装出一副兴高采烈的样子，这让我的父亲非常开心。不过，我的这一切伪装却骗不过伊丽莎白洞察一切的眼睛。虽然她也刻意装出一副平静且期待着我们婚礼的样子，不过我可以感觉到，在她那些假装出来的情绪中，也夹杂着些许忧虑。伊丽莎白也是经历过苦难的人，她非常清楚，有些时候原本真真切切地握在手中的幸福，很可能在转眼之间烟消云散，变得无影无踪，只留下无尽的遗憾与悔恨。家里所有的人都在忙着筹备婚礼，那些亲朋好友们也纷纷到我家给我送上祝福。我只能尽可能地掩盖起内心的焦虑，开心地与亲友交谈，跟父亲一起商议婚礼上的种种事宜，当然，这些事情到最后，只能成为这场悲剧的可悲点缀而已。我的父亲还设法让奥地利政府归还了伊丽莎白部分应得的财产，现在，她已经在科莫湖畔拥有了属于自己的一份房产，我们将它命名为拉温瑟别墅。我们决定，在结束了婚礼之后，就一起去拉温瑟别墅共度我们幸福的蜜月。

因为我不想在那个怪物攻击我的时候毫无招架之力，于是我也做了很多的防护措施，比如我开始随身携带手枪和匕首，只要那个怪物胆敢在我的面前出现，我就会毫不留情地出手。有了这些防护措施之后，我也稍稍感到了一丝安心。事实上，当我跟伊丽莎白的婚期即将到来的时候，我感到那个怪物的威胁对于我来说更像是一种幻觉了，因为他根本不值得我大动干戈。在婚姻之后，我必将获得幸福美满的生活，没有人，甚至是那个强大的魔鬼，也无法阻止它的到来。

看到我的沉着之后，伊丽莎白也安心了不少。不过，在我与她真正结婚了之后，她却开始变得忧郁起来，因为她还记得我曾经对她说过的承诺，一旦我们俩结婚之后，我就会告诉她一个非常可怕的秘密，伊丽莎白对于这个可怕的秘密有种不祥的预感。而我的父亲虽然看出了伊丽莎白的忧郁，不过他却并没有放在心上，因为他觉得那只是伊丽莎白即将成为新娘的一种羞涩而已。

婚礼仪式举行完毕之后，家里举行了一个非常盛大的宴会。但我和伊丽莎白却决定乘船，开始我们的蜜月之旅。大家都微笑着祝福我们的这次蜜月之旅。那天我们在艾维昂过夜，第二天继续我们的旅程。

我们飞快地度过了那段时光，那几天就是我生命中所享受的最后的幸福时光了。当太阳很大的时候，我们就躲在遮阳布下面欣赏美丽的湖光山色；有时我们会开船到湖中看萨雷布山峰以及蒙塔莱格河畔赏心悦目的景色；远处还有高耸的勃朗山峰，孤傲地挺立在那里，周围的雪山跟它比起来都是那么的渺小；有些时候，我们还会开船到湖的另一边，看看雄伟的朱拉山脉，它是我们国家一道天然的保护屏障，让那些想要奴役这个国家的侵略者望而生畏。

我轻轻地握住伊丽莎白的手，说道："亲爱的，请不要再忧伤了，好吗？如果你知道我曾经遭受过的折磨，以及曾经面临的灾难，你就会想尽办法让我摆脱那种强烈的绝望之情。所以，今天就让我们一起好好地享受一下这种难得的安宁与自由吧。"

"嗯，我们都要开心起来，亲爱的维克多。"伊丽莎白回答道，"我希望你以后可以永远像现在这样开心幸福，也请你放心，即使有些时候我的脸上没有笑容，不过现在跟你在一起了，我的内心绝对是永远愉悦的。虽然，有些时候，我听到别人对我说，让我不要被眼前所展现出来的幸福景象欺骗了，不过我不会去理会这种疯言疯语的。你看看周围高大的山脉，还有漂浮在山脉之上的彩云，再看看水中自由遨游的小鱼，以及这些清澈的湖水，我们甚至连湖底的鹅卵石都可以看见。这是多么美丽的一幅自然图画，这是多么美妙的一天！"

伊丽莎白尽可能地想将自己还有我从那些悲伤的情绪之

中抽离出来。不过，她的话语只能让我觉得她也心神不宁，虽然她的眼中会闪过一丝快乐，不过瞬间就会被阴郁所包围。

我们的小船顺流而下，经过了德朗斯河，在那里，我们看到了高大的沟壑以及伟大的阿尔卑斯山。当时我们的小船已经行驶到了阿尔卑斯山的东坡。艾维昂教堂的尖顶在树林中隐约可见，伴随着点点夕阳的光芒，那个尖顶的背后就是连绵不绝的山脉。

一直带着我们急速前进的风，在太阳下山了之后，渐渐迟缓了下来。轻轻的微风，吹得水面阵阵涟漪，树枝也随风轻微地摆动。上岸的时候，我闻到了一阵阵的花香，然而伴随着我的脚踏上厚实的土地，我的心却一下子紧张了起来，一种莫名的恐惧感慢慢地袭上我的心头。

第二十三章

上岸的时候差不多已经八点了，我们在岸边逛到太阳完全下山了，才回到我们的旅馆。透过窗户上的玻璃，我看到群山还有树林黑漆漆的轮廓在夜幕中若隐若现。

随着季节的变化，南风慢慢地停息，而北风开始慢慢呼啸起来。月亮升到最高点之后，悄然落下，会有一两片浮云遮挡住月亮的光华。远处的湖面被狂风吹得波涛汹涌，一场暴风雨似乎即将来临。

白天，我的心情一直非常的平静，不过到了晚上，当世间的万物都变得若隐若现的时候，我的内心一下子紧张不安起来。我开始警惕地四处观望，右手紧紧地握住藏在衣服里的手枪。外面任何的一点响动都会让我提心吊胆。不过不管怎样，我都不会轻言放弃自己的生命，为了伊丽莎白，我一定要跟那个怪物拼个你死我活，直到我们中有一个人再也站不起来为止。伊丽莎白也注意到了我的变化，她默不作声地陪在我的身边。直到我眼神中的某种东西让她觉得有些害怕的时候，她才向我问道："出什么事了吗？亲爱的维克多，为什么你要这么紧张，你在怕什么呢？"

"我现在不能告诉你，亲爱的。"我回答道，"你现在必须保持安静，相信我，只要我们能度过今晚这个可怕的夜晚，那一切都会变得越来越好。"

我就这么心惊胆战地度过了一个小时，我突然发现，在我时刻等待着战斗的同时，让我的妻子陪在我的身边是一件非常不明智的事情。于是我只能恳求伊丽莎白先去休息，而我则先在外面观察一下敌人的动态之后再回去陪她。

伊丽莎白听话地离开我，回到了我们的卧室中。而我则开始到外面的走道上检查，将整个屋子中我觉得可以躲藏人的地方都仔细地检查了一遍，不过我却没有任何发现。我开始怀揣一种侥幸的心理，或许今天晚上，那个魔鬼刚好被什么事情牵扯住了，所以没法过来向我复仇。

然而，就在这时，我突然听到从伊丽莎白的卧室中传来了一声非常凄厉的惨叫声。我瞬间明白了那个魔鬼的真正意图，感到自己全身的肌肉一下子全部发软，全身的血液开始剧烈的沸腾，手指尖与脚趾尖都感到了阵阵刺痛。不过这个情况只持续了一个瞬间，我听到卧室中不断传来尖叫声，于是马上朝卧室冲了过去。

亲爱的朋友，说到这里的时候，我真希望万能的上帝早点让我死了算了，这样我就不会活到现在，也就不会在这里跟你讲述那个世界上最单纯的生命是如何被那个魔鬼摧毁的。

我赶到卧室的时候，伊丽莎白就那么一动不动地横躺在床上，她已经停止了呼吸，她那美丽的长发垂在床边，脸色发青，五官都已经因为痛苦而扭曲，凌乱的头发遮住了她的半张脸。自从看到了那个画面之后，不管我走到哪里，眼前总是不断地浮现出那个画面。伊丽莎白毫无血色的双臂，还有惨遭杀害之后，她那柔软无力的身体。我真是不明白，为什么在看到了那个画面之后，我还依旧能活在这个世界上。老天爷为什么让最值得死去的一个人长命。当时看到了伊丽莎白的惨状之后，我直接昏倒在了地上。

当我再次醒过来的时候，身边已经聚集了旅馆所有的人，他们每个人的脸上都流露着惊恐的表情，不过，他们当中却没有一个人能真正了解我心中的恐慌之情。我站起身来，推开他们，跑到伊丽莎白所在的那个房间。我的爱人，我的伊丽莎白，刚刚还生机勃勃地跟我一起聊天的她，现在已经静静地躺在那里一动不动了，她的头枕在自己的胳膊上，一块白色的手帕蒙住了她的脸还有她的脖子，看上去就像是睡着了一样。

我不顾一切地冲过去，紧紧地将她抱进我的怀里，可她那冰冷的身体却告诉着我，此刻躺在怀中的已经不是那个我视若珍宝的伊丽莎白，她现在仅仅是一具冰冷的尸体而已了。她早已没有呼吸，我看到在她的脖子上，还留着那个魔鬼触目惊心的指痕。就在我伤心欲绝地抱着伊丽莎白的尸体时，我偶然间看到，原本紧闭的窗户现在已经被拉开，苍白的月光透过窗户照射了进来。我的心头一震，一股愤怒夹杂着恐惧的心理浮上了我的心头，因为借着月光，我看到那个我最为痛恨也最让我恐惧的身影就站在窗前。我能看到那个魔鬼的脸上还浮现着一丝狰狞的笑容，他伸出他那邪恶的手指，指了指我妻子的尸体，似乎在对我进行嘲讽。这时的我已经愤怒到了极点，我冲到自己的床边，一把拿出那把手枪，对着那个身影就猛地开火。不过他非常轻易地就避开了我的射击，并且迅速逃离，随即就跳入湖中，消失在了我的视野中。

我的枪声惊动了旅馆里的人，大家纷纷跑进了我的房间，我将刚刚看到那个魔鬼的事情全数告诉了大家。于是我们便开船去寻找他的踪迹。我们开始向水里撒网，不过几个小时之后，仍旧一无所获，我们只能无奈地放弃搜索。上了岸之后，大家又分头到树林中搜索了一番。最终大部分人觉得，看到魔鬼只是我的幻觉。

原本我是想跟着大家一起出去搜寻那个魔鬼的，不过走出屋子没多远，我就感到一阵头晕目眩，步履也变得踉跄起来。紧接着我感到自己的眼前一片模糊，瞬间又发烧晕了过去。众人将我抬回到床上，我对当时发生在我周围的事情已经全然没有任何意识，只是我的眼睛依旧睁着，茫然地看着房间里的一切，似乎在寻找什么不小心丢失的东西。

过了一会儿，我又挣扎着从床上爬了起来，步履蹒跚地朝摆放着我妻子尸体的房间走去。我看到有几个女人正围在我的爱妻旁小声地啜泣，我站到她们的旁边，跟她们一起痛哭了起来。当时我的脑中不知道该想些什么东西，只能任由大脑随意地想着一些乱七八糟的事情，慢慢地，我的大脑变得一片混乱。我想起了威廉的死、贾斯汀的死、克莱瓦的死，最后，还有我爱妻的死。我已经不知道我剩下的亲人当中，还有谁能逃脱那个怪物的魔爪。说不定，现在我的父亲正在他的魔爪下挣扎，而我的弟弟欧内斯特已经死在了他的脚边。想到这里的时候，我的身体突然为之一震，我一下子从混乱的思绪之中回到了当下的现实，猛地站了起来，并决定马上赶回日内瓦。

因为我的身边并没有马车，所以只能从湖边乘船回家。不过，天公不作美，当时狂风大作，而且天空中还不断地下着倾盆大雨。不过幸亏当时天还没亮，我只要赶在明天的天黑之前回家就行。第二天，我雇了几个船夫，然后我自己也亲自上阵划桨，因为以前的时候，我经常用运动来化解心中的苦闷，所以这次也想继续试试。可惜，我的身心刚刚受到了巨大的打击，这个打击完全超出了我的承受范围，所以我现在全身无力，根本没有任何力气可以划水。我只能丢下船桨，把头靠在自己的胳膊上，任凭各种痛苦不安的情绪在我的脑中翻滚。我一抬头，又看到了那幅熟悉的山水画，昨天，我还处在幸福美满的时光之中，当时我的妻子还陪伴在我的身边，而仅仅是一天的时间，那些美妙的时光已经变成了一段回忆、一个幻影。想到这里，我不禁再次泪如雨下。

那个时候的大雨已经停止，我又能看到水中的小鱼在开心地嬉戏。而就在几个小时前，我的伊丽莎白还陪在我的身边，陪我一起观察着鱼儿的游动。不得不承认，人世间最大的痛苦就是这种突然之间产生的巨大变化。天空中的乌云会散去，太阳会重新普照大地，而我却再也不可能见到我的爱妻。那个魔鬼已经夺走了我对幸福未来的每一丝希望，我猜测从古至今，应该都没有第二个人能像我一样经历如此悲惨的一生了。我亲爱的朋友，我向你讲述的这个恐怖的故事已经到达了它的顶端，我身边的亲朋好友已经相继遭到那个魔鬼的毒手，至于剩下来的我，只能孤苦伶仃地存在于这个世界之上。之后的故事已经没什么必要说了，而且我也已经感到有些疲惫，所以，我就三言两语简单地说说这个恐怖故事最后的一部分内容吧。

当我到家了之后，发现我的父亲还有我的弟弟欧内斯特倒是没有遭到那个怪物的毒手。不过当我的父亲听完我带回来的噩耗之后，直接崩溃了。我现在还能想起当时他听完那个消息后所露出的表情。多么优秀的一个老人，当时他的眼睛变得空洞无神，再也没有了昔日的光彩。他的伊丽莎白，这个胜过他亲生女儿的侄女，他在她的身上倾注了所有的感情，而就在他垂暮之年遭受了各种打击之后，现在竟然连他最后的宝贝侄女也先他一步进入了天堂。那个该死的魔鬼他给我父亲带来的巨大悲痛，让他注定了只能一辈子在孤独中度过。我的父亲再也无法承受这接踵而至的恐怖事件，于是没过几天，他的生命源泉就突然枯竭了，最后死在了我的怀中。

我当时已经不知道自己变成了什么样子，因为我已经彻底被心头沉重的枷锁以及无边的黑暗笼罩了。我只有在梦里的时候，才能再次重温与我的年少好友一起走在遍地花瓣的草原上的场景。可是当我醒来了之后，却发现我正身处于一个地牢之中。我只能下意识地哀号，希望大家能理解我那无边无际的悲伤，于是我被释放了出来。不过大家都说我已经疯了，所以在之后的几个月里，我一直被关在一间与世隔绝的密室之中。

当我彻底清醒过来的时候，我的心中并没有燃起熊熊的复仇之火，对于自由，我也毫不在乎。正当我被过去一件件的事情压得喘不过气来的时候，我开始反思整件事情的源头，就是他，那个我亲手制造出来的恶魔，是他摧毁了我的一切。一想到这里，我的复仇之火终于开始在我的心中燃起，我开始向上帝祈祷，祈祷他让我马上抓住那个恶魔。我要亲手将他的头颅摘下，然后砸个稀巴烂，以此来解我的心头之恨。

当然，我也知道仅仅向上帝祈祷是没有太多作用的。于是，在我从新获得了自由之后，我开始认真地思考如何抓住那个魔鬼的最佳办法。我去找了城里的治安官，向他提出指控，说我知道是谁毁了我们全家，希望他能帮助我将那个凶手逮捕归案。那个治安官认真地倾听了我的述说。

“放心吧，先生。”他对我说道，“我一定会不遗余力地帮助你搜捕到那个歹徒。”

“嗯，那真是太感谢你了。”我回答道，“那现在我先说说我的证词吧。不过我事先声明一下，这个故事非常的离奇，我担心你可能会怀疑它的真实度。不过，它虽然离奇，却绝对是千真万确的。而且这个故事非常的连贯，不会让你们觉得我是在说梦话，其实我根本没有必要向你们说谎。”

于是我开始跟那个治安官讲述这个离奇的故事。我的语气很感人，同时也非常的平静。因为我已经打定了主意，一定要将那个怪物绳之以法，所以我努力让自己痛苦的内心保持平静。在我向那个治安官讲述的过程中，我提供了非常准确的细节以及那些重大事件的具体时间，我并没有在讲述的时候失去理智，对那个怪物大声咒骂。

一开始，那个治安官在听我讲述的时候，脸上是一副怀疑的表情，而随着我讲述的故事的深入，他渐渐入神了，并表现出了极大的兴趣。我看到他在听到某些地方的时候，甚至吓得直打哆嗦，有时又会露出一脸的愕然，不过不管怎样，他的脸上再也没有露出怀疑的神色。

当我讲述完了之后，我对他说道：“这个就是我要指控的凶手，我请求阁下能将他绳之以法。毕竟这是你作为治安官的职责所在，我希望尊敬的阁下可以做出正确的判断，去履行自己应尽的义务。”

因为他原本就对我这个故事将信将疑，感觉有点像是一个神话故事，或者超自然的灵异故事，所以当我请求他履行自己义务的时候，他更加怀疑了。不过他还是温和地对我说道："我个人倒是非常愿意帮你抓住这个凶手，不过在你刚刚的讲述中，似乎你的这个敌人非常厉害，我猜他一定能轻易地躲开我们的追捕行动，所以这件事情只会让我们白费力气。他能攀登海上冰山，可以住在冰窟窿之中，这些事情都是人类无法做到的，而且你刚刚提到的凶杀案，都发生在几个月之前，现在根本就没有人知道他的行踪，你说呢？"

"你相信我，他现在一定还在我的住处附近游荡，而且，即使他真的躲进了阿尔卑斯山，那我们也可以像捕捉小羚羊或者捕杀猛兽那样，将他消灭。好了，我知道你在想什么，你根本就不相信我所说的话，也不会派人去帮我追捕我的敌人。"我说到这里的时候，眼睛中已经迸发出了愤怒的火花，我的这个表情直接吓到了那个治安官，他急忙解释道："不是的，您误会了，如果我真的能抓到那个怪物，我绝对会尽我应该尽到的职责让他接受应有的惩罚。不过根据您的描述，我们想抓到他恐怕并非易事，所以，我会采取一切的行动，不过你还是要做好失望的准备。"

"算了，我知道不管我说什么都只是浪费时间。毕竟这件事情对于你来说毫无意义，坦白跟你说吧，现在的我，只有复仇是我灵魂中唯一存在的感情。只要想起那个杀人不眨眼的恶魔现在还在逍遥法外，我的心中就会涌起无尽的愤怒。既然你不想帮我，那我也无所谓了。我现在只有一个方法，那就是不管是死是活，我都要拼了命将他毁灭！"

我在说这些话的时候，由于太过于激动，我的全身开始不停地颤抖。毫无疑问，在他们看来我的行为举止过于疯狂了，甚至有几分彪悍，听说以前的殉道士就跟我一样的彪悍。不过，对于一个地方的治安官来说，他每天想的绝对不会是献身精神与英雄主义，这种高尚的情操对于他们来说就是疯子的行为。于是他开始跟妈妈哄小孩一样设法让我安静下来，并再次声明，我刚刚说的故事只是我发烧昏了头之后说的胡话。

“你这个自作聪明的家伙!”我朝着他骂道，“你就是愚昧无知，没有脑子。我不想再跟你这样的人说一句话了，因为这简直是对牛弹琴!”

我气愤地摔门而出，不过很快就恢复了平静，因为我得好好想想接下来要采取什么办法。

第二十四章

不得不承认，当时复仇的心理成为我唯一的精神支柱，是它让我学会了冷静，是它让我学会了收敛自己的情感，是它让我变得懂得算计，也是它让我学会保持镇定。我相信，在那段时间里，如没有这股复仇的念头，即使没有死去，我应该也会变得疯疯癫癫了。

我做出的第一个决定是离开我的国家，离开日内瓦。以前，当我的身旁围绕着很多深爱我的亲朋好友的时候，这里对我来说非常的亲切。而现在，当所有的亲人都离我而去的时候，这里对我来说就只剩下悲伤了。我拿了一些钱，带走了几件母亲留下的珠宝之后，就踏上了离去的路途。我开始了四处流浪的生活，只要我还活着就会一直往前走。我已经走遍了地球上大部分的地方，甚至连好多旅行者不敢进入的沙漠或者荒蛮之地也留下了我的足迹。我不知道自己是如何活下去的，反正每次我无力地摊开四肢倒在荒无人烟的贫瘠之地一心求死的时候，心中复仇的念头就让我再次挺了过来。我不能就这么死去，因为我的敌人还逍遥自在地活在这个世界之上。

在刚离开日内瓦城的时候，我所做的第一件事情，就是去搜索那个怪物留下的线索。不过，我却毫无头绪，在围着城墙走了好几个小时之后，依然毫无收获。到了晚上，我发现我不知不觉中来到了墓地的入口，那里埋葬着我的父亲、伊丽莎白，还有小威廉。我走了进去，来到他们的墓地前，里面死一般的寂静，只有树叶时不时在风中瑟瑟作响。外面的天已经几乎全黑，这种场景即使对于那种毫无感觉的旁观者来说，都显得有些萧索。我能感觉到那些死者的灵魂就在我的身边徘徊，因为我感受到了他们在我身边投射下来的阴影。

一股愤怒与绝望之情取代了我刚刚进入这里时产生的悲痛之情。我的亲人都已经死去，唯有我这个罪孽深重的人还活在世界上。我不禁跪倒在草地上，亲吻着脚下的土地，然后用颤抖的声音喊道："我脚下这片神圣的大地，我身边这些游荡徘徊的亡灵，我内心无穷无尽的悲痛，还有你，黑夜，以及掌管这一切的精灵们，我以你们的名义起誓，我一定要找到那个带来这一切灾难的魔鬼，我要跟他一决生死。这是我唯一苟活在这个世界上的原因，我只是为了替我的亲人报仇雪恨。如果我不能实现我的誓言，就请太阳永远不要升起，请大地永远限制我的踏足。至于那些亡灵，还有那些游荡在此的复仇者们，请你们助我一臂之力，让我完成任务。让那个该死的魔鬼好好品尝一下自己酿造的苦果吧，让他也尝尝现在我饱受折磨的绝望究竟是什么样的滋味。"在许下了这个誓言之后，我感觉到我的家人以及这里的一切亡灵似乎都听到了我的誓言，并且都对此深表赞同。由于当时熊熊的复仇之火已经在我的胸口燃起，狂怒哽咽了我的咽喉，所以我无法再继续说下去。

就在这时，原本寂静的四周突然被一声刺耳的狂笑打破，那个狂笑声在我的耳边、在群山之间不断地回荡，久久不能平息。我感到自己正身处可怕的地狱之中，恐怖的魔鬼已经将我团团围住。我开始变得癫狂起来，恨不得立刻结束自己的生命。不过刚刚的誓言却再次在我的耳边响起，我又想起了我现在还身负这报仇雪恨的重任。等那个笑声渐渐消失了之后，那个熟悉而又让我恶心的声音开始在我的耳边响起："我现在很开心，你可怜的一生让我觉得非常满意，特别是你现在还想继续活下去，这实在是太令我开心了！"

我朝那个发出声音的地方猛地扑了过去，不过没那个魔鬼的速度快，他瞬间就一闪而过逃走了。借助这天空中的满月，我清楚地看到他那丑陋无比的身影正飞快地朝远方逃去。我拼尽全力追赶，这几个月以来，追踪也成为我唯一的任务。可是凭借着我手上那微小的线索，我沿着隆河蜿蜒曲折的河道顺流而下，却没有任何收获。之后，蓝色的地中海赫然出现在了我的面前。在一个非常巧合的夜晚，我看到那个怪物趁着夜色溜进了一艘正准备开往黑海的大船。于是我也登上了那艘大船，可是最后还是让他跑掉了。

在鞑靼还有俄罗斯的草原上，虽然他一直躲过了我的追捕，不过我却依旧能够紧紧地追随着他的脚步。有些时候，那些被他吓得魂飞魄散的农夫可以跟我提到他的去向，或者有些时候，他自己也会给我留下一些蛛丝马迹。因为他非常害怕，一旦我失去了他所有的踪迹之后，很有可能会万念俱灰地死去；当然到了冬天下雪的时候，我就能依靠他留在雪地上那些硕大的脚印来追捕他。

那些刚刚走入人生、对一切都充满了新鲜感的人来说，他们根本不知道痛苦为何物，又怎么能理解我当时以及此刻仍然能够感觉到的痛苦感受。寒冷、饥饿，这些痛苦在我的生命中，只是最初层次的痛苦，也可以说根本微不足道。虽然我被那个魔鬼诅咒，永远深陷地狱之中。不过好在还有一些东西竟然会出现在我的身边，帮助我神奇地摆脱那些我根本无法应对的困难。比如，当我饥肠辘辘地在沙漠中倒下的时候，我的眼前会突然出现一些食物，让我饱餐一顿后重新恢复体力，并重新找回信心。虽然那些食物就像是乡村中那些农夫吃的食物一样简单粗糙，不过我却深信那是善良的精灵特意为我准备的。还有些时候，原本天空中万里无云，而我正渴得口干舌燥的时候，天空中会突然出现一朵彩云，为我撒下几颗甘露，等我重新振作起来之后，它又悄然飘走。

我总是尽可能地沿着河岸行走，因为村民们基本上都居住在河岸附近，而那个怪物却总是可以避开这些地方。我把身上的钱分给那些村民，他们则会友好地款待我。而在那些人烟稀少的地方，我通常会靠捕食路上的野兽为生。有些时候，我会带上一小部分自己打到的猎物，而把大部分的猎物都赠送给那些曾经给我提供过火种和餐具的村民们。

渐渐地，我开始越来越痛恨这种生活。只有在睡梦中，我才能体会到片刻的快乐。所以在很多我难过的时候，我就会选择让自己沉沉地睡去，因为梦境会保护我的心灵，让我品尝久违的兴高采烈的感觉。我觉得这也是我的守护精灵为我带来的幸福时光，如果没有这几个小时的梦境安慰，我想我早就已经被眼前的艰难困苦所压垮了。我可以毫不夸张地说，白天支持我、支撑我继续前进的，就是我对晚上的期待。

因为在梦中我可以跟我的好友、我的妻子，还有我的亲人相会。我的父亲依旧那么慈祥端庄。我甚至还能在梦里听到伊丽莎白那美丽动听的声音，以及见到永远那么青春活力的克莱瓦。

我的感官与思想已经颠倒，开始把白天的长途跋涉当作是梦境，而把夜晚降临时，我与亲朋好友在一起当作是现实的生活。我是如此眷恋他们的身影，以至于在白天的时候，我都能看到他们依旧待在我的身边，这让我相信他们确实是好端端地活在这个世界上的。慢慢地，我胸中的复仇之火也已经渐渐熄灭，开始将杀死那个魔鬼当作是老天爷赐予我的一项使命，是我从上天那里得到了某种力量之后，我的体内产生的某种冲动，而不再将它当作是我发自内心的极度渴望。

我不知道那个魔鬼一旦知道了我内心的变化之后，会做何感想，我只知道，有些时候他会故意在树皮上用石头刻下一些记号，从而来引导并激怒我。我记得有一次，他还明目张胆地写道："我对你的统治还没有结束，所以你可千万不要死去呀，只有你活着我才能行使我的权利。加油哦，我准备前往北方的北极之地，我非常愿意看到你在那里饱受冰雪严寒的折磨。当然，如果你跟我跟得紧的话，你兴许还能在附近找到一只我为你留下的死兔子，到时候你就好好用它补补身体。来吧，我的敌人，我在前面等着你，我们还要决一死战呢，不过在此之前，你还有好多苦头要吃呢！"

受到那个恶魔的嘲讽之后，我再次发誓，我一定要让他受尽折磨而死。在我们俩之间，除非一人死去，不然我永远不会罢休。反正不管怎样，等我完成了这项使命之后，我就能跟伊丽莎白还有克莱瓦团聚了，我猜他们现在肯定正在为我准备我大功告成之后的奖赏呢！

我跟着那个怪物继续往北前进，路上的积雪已经越来越厚。连那些农夫们都已经因为无法忍受而闭门不出，只有少数勇敢的猎人还敢外出打猎，去抓捕那些由于饥饿不得不从藏身之处出来觅食的野兽。由于河面也结冰了，根本没法捕鱼，这将我主要的食物来源也切断了。我前进得越来越困难，我仇敌的气焰就越来越嚣张。有一次他又在树皮上写道："好好准备一下吧，你的苦难才刚刚开始呢。多穿些衣服，多带些食物，你很快就会进入一段令你终生难忘的痛苦旅程了，而它也会让我在心中积攒已久的怨恨得到发泄。"

其实正是有了这些嘲讽之词，才激发了我的勇气与意志，让我能毫不退缩地穿越茫茫的沙漠，到达这海天一线的地方。北极的海洋与南方的那些海洋还是有很大的差别的。这里的海面上覆盖了厚厚的一层冰雪，它们甚至比陆地都还要坚固。我记得希腊人，当他们进入亚洲，看到地中海的时候喜极而泣，为自己终于结束了苦难的迁移而感到欢呼雀跃。不过我来到北极的海面上时却没有哭泣，只是跪倒在了地上。我诚心诚意地感激我的守护天使，是他将我平安地带到了这个寻常人根本难以到达的地方。让我在敌人不断地嘲讽之下，最终还是来到了这个可以与他决一死战的地方。

几个星期之前，我弄到了一辆雪橇与几只狗，这样我就能更加快速地在雪地中穿行。只是令我感到不解的是，他竟然也搞到跟我一样的一套装备。之后一段时间里，我发现我跟他之间的距离越来越近。我记得刚到海边的时候，他还比我领先了一天的路程。为了能尽快追上他，我鼓起勇气，加快了前进的速度。两天之后，我到达了海岸边的一个很落寞的小村庄。当我向那些村民问起那个恶魔的下落时，那些人马上给了我一个准确的消息。他们说昨晚一个巨大的怪物来到了这里，他背着一把很长的枪，还带了很多手枪。他的到来将村子里所有的村民都吓坏了。那个怪物将村子里大家准备过冬的食物都搬到了一架雪橇上，又抓走了好几只训练有素的大狗，将它们套在了雪橇上。不过值得庆幸的是，那天晚上那个怪物就驾驶着雪橇朝着大海中央而去。大家推测，用不了多久那个怪物就会因为海面上的冰层破裂而掉入大海，或者直接被冻死在一望无际的海洋中。

听完了那些村民的讲述之后，我的心一下子又沉了下去。他再一次逃脱了我的追捕，而且这次，我不得不开始一次危机四伏、九死一生的艰难旅程，在到处是巨大浮冰的海洋上展开一场漫无边际的搜索行动。海面上的严寒程度可想而知，就连这些当地的居民都没有几个人能忍耐得住，更不要提我这个来自南方温暖地带的人，我感觉我根本就不可能在那样的严寒之下生存下去。不过，一想到现在那个怪物还得意扬扬地活在这个世界上，我心中那愤怒与复仇就像潮水一样涌了上来，并带走了我所有的恐惧。之后，我小憩了一会儿，那些家乡的故人又来梦中与我相聚，这让我重新振作起来。为了复仇，我开始向艰苦的旅程进发。我做了一系列的准备，现实将我的陆地雪橇换成了能够适合在崎岖不平的冰面上行驶的雪橇，之后我又买了好多的储备，这才离开了大陆。

我已经完全忘记从那之后我究竟追了多少天，我只知道，我受尽了严寒的折磨，而心中那股不灭的复仇之火就是支撑着我的唯一支柱。巨大的冰山经常挡住我的去路，冰面下的海浪在不停地咆哮，我每天都处在有生命危险的境地。当冰雪再次降临的时候，我在海上的旅程也算是稍微安全了一点。

我从自己储备的粮食中推测出，我应该在海上待了差不多三个星期的时间，一想到我根本没有可能成功，一股失望之情让我不禁落下了泪水。就在我觉得即将死在绝望的手中时，那天拉着雪橇的几只小狗，使出了令人难以置信的力量，将我拉到了一座非常陡峭的冰山之上。当我们到达顶端的时候，一只小狗因为疲劳过度直接猝死了。我悲伤地眺望着眼前的这片白茫茫的冰原，突然发现，在离我很远的地方，有一个小黑点正在冰原上移动。我瞪大了眼睛，试图看清楚那个黑点到底是什么东西。最后，我终于看清楚，那是一架雪橇，而坐在雪橇上的正是那个我一直在追捕的熟悉身影。这真是踏破铁鞋无觅处，得来全不费工夫。随着这股希望涌上我的心头，泪水也再次涌上了我的眼眶，不过为了不让眼泪阻碍我的视线，我马上将眼泪擦去。但后来不断涌出的泪水还是模糊了我的双眼，我干脆不再压抑自己的情感，大声地痛哭了出来。

我知道现在可不是浪费时间的时候，我将那条死去的小狗解开，然后又让其他的小狗饱食了一顿，之后差不多休息了一个小时，我这才心急如焚地继续上路了。在之后的时间里，除了一些巨大的冰岩会偶尔遮挡住他的身影之外，他几乎都处于我的视野范围之内。而且，可以明显地感觉到，我跟他的距离还在不断地缩小。这样追捕了两天之后，我跟那个恶魔的距离已经小于一英里了，我的心因此开始剧烈地跳动了起来。

然而，就在那个怪物距离我已经近在咫尺的时候，突然我的希望一下子破灭了，因为不知道为什么他彻底消失在了我的视野之中，不管我怎么做，都无法再找到他的踪迹。我听到冰面下的海浪开始发出了巨大的怒吼，海面上的情况对于我来说已经越来越糟糕，我只能拼命地继续往前赶路，但一切都已经太晚了。一阵狂风呼啸而过之后，海面上就像是突然发生了地震一样，随着波浪的咆哮声，还有一声震耳欲聋的巨大破裂声，海面上的整个冰层直接断裂了。在这短短的几分钟之内，沸腾的海水直接挡住了我继续追捕的道路，我只能待在一块还在不断变小的冰块上随波逐流、听天由命，等待着死亡的降临。几个小时之后，我的那几只小狗相继死去，我也不堪重负，随时面临崩溃的边缘。就在这时，我看到了你们停泊在海面上的船只，这无疑让我的心头再次升起了一线生机。说实话，我从来没有在这么北边的地方看到过船只，所以当时确实是吓了我一跳。我马上从雪橇上拆下一块木板当作船桨，用我身上仅剩的一点力气，拼命地朝你们的船只划了过去。我已经下定了决心，如果你们的船只是朝南开的，那我就让自己继续待在海面上听天由命，因为我不想放弃自己的目标。我可能还会说服你们借我一条小船，这样我就能继续追赶我的敌人。不过真是幸运，你们也是朝北行驶的。于是精疲力尽的我就被你们好心地拖上了船。我觉得只要再晚一点，我可能就会死在海面上了。当然，我并不想马上死去，因为我的任务还没有完成。

我不知道我的守护天使何时能将那个魔鬼的踪迹指引给我，从而让我完成我这一生最后的使命。沃尔顿，我实在是不想在我死后，他还能在世界上逍遥法外，所以我恳求你答应我，一旦我死了，你也决不能让他逃脱，你会帮我追寻他到天涯海角，然后杀了他为我报仇雪恨。唉，可是我又不想你踏上我的老路，让你跟我一样去承受无尽的痛苦与折磨。不，我并没有这么自私。当我死后，如果我的守护天使将他带到了你的面前，那请你绝不要让他离开。请你发誓一定不会让他有机会在我死后庆祝我的惨死，一定不能让他继续留在人间作恶。他的花言巧语非常厉害，而且他诡计多端，一度让我都轻信了他，所以请你千万不要相信他的话，他的灵魂跟他的外表一样丑陋。请你一边喊着威廉、贾斯汀、克莱瓦、伊丽莎白、我的父亲还有可怜的我的名字，将你的佩剑一剑刺入他的胸膛。那个时候我的灵魂一定会在你的身边，助你一臂之力的。

沃尔顿致萨维尔夫人（续）

17××年8月26日

亲爱的玛格丽特，现在你已经读完了这篇离奇而又恐怖的故事，你应该跟我一样，觉得浑身上下的血液都被恐惧所凝固了吧？有那么一阵子，突如其来的痛苦让他无法继续对我讲述，不过，他还是尽力用他那哽咽嘶哑的声音艰难地向我讲述着他那饱含痛苦的故事。他那双美丽的眼睛中，时而由于怒火燃烧而迸发出愤怒的火花，时而又因悲伤的侵袭而变得黯淡无神。有时他可以淡定从容、语气平淡地跟我讲着那些非常骇人的故事，在讲述的时候甚至可以丝毫不流露出痛苦的痕迹；有些时候，他又会跟火山爆发一样，变得暴怒无常，对着他的那个敌人破口大骂。

这个故事的脉络清晰，事情与事情之间联系紧密，而且他在讲述的时候，也并没有让我觉得他是在给我编故事。而且，不得不承认，当我看到了费利克斯还有莎菲的亲笔信的时候，以及我们在船上看到那个怪物远去的身影时，我对他这个故事的真实性深信不疑。也就是说，在这个世界上，真的有这么一个怪物的存在！虽然我对此深信不疑，不过，对于这件事情，我还是感到有些惊讶与发自内心的佩服。有些时候，我也想千方百计地从弗兰肯斯坦那里套出这个神奇的生命配方，不过对于这个事情，他一直对我守口如瓶。“你是不是也跟我一样疯了？”他对我说道，“还是你那丧失了理智的好奇心蒙蔽了你的心智？难道你也想为自己与这个世界创造出另外一个恶魔般的敌人吗？你好好冷静一下吧，我亲爱的朋友，你应该从我的经历中吸取教训，而不是给自己添麻烦！”后来当弗兰肯斯坦知道我在记录他的故事时，他要求亲自看看，之后他在一些地方进行了修改，大部分的修改在他与那个怪物的对话之中。经过了他的修改之后，那些对话一下子变得栩栩如生。“既然你已经将我的故事记录了下来。”他说道，“我就必须保证这个故事的真实性与准确性。”

很快一个星期的时间又过去了，我听完了这个离奇曲折的故事，觉得就连人类最具想象力的作家都不可能写出这么极致的小说。我已经完全被这个客人的故事和他那温文尔雅的举止所吸引。我非常渴望自己能够安慰他，不过我也深刻地明白，对于像他这样一个饱受折磨的人来说，最大的安慰应该就是长眠于地下了。因为现在，他心中最后的一点希望也已经破灭了。不过在他独处的时候，幻想还是能给他带来一丝安慰的，他坚信自己在梦中可以与那些亲朋好友交谈，他们会过来安慰他，并让他重新振作起来，他觉得那些人并不是他凭空想象出来的，而是从另一个世界特意过来安抚他的。他的这个神圣的想法，让我觉得严肃而又生动。

我觉得他并不只是在跟我讲述他过去的不幸以及那些离奇的遭遇，他还让我知道了，在人文社会方面，他也展现出了非常渊博的知识与非常强大的领悟力。而且他的口才也非常好，至少非常有感染力，每当他跟我讲述某件悲惨的事件时，总是能成功地激起我对他的同情和怜悯，我甚至有些时候还会忍不住潸然泪下。我觉得他在深陷绝望、万念俱灰的时候，还能如此大放光芒，那他在青春年少、春风得意的时候，该是一个多么了不起的人！现在的他，似乎知道了自己的价值所在，也非常了解自己接下去的使命。

“我年轻的时候，”他对我说道，“那个时候我一直觉得自己肯定会有一番大作为。那个时候，我虽然很重感情，不过也拥有着成就大事所必需的冷静判断。其实，也就是因为我意识到了自己的这种价值所在，所以才能在被压得不堪重负的时候依旧坚挺过来，因为我觉得如果抛弃了自己本来可以造福人类的才华，将时间白白浪费在毫无意义的事情身上，那简直就是一种犯罪行为。每当我想起那个被我制造出来的造物，他也是一个心思缜密的生物时，其实我还是对于自己的表现非常自豪的。可是，这种盲目地自以为是的想法只能让我坠入无尽的深渊之中。现在我觉得，当时的我就跟一个试图与神同等的路西法①一样，最后只能身负枷锁，被永远打入无尽的地狱之中，现在，我所有的远大理想与对未来的期望都已经成为泡影。我的想象力丰富，同时又具备缜密的分析能力，也正是因为具备这些特点，所以我才能萌发出了制造一个人类的想法，最终还真的将它付诸行动了。其实到现在，在想起工作完成前的那些奇思妙想的时候，我还是会感到异常的激动。那个时候的我独自一个人遨游在自己想象的天堂之中，时而为自己所拥有的能力狂喜，时而又为这个想法可能带来的影响激动不已。我是一个在孩童时代就对自己寄予了厚望的人，在那个时候，我就给自己立下了远大的目标。可是，你可曾想到，有朝一日，我竟然沉沦至此。亲爱的朋友，我敢发誓，如果你见过意气风发时的我，肯定认不出我现在的样子。以前，我几乎没有品尝过失败的滋味，没想到这初次的品尝直接让我虎落平阳，一蹶不振。”

在听完他的这段话之后，我开始担心，我可能即将要失

---

① 路西法曾经是天堂中地位最高的天使（炽天使），在未堕落前任天使长的职务。他由于过度骄傲，意图与神同等，最终堕落成为撒旦。——译者注

去这个令我钦佩不已的朋友。一直以来，我都渴望着拥有友情，非常希望能够找到一个跟我相互关爱，相互支持的朋友。现在，我好不容易在茫茫大海之中找到了这么一个朋友，刚刚赢得了他的信任，刚刚了解到他的价值，可是，我可能很快就要失去他了。我一直劝他想开一点，劝他听天由命好好地活下去，可是他似乎非常排斥这个想法。

“谢谢你，我的朋友。”他说道，“非常感谢你对我这个悲惨之人的好意。你让我寻找新朋友，培养新的感情，可是你说，又有谁能代替那些逝去的朋友呢？对我来说，世界上只有一个伊丽莎白，只有一个克莱瓦。虽然我以后能交到好朋友，可是我与他们在年少的时候就一起培养起来的感情是不可能被复制的。你应该也知道，童年时期的玩伴对人们内心总是有某种特定的影响，这是后来认识的朋友永远无法替代的。只有童年的朋友可以了解我真实的动机，因为他们了解我的性情，虽然长大之后性情或许会微微改变，不过这种性情是不可能完全消除的，这就像手足之间是从来不会怀疑对方居心叵测的，除非一开始这种迹象就被早早地暴露出来。至于之后认识的朋友，不管你们的关系有多好，他依旧有可能对你心存怀疑，他唯一相信的人仅仅是他自己。当然，我还是非常喜欢跟我的朋友在一起的，不管在什么地方，伊丽莎白美丽的声音以及克莱瓦有趣的话语总是能够在我的耳边响起。虽然他们现在已经与世长辞了，但是每当我感到孤独的时候，只有回忆一下与他们一起的美好时光，才能让我继续坚持下去。如果我在有生之年还能做一些造福人类的事情，我将非常乐意去完成，当然，这并不代表我就必须去做这样的事情。因为我现在唯一的任务就是抓住并摧毁那个我所创造出来的生命，到那个时候，就算是我死了，也能死而无憾了。”

9月2日

亲爱的姐姐：

你好，我给你写这封信的时候，我们正身处于危险的境地，我不知道自己是否还能活着回到英格兰去见你，还有我的那些朋友们。现在我们被冰山围住了，根本无法挣脱，甚至随时都有可能会粉身碎骨。那些在我的劝说之后才加入这次旅程的勇士们，都渴望我能沉着冷静地想出逃生的对策，但是，我也无能为力。虽然现在的情况十分危急，不过这并不代表着我们必死无疑了。只是每当想到这一整船的人都因为我的疯狂计划而陷入了生命危险之中，我就觉得非常难受，觉得我是造成了这一切的罪魁祸首。

姐姐，你现在的心情会是怎样呢？我最害怕的事情，就是当我已经遇难了之后，你还是依旧期盼着我的回归。日复一日、年复一年，你将忍受着绝望与希望的轮番折磨。一想到这些，一想到我亲爱的姐姐可能最终还是要接受到头来一场空的失望，这简直就比我现在直接死去还要难过。

不过，不管怎样，我相信姐姐、姐夫，还有那些可爱的孩子们，在上帝的保佑之下，一定能过得非常幸福的。

那位不幸的客人在这个时候给予了我无微不至的关怀与鼓励，他让我一定要保持希望。说话的时候，好像他自己都开始珍惜起自己的生命一样。他告诉我，所有的航海家在经过这片海域时都会遇到这样的意外状况。他的话一下子让我燃起了生存下去的希望，就连那些已经沮丧的水手们在他的渲染之下，也开始变得不那么绝望。所有的水手们都恢复了往日的活力，大家相信，只要我们有足够的耐力，眼前的冰山终究会在我们强大的意志下坍塌。不过，这种活力并没有持续很久，眼看着情况不见好转，水手们的心中再次被恐惧所占据。我甚至开始担心，等他们的恐惧与愤怒积压到一个点的时候，他们会在船上发起一场暴动。

9月5日

刚刚，在船上又发生了一件十分罕见的事情，虽然我不知道这封信是否能顺利地被你收到，不过，我还是打算先把它记录下来。

我们现在依旧被冰山重重包围着，船身随时都有可能被不断漂浮的冰山所压碎，这也就意味着，我们都将葬身于这片大海之中。其实船上已经有一些水手，因为难以忍受酷寒而离开了这个世界。弗兰肯斯坦的健康情况也非常的糟糕，虽然他的眼睛看上去依旧炯炯有神，不过，他的身体却非常虚弱，我觉得他现在应该只是回光返照，果然没过多久，他整个人都萎靡了下去，变得一点生气都没有。

上一封信中，我不是猜测那些船员可能会发起一场暴动，果然被我猜中了。那天我正在照顾我那个脸上毫无血色的朋友，突然，我听到甲板上传来一阵喧闹声，接着五六个船员吵吵闹闹地走进了船舱。其中为首的一个船员对我说道，他们是代表所有水手来跟我理论的，他们希望我能答应他们一个要求。我们现在被困在冰上，很有可能永远也无法脱身，不过他们更担心的是，如果我们运气好，冰山融化了，大船可以移动了之后，我是否会继续往北前进，让他们再次陷入随时可能死亡的困境。所以他们让我必须马上做出承诺，一旦大船自由了之后，马上调转船头，回到南方去。说实话，他们的这个理由，在当时的情况下，还是合情合理的。

听完这些水手的话之后，我感到有些为难。因为我并没有失去信心，我根本就没有想过现在就打道回府。可是，于情于理，他们向我提出的要求，我也不能拒绝。就在我不知道该如何回答这些水手的时候，一直沉默不语的弗兰肯斯坦突然一下子站了起来，他的眼睛炯炯有神，而且由于激动，他的脸上出现了一些潮红。他对那些水手说道："你们这是什么意思，难道你们现在就要轻言放弃吗？之前，你们不是都信誓旦旦地要完成这次光荣且伟大的探险的吗？"

"你们想想，这次探险为什么会被说成是伟大的？如果我们在南方那些风平浪静的海面上行驶，那种航行能算伟大吗？不正是因为它充满了艰难险阻，不正是因为这次航行的途中充满了危险与死亡的威胁，不正是因为这些原因，它才是一个光荣伟大的探险吗？在这次探险中，你们必须拿出不屈不挠的勇气，勇敢的克服各种困难，这样你们做的事情才配被大家尊称为高尚的事业。等你们成功了之后，全人类都将受益于你们，等你们回去的时候，他们会向你们欢呼，你们的名字将在人类的历史上名垂千古，你们将成为全人类认可的勇士。现在，探险中的危险才第一次降临，换句话说，你们现在才第一次接受严酷的考验。可是，看看你们现在的表现，一个个退缩，甘愿被别人说成是忍受不了寒冷的孬种。我觉得，如果你们真的如我所说的这样，那你们一开始干吗要接受这项任务呢，你们根本就没有必要大老远地跑到这里来，难道你们只是为了来这里证明，你们是一群胆小如鼠的懦夫，还要拉你们勇敢的队长下水，让他也蒙受羞辱。所以，像个男人一样拿出你们的勇气吧。不要再退缩了，这些冰山并不可怕，只要你们有足够的坚定的勇气，这些冰山根本不能将你们怎么样。不要再退缩了，不要在自己的脸上刻上屈辱的印迹。你们要把自己当作英雄，勇敢地战胜困难，击退敌人，然后带着胜利回家。”

听完了我这位朋友慷慨激昂的一番演说之后，我忍不住激动地全身颤抖。这些水手怎么可能会不为之动容呢？他们站在那里，面面相觑，一句话也没说。于是我开口，让他们先回去好好再想想，如果他们还是执意要回去的话，那我也不会逼迫他们继续往北航行。当然，我心里是希望他们能够想清楚之后，重新获得勇气。那些水手出去了之后，我转过身看了看我的朋友，他已经奄奄一息地瘫倒在了椅子上。

我不知道我的这次探险计划最后会以怎样的方式告终，反正，我个人的意见是宁愿死，也不半途而废、充满耻辱地返航。不过，我也知道，那些水手们肯定不是像我这样想的，他们的心中并没有光荣与荣耀做支撑，所以肯定不会愿意继续跟着我去冒险。

9 月 7 日

这次我终于下定了决心，只要这次我们能够脱险，马上就转头回去。我远大的理想，就在我的懦弱与优柔寡断之下，彻底葬送了。我将心灰意冷，两手空空地回家。说实话，我真的很难接受这样的事实。

9 月 9 日

好了，我这次的探险之旅已经结束，现在已经在返回英格兰的途中。我不仅失去了造福人类、获得荣耀的机会，还因此失去了我的一位挚友。不过，在这段时间里发生的一切痛苦经历，都被我详细地记录了下来。姐姐，我现在已经朝你进发，已经没有失望了。

9 月 12 日

这天，一直围困我们的冰山终于开始移动，我们能清晰地听到它们相互碰撞的轰隆声。其实，当时我们的处境依旧非常的危险，不过我们束手无策。而我最担心的事情，并不是大船的安危，而是我那位朋友的病情，因为他的情况依旧越来越糟糕，甚至完全下不了床了。我看着那些冰山在我们的身后崩裂，开始向北方漂浮，并且西面有微风微微吹过来。到了 11 号之后，前往南方的水路彻底畅通无阻了。

那些水手们看到回家的路终于畅通了，开始在甲板上欢呼起来。他们的欢呼声很响，直接将原本在睡梦中的弗兰肯斯坦吵醒了。他睁开双眼，问我发生了什么。“因为他们马上就可以回英格兰了。”我说到，“所以他们现在才会这么开心。”

“所以说，你们最终还是决定回去了？”

“嗯，是呀，我也没有办法。他们执意要求回去，我只能答应他们的请求，所以，我最终还是决定返航了。”

“嗯，你们想回去就回去吧，反正我是不想回去，我也不能回去。你们可以随意地放弃自己的任务，而我的任务是上帝给我的，我不敢随意地放弃。没事的，虽然我现在看上去很虚弱，不过，我相信我的保护神会重新赐予我力量的。”说着，他开始挣扎着想从床上爬起来，可是当时他的身体实在是太弱了，所以他的脚还没站稳，直接又晕了过去。

他昏迷了好久之后才再次清醒过来，有好几次，我都害怕他再也挺不过去了。他虽然睁开了眼睛，不过依旧呼吸困难。船上的医生给他吃了一些镇静剂，让我不要去打扰他，并对我说，他的生命已经熬不过几个小时了。

我的这个朋友被宣布了死刑之后，我只能悲伤地站一旁默默地等待着那最后时刻的来临。我坐在他的床边，他的眼睛紧紧闭着，就跟睡着了一样。就在这时，他突然开始轻声地呼唤我的名字，我马上俯下身去。他在我的耳边说道："看来这次我是真的要死了，可是我的敌人却依旧在这个世界上逍遥自在。沃尔顿，在这个最后的时刻，我的内心已经跟之前决然不同，我不再充满着复仇之火，也不再想着报仇雪恨。虽然，其实在这个时候，这些想法依旧是可以理解的。"

"在过去的几天里，我好好地反省了一下自己的所作所为，我觉得我并没有做错什么。我在一股疯狂的激情之下，冲动地制造出了一个有头脑的生物，所以，我本来就该对他负责，尽我所能让他过上幸福的生活。"

"想想这确实是我应尽的义务，不过，除此之外，我还肩负着另外一个更为重要的职责。那就是我还要对我的同胞、对全人类负责。这也是我为什么不给那个怪物制造另一个同伴的原因，我知道我这么做也绝对是对的，特别是他渐渐展露了自己狠毒与自私的天赋之后。他那么残忍地杀害了我原本幸福的家人还有朋友。我实在是不明白，他为什么要将复仇之火烧到我的家人身上。他确实是受到了不公正的待遇，可是这并不是他给我的家人带来伤害的理由。所以他必须死，而杀死他也成为我必须做的任务。可是现在，我马上就要失败了。之前，我曾经怀着自私卑鄙的心要求你继续完成我的任务，而现在经过了认真思索之后，我再次向你提出了这个要求。"

"当然，我并不会要求你为了完成这个任务而背井离乡，放弃自己的国家和那些亲朋好友。而且，现在你们已经在返回英国的路上，也就是说，我们再也没有机会见到那个怪物了。不过，我还是希望你能认真地考虑一下我刚刚说的问题，这个问题我就留给你自己考虑了。因为现在随着死亡越来越近，我已经失去了判断和思考的能力。我不敢让你去做那些我认为是对的事情，因为很有可能我是受到了冲动的影响才认为它是对的。不过，我不得不提醒你一句，只要那个怪物还活着，他就会危害到人类。现在，我马上就将离开这个世界了，我感觉这应该是我一生中最幸福的时刻了。我已经看到我的那些亲朋好友们在我的眼前飞舞，我马上就能加入到他们中去。再见了，沃尔顿！在平静的生活中寻找幸福吧，虽然你的雄心壮志看上去并没有什么害处，不过，还是放弃它吧。因为我的一生就是毁在那些所谓的远大抱负上的，所以我实在是不想看到别人再步我的后尘。"

他的声音越来越微弱，最后，他的力气都用完了之后，再也说不出话来了。半个小时之后，他开始不断地挣扎，似乎还想跟我说些什么，不过他已经心有余而力不足了。他只能无力地握住我的双手，然后永远地闭上了眼睛，不过在他死的时候，他的嘴角还是微微上扬的。

亲爱的姐姐，对于这个英年早逝的伟大生命，我还能多说什么？对于这个结局，我只能感到惋惜，还有悲伤。幸亏，现在我已经在前往英格兰的路上，不然，我肯定会接受不了这个巨大的打击的。

就在我给你写这封信的时候，突然，我听到甲板上传来了一声响声，我觉得有点奇怪，因为这个时候应该是没有人在甲板上的，就连那个现在应该在甲板上守望的水手也已经睡着了。接着，又传来了那个声音，听上去似乎是有人在说话，不过那个人的声音非常沙哑。出于好奇心，我现在再起来去看看。晚安，姐姐。

亲爱的姐姐，你肯定不会相信刚刚的这一幕，因为我也不敢相信，我甚至现在都还为此感到有些头晕目眩，也不知道自己能否准确地将刚刚的事情记录下来。但这个故事终将需要一个结局，不然，我前面所写的这个故事就不能算是一个完整的故事了。因为听到了声响之后，我离开自己的房间，走到摆放着我朋友尸体的那个房间，我看到我的朋友依然安安静静地躺在那里。而令我感到难以置信的是，一个我根本无法用语言来形容的背影正伏在我的朋友身上。他的身材非常高大，不过看上去有些笨重，而且身体各个部分的比例也十分不协调。他就那么伏在我朋友的灵柩上，他的头发很长，而且也很乱，遮住了他的脸，我只能看到他伸出来的一只巨大的手掌，皮肤没有一丝血色，就跟干尸一样可怕。他听到我的脚步声之后，马上停止了哀号，二话不说朝窗户跑去。说实话，我这辈子都没见过长得如此丑陋的脸，他是如此的狰狞、如此的丑陋、如此的惹人生厌。我不由自主地闭上了眼睛，努力思考自己接下去应该做点什么。我叫住了他。

他不再奔跑，而是转过头，吃惊地望着我，然后又重新开始望着他主人那毫无生气的身体。他似乎忘记了我的存在，我可以看出，他的举手投足之间，都散发着一种无法控制的狂怒。

“他也是被我害死的。”他对我说道，“他的死让我的罪行得到了告终，而我也可以结束这悲惨的一生。哎，弗兰肯斯坦，一个大方又善良的好人。我如果现在向你请求宽恕的话，一定很好笑吧，因为我杀死了你爱的所有人，最后还害死了你。而现在，你已经永远不可能再跟我说话了。”说着，那个人竟然开始哽咽起来。在我第一眼看到他的时候，我脑中跳出的第一件事情，就是我朋友临终前的嘱托，杀死这个怪物。

但是，由于刚刚这个怪物所说的话，我突然一下子对他产生了很大的好奇心和怜悯之心，我决定先不要杀他。我走到那个怪物的身边，不过我并不敢抬头看他，我怕当我看到他那张丑陋的脸之后，会情不自禁地露出厌恶的表情。我本来想跟那个怪物说点什么，可是话到嘴边的时候，却又不知道该说什么了。那个怪物依旧在不停地责备着自己，我等他的情绪慢慢稳定下来了之后，才鼓起勇气对他说道："你不觉得你现在的忏悔已经毫无用处了吗？为什么你不在对他实施复仇之前良心发现呢，如果你能够早点放下屠刀的话，现在弗兰肯斯坦肯定也不会死了。"

"你以为我不想吗？"那个魔鬼对我说道，"你以为我在杀人的时候，就不会感到痛苦、不会忏悔吗？"他指着我朋友的尸体说道："他在临死之前并没有遭受到多大的痛苦，与我复仇的时候所经历的痛苦相比根本不值一提。虽然我的行为被一种极端恐怖的自私操纵着，不过我的内心却不停地在忏悔。难道你以为我真的是那种杀人狂魔，在杀死了克莱瓦之后，感到非常的爽快吗？其实我的本性是非常善良的，只是我的心灵被苦难与不幸扭曲了，所以才会充满了邪恶与仇恨，但我的良心在慢慢改变的过程中，你知道我承受了多大的痛苦吗？"

"杀死了克莱瓦之后，我是怀着悲痛的心回到瑞士的。我原本是同情弗兰肯斯坦的，只是后来这种同情渐渐变成了厌恶，我甚至因此而痛恨我自己。然后，就在这个时候，这个给予了我生命同时也给予了我无尽痛苦的人竟然还想去追求我永远无法得到的幸福与激情。这让我的心中不禁充满了嫉妒，还充满了复仇的火焰。我想起了以前曾经恐吓过他的那句话，我打算将它付诸实践。我知道我这样做的结果只是自寻死路，不过当时我已经沦为了复仇的奴隶，根本无法控制自己。虽然我十分不情愿，不过还是不得不杀死了她。在杀死了她之后，我并没有感到痛苦，因为那个时候，我已经变得麻木不仁了。对我来说，从那个时候开始，恶就代表着善。我知道我已经无法回头了，我只能在我的本性驱使下，继续走在这条疯狂的复仇之路上。现在，一切都结束了，而我，成为最后一个受害者。”

我不得不承认，一开始，我已经被这个怪物深情地表白所感动了，不过这个时候，我突然想起了弗兰肯斯坦曾经对我说过的话，他说这个怪物能言善辩，花言巧语非常厉害。再加上我又看到了弗兰肯斯坦冰冷的尸体，于是我一下子愤怒了起来。“你这个卑鄙无耻的家伙！”我喊道，“你以为你现在到这里来猫哭耗子假慈悲，我就会同情你吗？你亲手点燃了房子，然后坐在一旁看着房子被烧了个精光，之后，又开始为它哭泣。这样只能显示出，你是一个多么虚伪的人！我相信，弗兰肯斯坦如果还活着的话，你肯定依旧会把他当作仇人，他依旧会成为你实施报复的对象。你现在并不是在同情他，你只是在为自己哀叹，因为他终于摆脱了你的魔爪。”

“不是这样的，不是这样的。”那个魔鬼突然打断了我的话，“我知道，我以前的所作所为肯定给你留下了很不好的印象，但我并不是想让你理解我或者同情我。一开始的时候，我曾经去追求过这个情感，因为它是爱的一种表现，但现在这种美德对我来说已经一文不值了，我知道自己根本就不配别人来同情。我现在希望自己能安安静静地在孤独中一个人死去，这样一来，到最后，我的记忆中也只会剩下憎恶与轻蔑。以前，我也想过去拥有那些美德、名望，以及快乐；以前，我也想过能有那么一个人，他不计较我的外表，只在乎我的内在；那个时候，我的心中也充满了崇高的荣誉感与奉献精神。不过现在，滔天的罪恶已经让我成为这个世界上最低贱的东西。我相信，这个世界上应该没有一个人能比我更加歹毒了，回想着自己所犯下的一桩桩骇人听闻的罪孽，我都快要忘了我曾经也是一个追求过美好与善良的人。那些从天使堕落为魔鬼的人，虽然成为上帝与人类的敌人，不过好歹他们还是有朋友相伴的，而我永远是一个人形影相随。”

“你既称弗兰肯斯坦为自己的朋友，那你对于我的事情，应该有所了解吧。在他跟你讲述我的故事时，肯定没有提到我在备受情感折磨时虚度的悲惨的日日夜夜。虽然我毁了他的一生，不过我并没有因此而得到我想要的东西。我只是不明白，为什么我就应该是你们人类的公敌？为什么当我跟他们示好的时候，弗兰肯斯坦却恶狠狠地一脚将我踢开，难道他就不值得恨吗？当我好心地救下一个小孩，而那个野蛮的农夫却差点将我杀死的时候，难道他就不值得你们厌恶吗？不，我知道你们不会这么做，因为他们是跟你们一样的人类。只有我，我是异类，我是被人抛弃的倒霉鬼，我活该被你们人类歧视、打骂，还有屠杀。一直到现在，只要想起你们对我的这些不公平的待遇，我还是会血液沸腾。”

“没错，到头来，我确实成为一个恶魔，因为我杀死了好多美好而且无辜的人类。他们并不认识我，更没有伤害过我，不过我却趁着他们熟睡的时候掐住他们的脖子，让他们离开了这个世界。我让我的制造者不断地面对惨剧，让这个善良的人类陷入了无尽的苦海，甚至最终家破人亡。”

“而现在，他就躺在这里，浑身冰冷，已经毫无生气。我知道你们都很恨我，可是你们对我的恨，根本比不上我对自己的憎恨之情。每当看着我这双沾满了鲜血的双手，想起这颗永远在打坏主意的心，我就会希望我的双眼再也看不到我的双手，我的心再也想不出邪恶的念头。”

“你不用担心我以后还会继续作恶，我的使命已经结束，我并不需要终结你或者终结其他任何的生命来结束我自己的一生，我所需要的只是亲手结束我自己的人生。你别以为我只是在空口说白话，我马上就会离开你的船，坐着冰筏划到地球最北边的地方，然后再点起一堆柴火，将自己葬身于火海之中。我并不想让我这具丑陋的躯体留在这个世界上，以免被某个心怀不轨的恶棍利用，再次造出一个像我一样的生命。等我死了之后，那些一直在折磨我的痛苦与那些我一辈子也没得到满足的情感，将不能再继续困扰我。把我带到这个世界上的人已经死了，我理所当然的也要离开这个世界，关于我们俩的记忆将永远被尘封，然后慢慢地被世人所遗忘，再见了太阳、星星，再见了温柔的微风。”

“我的视觉跟触觉将慢慢消失，而这对于我来说，也是另一种幸福。我还记得，当我第一次睁开眼睛的时候，刚好是夏天，那种暖洋洋的感觉让我非常舒适。我非常喜欢听树叶沙沙作响，我更喜欢听鸟儿快乐地歌唱，那时，这个世界对我来说是绝对美好的事物。而现在，就在我即将离开这个世界的时候，我本该痛哭流涕的，可是对于像我这样一个恶贯满盈的人来说，除了死，我还能在哪里得到安宁呢?”

“再见，我所见到的最后一个人类，我马上就要走了。再见了，弗兰肯斯坦，如果你还活着，如果你还依旧那么恨我，那我的死能否给你带来一丝久违的快感呢? 你一直想消灭我，以免我制造出更大的悲剧。可是如果你真正明白我的心，你一定不会再想向我复仇的，因为我原本就生不如死了。现在你先我一步走了，将所有的痛苦都留下来给我承担，幸亏我马上也可以死去，这样，悔恨刺痛的我的伤口，将在我死亡之后完全愈合。”

“好了，时间到了！”那个怪物悲惨地大声喊道，“我即将踏上死亡，我将再也不会有任何的痛苦与磨难。现在，我要以一种胜利者的姿态登上葬礼的柴堆，让无情的烈焰带走我所有的悲伤。等熊熊的烈火慢慢熄灭之后，我的骨灰将乘风进入到大海之中，我的灵魂将永远得到安息。如果那个时候，我还能思考，那我一定会感到非常的幸福。再见了，这个世界！”

说完，他纵身一跃跳出了窗外，我看到他爬上了一块巨大的浮冰。渐渐地，他随着海浪远去，慢慢消失在了这无边无际的茫茫夜色之中。